LA SPLENDEUR DES LANSING

Du même auteur

ROMANS

Les Beaux Mariages, Laffont, 1964 ; 10/18, 1983.
Ethan Frome, Mercure de France, « Domaine anglais », 1969 ; Gallimard, « L'Imaginaire », 1984.
Chez les heureux du monde, Hachette, « Bibliothèque anglaise », 1981 ; Gallimard, « Folio », 1982.
La Récompense d'une mère, Flammarion, « Bibliothèque anglaise », 1983 ; Flammarion, G. F., 1986.
Été, 10/18, 1985.
Le Temps de l'innocence, Flammarion, 1985, Flammarion, G. F., 1987.
L'Écueil, Bourgois, 1986.
Le Fruit de l'arbre, Flammarion, 1990.
Sur les rives de l'Hudson, Flammarion, 1996.
Les Dieux arrivent, Flammarion, 1999.
Les New-Yorkaises, Flammarion, 2000.

NOUVELLES

Leurs enfants, 10/18, 1983.
Les Metteurs en scène, 10/18, 1983.
Madame de Treymes et autres nouvelles, Bourgois, 1986.
Fièvre romaine, Flammarion, 1988 ; Flammarion G. F., 1994.
Vieux New York, Flammarion, 1989, Flammarion G. F., 1993.
Le Triomphe de la nuit, Terrain vague, 1990 ; 10/18, 1993.
Grain de grenade, Terrain vague, 1990 ; 10/18, 1994.
Le Fils et autres nouvelles, Mercure de France, 1991 ; Gallimard, « L'Étrangère », 1995.

ESSAIS

Villas et jardins d'Italie, Salvy, 1986, 1995.
Les Chemins parcourus, autobiographie, Flammarion, 1995.
Voyage au Maroc, Rocher, 1996, Gallimard, « L'Étrangère », 1998.
Les Mœurs françaises et comment les comprendre, Payot, 1999.

Edith WHARTON

LA SPLENDEUR DES LANSING

traduit de l'anglais (États-Unis)
par Sophie Mayoux

Flammarion

Titre original : *The Glimpses of the Moon*
Éditeur original : Appleton

ISBN : 2-08-067069-7

PREMIÈRE PARTIE

I

C'était leur lune de miel, et elle se leva pour eux sur les eaux d'un lac célèbre pour avoir été le théâtre d'extases romantiques, et cela les rendit plutôt fiers d'avoir eu l'audace de le choisir comme décor de leurs propres transports.

« Il fallait manquer complètement d'humour, ou au contraire en avoir été suprêmement doté comme nous, pour oser cette expérience », lança Susy Lansing, alors qu'ils se penchaient par-dessus l'inévitable balustrade de marbre et regardaient leur déesse tutélaire dérouler son tapis magique sur les flots jusqu'à leurs pieds.

« Oui. Ou pour se faire prêter la villa de Strefford », rectifia son mari en apercevant au travers des hautes frondaisons une longue bande pâle à laquelle le clair de lune commençait à donner les contours d'une façade blanche.

« Voyons... Nous en avions cinq à notre disposition. Du moins, en comptant l'appartement de Chicago.

— C'est pourtant vrai. Incroyable ! » Il posa la main sur celle de sa compagne, et ce contact raviva en elle le sentiment de jubilation, d'émerveillement qu'elle éprouvait toujours à retracer mentalement leur aventure.

Comme à l'accoutumée, elle ajouta simplement d'un ton assuré et rieur : « Ne comptons pas l'appartement – je déteste me vanter. Songeons simplement aux autres : la résidence de

Violet Melrose à Versailles, la villa de ta tante à Monte Carlo – et en plus, une lande ! »

Elle avait conscience de mentionner la lande avec quelque hésitation, mais aussi avec une insistance presque excessive, comme pour être sûre qu'il n'allait pas l'accuser de la laisser dans l'ombre. Mais il ne semblait nullement tenté de le faire. « Pauvre vieux Fred ! », observa-t-il simplement. « Que veux-tu... » murmura-t-elle alors avec détachement.

Il avait laissé sa main sur la sienne, et pendant un long moment de silence où le charme de la nuit les enveloppa, elle n'eut conscience que de l'onde chaude qui reliait leurs paumes, tandis qu'en contrebas le clair de lune traçait sa ligne magique d'une rive à l'autre.

Nick Lansing parla enfin. « Versailles en mai ? Impossible : toutes nos relations parisiennes nous auraient débusqués en vingt-quatre heures. Quant à Monte Carlo, c'est hors de question : exactement le genre d'endroit où tout le monde s'attendait à nous voir aller. Finalement, sauf le respect que je te dois, cela n'a pas été un tour de force mental de choisir le lac de Côme. »

Sa femme refusa aussitôt de voir ses efforts ainsi dénigrés. « Il a fallu beaucoup discuter pour te convaincre que nous pouvions assumer un choix aussi ridicule que Côme !

— Il est vrai que j'aurais préféré quelque chose de plus sobre ; c'est du moins ce que je pensais avant d'être ici. Je comprends maintenant que c'est un endroit idiot à moins d'être parfaitement heureux ; et que dans ce cas, c'est... aussi bien qu'ailleurs. »

Elle laissa échapper un soupir d'acquiescement béat. « Et je dois dire que Streffy a tout fait à la perfection. Même les cigares – à ton avis, qui a pu lui offrir ces cigares ? » Puis elle ajouta d'un ton pensif : « Ils te manqueront quand nous devrons partir.

— Ce soir, ne parlons pas de partir, je t'en prie. Ne sommes-nous pas hors du temps et de l'espace... ? Tu sens ce parfum de quat'sous, là-bas ? Qu'est-ce que c'est, du seringa ?

— Oui, ça doit être ça. Ou du gardénia... Oh, les lucioles !

Regarde... là, dans ce reflet de lune sur l'eau. Des pommes d'argent dans une résille d'or... » Serrés l'un contre l'autre, soudés de l'épaule jusqu'au bout des doigts, ils étaient captivés par le filet scintillant des vaguelettes.

« J'accepterais même qu'on ajoute un rossignol à cette scène », affirma Lansing.

Derrière eux, un gazouillis discret fit vibrer les magnolias, et un long murmure fluide lui répondit au-dessus de leur tête, dans le bosquet de lauriers.

« Pour eux, la saison est bien avancée : leur histoire finit au moment où la nôtre commence. »

Susy se mit à rire. « Quand nous en serons là, j'espère que nous saurons nous dire adieu de façon aussi mélodieuse. »

Son mari eut envie de dire : « Ils n'en sont pas aux adieux ; ils s'apprêtent à fonder une famille. » Mais comme cela n'était pas au nombre de ses projets, ni de ceux de Susy, il fit simplement écho à son rire et la serra de plus près.

La nuit printanière les enlaçait, toujours plus tendre. Les vaguelettes s'étaient espacées et atténuées, et n'étaient plus qu'une nappe soyeuse ; bien au-dessus des montagnes, l'or de la lune devenait blanc dans un ciel saupoudré d'étoiles fugitives. De l'autre côté du lac, les lumières d'une petite ville s'éteignirent l'une après l'autre, et l'autre rive devint une masse noire flottant dans le lointain. Par bouffées, une brise chargée des senteurs du jardin effleurait leur visage ; elle emporta au-dessus de l'eau une grande phalène semblable à l'aile blanche d'un pétale de magnolia. Les rossignols s'étaient tus, et le ruissellement de la fontaine, derrière la maison, se fit tout à coup insistant.

Quand Susy parla, ce fut d'une voix alanguie par les rêves d'avenir. « J'étais en train de me dire que nous devrions arriver à faire durer tout cela au moins un an de plus. »

Cette réflexion ne suscita chez son mari aucun signe de surprise ou de désapprobation ; comme le montra sa réponse, non seulement il la comprenait, mais ses propres pensées avaient suivi le même cheminement.

« Sans compter les perles de ta grand-mère, n'est-ce pas ? demanda-t-il après un instant de silence.

— Exactement – sans les perles. »

Il réfléchit un moment, puis reprit dans un tendre murmure :

« Explique-moi cela, veux-tu ?

— Asseyons-nous, dans ce cas. Non, je préfère les coussins. »

Il s'étendit sur une chaise longue en osier, et elle, pelotonnée sur un tas de coussins de bateau, appuya sa tête contre les genoux de son mari. Juste au-dessus d'elle, quand elle entrouvrait les paupières, elle voyait des morceaux du ciel inondé de clarté lunaire, comme incrusté d'argent, dans l'entrelacs noir des branches de platane. Autour d'eux, tout respirait la paix, la beauté, la permanence, et son bonheur était si intense qu'elle trouvait presque un soulagement à se remémorer le tumulte de factures et d'emprunts sur lequel reposait ce frêle échafaudage. « Les gens à solde créditeur ne sont certainement pas aussi heureux que ça », chuchota Susy, rêveuse, en laissant filtrer la lumière de la lune entre ses cils indolents.

Les gens à solde créditeur avaient toujours été la bête noire de Susy Branch ; et ils représentaient un danger encore plus grand aux yeux de Suzy Lansing. Elle les détestait, à double titre : en tant qu'ennemis naturels de l'humanité, et parcequ'il fallait toujours se mettre en quatre pour eux. Ayant passé parmi ceux-ci le plus clair de sa vie, elle savait presque tout ce qu'il fallait savoir à leur sujet, et les jugeait avec la lucidité méprisante que lui valaient presque vingt ans de dépendance. Mais à cet instant précis, son animosité était atténuée, non seulement par les effets adoucissants de l'amour mais aussi par un fait incontestable : elle leur devait beaucoup – à eux précisément. Elle en avait obtenu plus, oh ! vraiment bien plus qu'ils n'avaient jamais osé espérer, Nick et elle, même lorsqu'ils élaboraient les projets les plus extravagants.

« Après tout, c'est à eux que nous devons tout ça », poursuivit-elle, toujours songeuse.

Son mari, perdu dans la béatitude de cette heure somnolente, n'avait pas répété sa question ; mais elle poursuivait, quant à elle, l'enchaînement de pensées qu'il avait amorcé. Une année – oui, elle était sûre maintenant qu'au prix d'un peu d'organisation ils pouvaient profiter de tout ça pendant un an ! « Tout ça » : être mariés, être ensemble, loin des raseurs et des importuns, dans une camaraderie dont ils avaient tous deux depuis longtemps pressenti le charme évident, mais dont elle, au moins, n'avait jamais imaginé qu'elle pût être aussi harmonieuse.

Dès l'une de leurs premières rencontres – lors d'un de ces dîners hétéroclites que le couple Fred Gillow s'efforçait de croire « littéraires » – ce jeune homme qui se trouvait assis à côté d'elle, et dont on murmurait vaguement qu'il avait « écrit », lui avait semblé être, dans son for intérieur, le genre de luxe qu'une Susy Branch héritière aurait pu s'offrir à titre de suprême folie. La Susy Branch indigente se représentait volontiers la façon dont son double imaginaire aurait employé ses millions : elle en voulait tout particulièrement à ses amis fortunés de ce qu'ils disposaient des leurs sans aucune imagination.

« J'aimerais mieux avoir un mari comme ça qu'un yacht ! » avait-elle songé à l'issue de sa conversation avec le jeune homme qui avait écrit, alors qu'elle avait aussitôt compris que rien de ce que sa plume avait produit, ou pourrait éventuellement produire par la suite, ne lui permettrait d'offrir à son épouse une embarcation plus coûteuse qu'un canot.

« Son épouse... ! Comme s'il pouvait jamais en avoir une ! Lui non plus, ce n'est pas le genre à se marier pour avoir un yacht. » Malgré son passé, Susy avait suffisament conservé son sens de l'indépendance pour percevoir chez les autres les signes latents de cette qualité, et aussi pour l'assigner impulsivement aux personnes du sexe opposé qui se trouvaient l'intéresser. Elle avait un mépris naturel pour les gens qui trouvaient un sujet de fierté dans ce qu'ils étaient obligés de supporter. Quant à elle, elle comptait bien finir par se marier, parce qu'on ne pouvait s'accrocher sa vie durant aux basques des riches ; mais elle avait l'intention d'attendre jusqu'au jour où elle trouverait quelqu'un qui serait à la fois aussi fortuné que possible et au moins un peu agréable à vivre.

Elle avait tout de suite su que le jeune Lansing était diamétralement opposé à ce cas de figure : il était on ne peut plus pauvre, et elle ne pouvait imaginer quelqu'un de plus agréable à vivre. Elle décida donc de le fréquenter autant qu'il lui serait possible, elle dont la vie était un véritable tourbillon ; et de fait, au prix de quelques délicats ajustements, elle parvint à le voir beaucoup. Leurs rencontres se multiplièrent jusqu'à la fin de l'hiver, tant et si bien qu'un beau jour Mrs Fred Gillow signala à Susy, sèchement et sans ménagement, que celle-ci était en train de « se rendre ridicule ».

« Ah !... » Susy ne put que pousser ce long soupir, en regardant son amie et protectrice droit dans ses yeux fardés.

« Oui, s'exclama Ursula Gillow en sanglotant, avant que vous ne vous en mêliez, Nick m'aimait à la folie... et, bien sûr, je ne veux pas vous faire de reproches... mais quand je pense que... »

Susy ne répondit pas. Comment l'aurait-elle pu ? Elle aussi, elle pensait que... la robe qu'elle portait était un don d'Ursula et que c'était l'automobile d'Ursula qui l'avait conduite jusqu'à la fête dont elles revenaient toutes deux. Elle comptait passer le mois d'août à Newport, avec les Gillow ; il y avait une seule autre possibilité : la Californie avec les Bockheimer, personnes avec lesquelles, jusqu'à présent, elle avait même refusé de dîner.

« Évidemment, Ursula, ce que vous vous imaginez ne tient pas debout ; quant à dire que je m'en suis mêlée... » Susy hésita, puis murmura : « Mais si cela peut vous rendre plus heureuse, je m'arrangerai pour le voir moins souvent... » Elle toucha les abysses de la servilité en rendant à Ursula son baiser mouillé de larmes...

Susy Branch respectait sa propre parole d'une façon toute virile ; et dès le lendemain, elle se coiffa du plus seyant de ses chapeaux et se rendit au domicile du jeune Mr Lansing. Elle était décidée à tenir la promesse faite à Ursula ; mais elle tenait, alors, à avoir belle allure.

Elle savait à quelle heure on était sûr de trouver le jeune homme, car il se livrait à une morne besogne de rédaction pour une encyclopédie populaire (de V à X) et lui avait dit quelle période de la journée il consacrait à cette tâche haïssable. « Si seulement c'était un roman ! » pensa-t-elle en gravissant l'escalier miteux ; mais elle songea aussitôt qu'un roman tel qu'il pût lui convenir à elle ne rapporterait sans doute pas à son auteur plus d'argent que des articles d'encyclopédie. Miss Branch avait certaines exigences dans le domaine littéraire...

L'appartement où Mr Lansing la reçut était nettement plus propre, mais à peine moins miteux, que l'escalier par lequel on y accédait. Susy, le sachant passionné d'archéologie orientale, se l'était représenté dans une pièce dépouillée, ornée d'un unique bronze chinois d'une forme irréprochable, ou d'un précieux tesson de poterie asiatique. Mais ces objets salvateurs brillaient par leur absence, et l'on n'avait fait aucun effort pour masquer l'indigence respectable du salon-chambre à coucher.

Lansing accueillit sa visiteuse avec un plaisir évident, et sembla indifférent à ce qu'elle pouvait penser de ses meubles. Apparemment, il n'était sensible qu'à la chance qu'il avait de la voir en ce jour où ils n'avaient pas prévu de se rencontrer. Susy n'en eut que plus de regret de devoir exécuter sa mission, et n'en fut que plus heureuse d'avoir mis son joli chapeau ; un long instant, elle le contempla en silence, à l'abri du bord complice de son couvre-chef.

Si vive que fût leur sympathie mutuelle, Lansing ne lui avait jamais parlé d'amour ; mais cela n'était pas pour intimider sa visiteuse, qui avait coutume d'énoncer clairement son propos dès lors qu'aucune raison mondaine ou pécuniaire ne la forçait à recourir à la dissimulation. Au bout d'un moment, elle lui expliqua donc la raison de sa venue : c'était embêtant, bien sûr, mais il comprendrait sûrement. Ursula Gillow était jalouse, et ils allaient être forcés de renoncer à leurs rencontres.

L'éclat de rire du jeune homme lui parut la plus belle des

musiques ; car elle s'était quand même demandé, non sans inquiétude, si la dévotion à Ursula ne comptait pas parmi ses obligations quotidiennes, au même titre que l'encyclopédie.

« Mais je vous en donne ma parole, c'est une erreur absurde ! En fait, je suis convaincu que ce n'est même pas à moi qu'elle a pensé, d'abord... » protesta-t-il ; mais Susy, chez qui le bon sens reprenait ses droits, dès lors qu'elle était rassurée, interrompit fermement ses dénégations.

« Vous pouvez faire confiance à Ursula pour s'exprimer sans équivoque en ce genre de circonstances. Quant à ce que vous pensez, cela ne change rien à rien. La seule chose qui compte, ce sont ses convictions à elle.

— Allons donc ! J'ai mon mot à dire là-dessus, moi aussi, non ? »

Susy observa la chambre, lentement, pensivement. On n'y voyait rien, absolument rien, qui laissât à penser qu'il lui était arrivé de posséder un dollar de trop – ou d'accepter un cadeau.

« Pour ce qui me concerne, déclara-t-elle enfin, la réponse est non.

— Comment cela ? Si je suis libre comme l'air ?

— Je ne le suis pas, moi. »

Il devint grave. « Ah, si c'est cela, évidemment... Mais il est quelque peu curieux, ajouta-t-il sèchement, que dans ce cas, ce soit Mrs Gillow qui ait élevé une protestation.

— Et non mon fiancé millionnaire ? Mais je n'en ai pas ; sur ce plan, je suis aussi libre que vous.

— Alors ? Ne nous faut-il pas simplement rester libres ? »

Susy fronça les sourcils, troublée. L'affaire prenait une tournure plus compliquée qu'elle ne l'avait imaginé.

« Je vous l'ai dit : je suis libre, sur ce plan. Je ne vais pas me marier – vous non plus, je suppose ?

— Grand Dieu, non ! lança-t-il d'un ton enflammé.

— Mais pour autant, on n'est pas toujours complètement libre... »

Il se dressait au-dessus d'elle, le coude appuyé à l'affreux encadrement de marbre qui ornait sa cheminée sans feu. Levant les yeux, elle vit son visage se durcir, et sentit le rouge monter à ses propres joues.

« C'est ce que vous êtes venu me dire ? demanda-t-il.

— Oh, vous ne comprenez pas – et je ne vois pas ce qui vous en empêche, alors qu'il y a si longtemps que nous fréquentons exactement le même genre de personnes. » Elle se leva vivement et posa la main sur son bras. « Je voudrais tant que vous m'aidiez ! »

Il restait immobile, sans réagir au contact de la main de la jeune femme.

« Vous aider à me dire que cette pauvre Ursula n'est qu'un prétexte, mais qu'il y a bel et bien quelqu'un... Quelqu'un qui a réellement le droit, pour une raison ou pour une autre, de s'opposer à ce que nous nous voyions trop souvent ? »

Susy eut un rire nerveux. « Vous parlez comme un héros de roman – le genre de roman que ma gouvernante lisait tout le temps. D'abord, jamais je ne reconnaîtrai à personne ce genre de droit, comme vous dites – jamais !

— Alors, qui a le droit, et dans quelles circonstances ? demanda-t-il d'un air plus tranquille.

— Eh bien, je suppose que vous, vous reconnaissez certains droits à votre éditeur ? » Cette phrase arracha au jeune homme un éclat de rire caverneux. « Appelez ça des relations d'affaires, continua-t-elle. Ursula fait énormément de choses pour moi ; je vis à ses dépens la moitié de l'année. Cette robe que je porte, elle me l'a donnée. Ce soir, son auto va me conduire à un dîner. Je vais passer l'été prochain avec elle à Newport... Si je ne le fais pas, il faudra que j'aille en Californie avec les Bockheimer – je vous dis donc au revoir. »

Le visage soudain ruisselant de larmes, elle franchit le seuil et dévala les trois étages abrupts avant qu'il eût le temps de la rattraper – en y repensant, elle n'était pas certaine qu'il eût essayé. Elle se rappelait seulement être restée longtemps debout au coin de la Cinquième Avenue, dans la lumière âpre de l'hiver, attendant qu'une pause entre deux automobiles pleines de femmes élégantes lui laissât le loisir de traverser, et se répétant sans cesse : « Après tout, j'aurais pu promettre à Ursula... et continuer quand même à le voir... »

Au lieu de quoi, lorsque Lansing lui écrivit le lendemain en demandant d'un ton suppliant à lui parler, il reçut par retour du courrier un refus amical mais catégorique ; elle s'arrangea peu après pour se faire emmener au Canada, où elle fit du ski pendant quinze jours, puis en Floride, où elle passa six semaines sur un bateau de plaisance...

Lorsque le fil déroulé de son passé récent la ramena à cette période, le souvenir de la Floride évoqua des flots éclairés par la lune, un parfum de magnolia, un air embaumé, et tout cela, qui se fondait avec la suavité dans laquelle elle était immergée, fit peser sur ses paupières un sortilège lénifiant. Oui, il y avait eu un mauvais moment, mais c'était fini ; et elle était ici, sauvée, bienheureuse, et avec Nick ; c'était sur les genoux de Nick que reposait sa tête, et ils avaient un an devant eux... toute une année... « Sans compter les perles », murmura-t-elle en fermant les yeux...

II

Lansing jeta dans le lac le mégot du coûteux cigare – un de ceux de Strefford – et se pencha sur sa femme. Pauvre enfant ! Elle s'était endormie... Il se renversa en arrière et leva de nouveau les yeux vers le ciel inondé d'une lumière argentée. Bizarre, en vérité – d'une indicible bizarrerie – que ces rayons fussent ceux de leur lune de miel ! Un an auparavant, si quelqu'un avait prédit qu'il allait risquer pareille aventure, il aurait répondu en demandant à être enfermé chez les fous dès le premier symptôme...

Il ne doutait encore nullement que toute cette aventure ne fût une folie. Susy pouvait bien lui rappeler vingt fois par jour qu'ils avaient réussi leur coup – pourquoi donc, répétait-elle, se faisait-il de la bile ? Malgré la prévoyance maligne de sa femme, malgré les heures de félicité qu'il vivait, il savait que l'avenir ne pouvait résister à un examen sérieux. Sur sa chaise longue, dans le clair de lune estival, la tête de Susy posée sur ses genoux, il s'efforçait de récapituler les étapes successives qui les avaient amenés dans le jardin de Streffy, au bord du lac.

Pour Lansing, il n'y avait pas de doute : tout remontait à son départ de Harvard, alors qu'il était globalement résolu à ne rien manquer. Devant lui se dressait l'Arbre toujours vert de la Vie, au pied duquel les quatre Fleuves prenaient leur source ; et il avait bien l'intention de lancer son petit esquif sur chacun des quatre cours d'eau. Sur deux d'entre eux, il n'était pas allé très loin, et sur le troisième, il avait failli s'envaser ; mais le quatrième l'avait porté jusqu'au cœur même des merveilles. C'était la rivière de son imagination vivace, de son intérêt inépuisable pour toute forme de beauté, d'étrangeté, de folie. En suivant ce courant, installé dans la petite embarcation robuste de sa pauvreté, de son obscurité et de son indépendance, il avait fait quelques voyages remarquables... Il avait recherché la compagnie de Susy Branch tout au long d'une saison new-yorkaise car il ne voyait à l'horizon personne de plus joli ni de plus amusant ; mais lorsqu'elle le surprit en se montrant dotée d'un paradoxal mélange d'opportunisme moderne et de loyauté à l'ancienne, il éprouva le désir irrésistible d'entreprendre une nouvelle croisière sur des flots inconnus.

L'esprit même de cette aventure requérait qu'après le bref passage de la jeune fille chez lui il tînt sa promesse et ne cherchât point à la revoir. Même si la franchise de Susy n'avait pas fait de lui son émule, il comprenait trop bien ses difficultés pour ne pas en éprouver de la pitié. Il savait combien est fragile le fil auquel tient la popularité des sans-le-sou ; les personnes du genre de Susy, il ne l'ignorait pas, sont le triste jouet des humeurs et des caprices de leurs protecteurs. Elle et lui connaissaient la même difficulté : pour obtenir ce qu'ils voulaient, ils étaient souvent obligés d'agir à l'encontre de leurs désirs. Mais il eut plus de peine qu'il ne l'avait imaginé à se conformer à sa promesse. Susy Branch était devenue une habitude délicieuse dans une vie dont la plupart des éléments préétablis étaient fastidieux, et sa disparition lui avait fait comprendre brutalement que ses propres ressources étaient de plus en plus limitées. Une bonne partie de ce qui naguère l'avait vivement amusé lui paraissait maintenant moins amusant, ou plus du tout : l'univers merveilleux où il avait cru vivre s'était rétréci aux dimensions d'un spectacle de foire villageoise. Quant à ce qui n'avait rien perdu de son pouvoir stimulant – les voyages lointains, les jouissances de l'art, la découverte de paysages nouveaux et de sociétés insolites – tout cela devenait de moins en moins accessible. Lansing n'avait jamais eu qu'un maigre pécule ; il en avait dépensé une part un peu trop importante lors de sa première plongée dans la vie, et tout ce qu'il pouvait espérer pour son âge mûr se résumait – au mieux – à des besognes subalternes et mal payées, avec pour toute distraction de brèves et frugales vacances. Il se savait d'une intelligence au-dessus de la moyenne, mais il était parvenu depuis longtemps à la conclusion que ses talents n'avaient aucune valeur commerciale. Un éditeur lui avait fait l'amitié de mettre sur le marché une plaquette de sonnets dont il était l'auteur ; il s'en était vendu exactement soixante-dix exemplaires. Si son essai sur *Les Influences chinoises dans l'art grec* avait eu un retentissement passager, il avait donné lieu à une polémique par lettres et à des invitations à dîner, davantage qu'à des profits plus substantiels. Bref, rien ne lui permettait d'espérer qu'il gagnerait un jour de l'argent, et son avenir limité donnait à ses yeux d'autant plus de prix au type d'amitié que Susy Branch lui avait accordé. Indépendamment du plaisir qu'il éprouvait à la regarder et à l'écouter – à se régaler chez elle de ce qui en ravissait bien d'autres, moins fins que lui dans leur jugement mais tout aussi sensibles –, il avait le sentiment qu'ils faisaient partie d'une même franc-maçonnerie fondée sur une ironie et une tolérance précoces. Ils avaient tous deux, dès leur tendre jeunesse, pris la mesure du monde où ils se trouvaient vivre : ils estimaient avec précision ce qu'il valait pour eux ainsi que les raisons de cette valeur, et ces raisons partagées parachevaient la délicate harmonie de leur intimité. Et maintenant, à cause du caprice jaloux d'une idiote insatisfaite, à l'égard de laquelle il ne se sentait pas plus en faute que tout jeune homme qui a payé de bons dîners par de bonnes manières, il allait être privé de la seule compagnie complète qu'il eût jamais connue...

Ses pensées suivaient leur cours. Il se remémorait un long printemps poussiéreux à New York après sa rupture avec Susy, le pénible labeur sur ses derniers articles, ses spéculations indolentes sur la façon la moins coûteuse et la moins ennuyeuse d'occuper son été ; et puis ce coup de chance stupéfiant, cette décision prise à contrecœur, à la dernière minute, d'aller passer un dimanche chez ces pauvres Fulmer, dans les profondeurs du New Hampshire – et là, qui avait-il trouvé sinon Susy ? Susy, dont il ignorait absolument qu'elle connût quiconque de la bande des Fulmer !

Elle s'était conduite à la perfection – lui aussi, d'ailleurs –, mais visiblement, ils étaient bien trop contents de se voir. Et puis c'était troublant de se retrouver chez les Fulmer, loin des décors luxueux et spacieux dont ils avaient l'habitude, dans une maison exiguë où leur hôte avait installé son atelier dans la véranda, tandis que leur hôtesse s'exerçait au violon dans la salle à manger et que cinq enfants omniprésents rampaient, hurlaient, soufflaient dans leur trompette et mettaient des têtards dans les cruches. Quant au déjeuner, attendu pendant deux heures, sa qualité laissa pourtant à désirer : la cuisinière italienne posait pour Fulmer.

Lansing pensa d'abord que rencontrer Susy en de telles circonstances représentait une façon accélérée de se guérir tous deux de leurs regrets. Le cas Fulmer constituait une illustration redoutable de ce qui guettait les jeunes gens qui perdaient la tête ; le pauvre Nat, dont personne n'achetait les peintures, paraissait sérieusement décati – et Grace, à vingt-neuf ans, ne serait plus jamais autre chose que la femme dont on dit : « Je me la rappelle, du temps où elle était belle. »

Mais c'était à n'y rien comprendre : Nat n'avait jamais été d'un commerce aussi agréable, quant à Grace, elle ne débordait certes pas de soucis mais de musique. Malgré leur désordre et leur désorganisation, la mauvaise cuisine et l'invraisemblable absence de confort, on s'amusait plus en leur compagnie que lors de tous les somptueux séjours à la campagne auxquels Susy et Lansing avaient pu participer en bâillant.

Le jeune homme éprouva presque un sentiment de soulagement lorsque Miss Branch, au cours de la deuxième après-midi, l'attira dans la minuscule entrée pour lui dire : « Je ne peux plus supporter un instant le mélange du violon de Grace et de la trompe d'auto du petit Nat. Si nous nous éclipsions jusqu'à ce que le duo soit terminé ? »

— Mais eux, comment peuvent-il supporter ça ? lança-t-il lâchement, tout en montant derrière elle le sentier boisé qui prenait derrière la maison.

— Ce serait peut-être intéressant de le savoir », répliqua-t-elle avec un sourire pensif.

Mais il restait résolument sceptique. « Laisse-leur encore une ou deux années, et ils vont s'effondrer ! Ses peintures ne se vendront jamais, tu sais. Il n'arrivera même pas à les exposer.

— Tu as sûrement raison. Et elle, elle n'aura jamais assez de temps pour arriver à quoi que ce soit de valable en musique. »

Ils avaient atteint une butte plantée de pins, dominant la corniche sur laquelle la maison était perchée. Tout autour d'eux s'étendait un paysage désert fait d'une infinité de collines boisées toutes semblables. « Tu te rends compte, rester là d'un bout de l'année à l'autre ! gémit Lansing.

— Je sais. Mais d'un autre côté, parcourir le monde avec certaines personnes !

— Mon Dieu, comme c'est vrai. Par exemple, mon voyage en Inde avec Mortimer Hicks et sa femme. Mais c'était ma seule possibilité – et qu'est-on censé faire ?

— Si seulement je le savais ! » soupira-t-elle en pensant aux Bockheimer.

Il se tourna vers elle et la regarda. « Si tu savais quoi ?

— La réponse à ta question. En effet, qu'est-on censé faire – quand on voit les deux aspects de la question ? Ou plutôt, tous les aspects possibles ? »

Ils s'étaient assis sur un rocher situé au sommet, sous les pins, mais Lansing était empêché de voir le panorama qui s'étendait devant eux par le battement des cils bruns de la jeune fille.

« Tu veux dire qu'en fait, ce sont peut-être Nat et Grace qui s'en tirent le mieux ?

— Comment pourrais-je répondre, alors que je t'ai dit que je voyais tous les aspects ? Bien sûr, ajouta précipitamment Susy, je ne pourrais pas vivre comme eux, même une semaine. Mais c'est étonnant que ça les éteigne aussi peu.

— Il est vrai que Nat n'a jamais été plus étincelant. Et elle, elle tient encore mieux le coup. » Il eut un moment de réflexion. « Nous leur faisons du bien, j'imagine.

— Oui – à moins qu'ils ne nous fassent du bien. Je me demande ? »

Ensuite de quoi, il se souvenait vaguement qu'ils étaient restés longtemps assis en silence, et que la première phrase qu'il avait proférée était une protestation gamine contre la tyrannie de l'ordre des choses, suivie de but en blanc par une interrogation passionnée : puisqu'ils ne pouvaient, elle et lui, rien faire contre cet ordre établi, puisqu'ils avaient tous deux l'habitude de regarder la réalité en face, ne seraient-ils pas de véritables idiots en ne sautant pas sur la possibilité d'être heureux, de la seule façon qui leur était offerte ? Ce défi, pour autant qu'il s'en souvînt, ne suscita de la part de Susy aucune réponse précise ; mais au bout d'une nouvelle pause, où le monde entier sembla soudain enchâssé dans un baiser, il l'entendit murmurer comme pour elle seule, d'un ton méditatif : « J'imagine que personne n'a jamais essayé ça ; mais on pourrait peut-être... » Et sur-le-champ, elle lui exposa en détail l'expérience risquée qu'ils avaient depuis lors entreprise...

Elle refusait toute forme de joie furtive, déclara-t-elle d'emblée ; et elle présenta ses raisons avec l'impartialité lucide qui lui était coutumière. D'abord, il faudrait qu'elle se marie un jour ou l'autre et, quand elle conclurait cette transaction, elle entendait que ce fût en toute honnêteté ; deuxièmement, dans le domaine de l'amour, elle ne se donnerait jamais à quiconque pour qui elle n'aurait pas d'affection, et si un jour ce bonheur devait lui échoir, elle ne voulait pas que la nécessité de mentir, de comploter, de dissimuler lui fasse perdre la moitié de son éclat.

« J'ai trop vu ce genre de choses. Sur toutes les femmes que je connais qui ont pris des amants, la moitié l'ont fait pour le plaisir de ruser et de dire des mensonges ; mais l'autre moitié a beaucoup souffert. Et moi, je souffrirais. »

Ce fut à ce moment qu'elle lui soumit son plan. Pourquoi ne

se marieraient-ils pas ? Ils seraient alors l'un à l'autre de façon publique et honorable, ne fût-ce que pour une courte période, et il existerait entre eux une condition explicite : le jour où l'un des deux verrait se présenter une meilleure possibilité, il ou elle obtiendrait immédiatement sa liberté. La loi de leur pays facilitait ces changements de situation, et la société commençait à les considérer d'un œil aussi indulgent que la loi. À mesure que Susy parlait, elle se laissait entraîner par son sujet et développa ainsi le vaste éventail de ce qu'il leur offrait.

« En fait, nous représenterions l'un pour l'autre un avantage plus qu'une gêne, expliqua-t-elle avec ardeur. Tous les deux, nous connaissons si bien toutes les ficelles ; ce que l'un de nous ne verrait pas, l'autre pourrait le repérer – je parle des occasions, bien sûr. Et de plus, comme couple marié, on ferait figure de nouveauté. Chacun de nous est tout spécialement apprécié – pourquoi ne pas le dire franchement ? – et c'est un grand avantage, quand on donne un dîner, de pouvoir inviter un couple dont aucun des éléments n'est nul. Oui, je suis vraiment persuadée que le succès que nous aurions serait plus de deux fois supérieur à celui que nous avons aujourd'hui ; à condition qu'une réussite pareille soit de l'ordre du possible, ajouta-t-elle en souriant. Je ne sais pas ce que tu en penses, toi ; la popularité d'un homme est bien moins précaire que celle d'une jeune fille. Mais je sais que ça remonterait joliment ma cote de faire une nouvelle apparition en femme mariée. » Elle détourna les yeux pour plonger le regard dans la longue vallée qui s'ouvrait à leurs pieds, et ajouta d'une voix plus basse : « Et puis j'aimerais tant, au moins pendant un petit moment, sentir que j'ai dans la vie quelque chose qui est vraiment à moi – quelque chose que personne ne m'a prêté, à la façon d'une robe du soir, d'une auto ou d'une cape d'opéra. »

Cette idée avait d'abord paru à Lansing aussi folle que séduisante : la peur s'était emparée de lui. Mais les arguments de Susy étaient irréfutables, son ingéniosité inépuisable. Avait-il déjà envisagé tous les détails ? lui demanda-t-elle. Non. Eh bien, elle l'avait fait, elle ; et elle le priait de ne pas l'interrompre. En premier lieu, il y aurait tous les cadeaux de mariage. Des bijoux ?

Une auto ? De l'argenterie ? Mais pas du tout ! Elle voyait bien qu'il n'avait jamais réfléchi sérieusement à la question. Des chèques, mon chéri, rien que des chèques – de son côté, elle s'en chargeait ; elle comptait bien qu'il y en aurait une cinquantaine, et lui, sans doute pourrait-il en rafler quelques-uns de plus. Et tout cela, ce serait tout simplement leur argent de poche ! Car ils auraient une quantité de maisons à habiter : il allait voir. Les gens étaient toujours contents de prêter leur maison à un couple de jeunes mariés. C'était si drôle de leur rendre visite à l'improviste : on se sentait tout attendri et content. Ils n'auraient qu'à accepter les maisons à tour de rôle : un an de lune de miel ! Qu'est-ce qui l'effrayait ? Craignait-il qu'ils ne soient pas assez heureux pour avoir envie de poursuivre l'expérience ? Pourquoi ne pas essayer – se fiancer, et voir ce qui se passerait ? Même si elle s'était trompée et que leur plan échouait, ça serait plutôt agréable, non, d'avoir imaginé pendant un mois ou deux qu'ils allaient être heureux ? « C'est une idée que je me suis souvent faite dans la solitude, conclut-elle ; mais l'imaginer avec toi, ça serait quand même très très différent... »

Ainsi avait commencé toute l'histoire : et ce rêve au bord du lac en était l'aboutissement. Bien qu'elles parussent de toute évidence grandement improbables, toutes les prévisions de Susy s'étaient réalisées. Certains maillons de la chaîne avaient échappé avec obstination à Lansing, certaines négociations, combinaisons auraient gagné à être éclaircies – mais il était déterminé, sans y mettre la moindre énergie, à tout élucider avec elle un jour ou l'autre. En attendant, cela valait tout ce qu'il avait eu à payer par le passé, et toutes les pénalités que l'avenir pourrait avoir à lui infliger, d'être assis ici dans le silence et la quiétude, la tête endormie de sa femme posée sur ses genoux, baignant dans la joie tandis que le clair de lune embrassait le monde assoupi.

Il se pencha et lui donna un baiser. « Réveille-toi, chuchota-t-il ; c'est l'heure d'aller au lit. »

III

Encore quelques heures, et leur mois à Côme toucherait à sa fin. Jusqu'au dernier moment, ils avaient espéré un sursis ; mais Streffy, tout arrangeant qu'il fût, n'avait pas pu laisser plus longtemps la villa à leur disposition, puisqu'il avait eu la chance de la louer pour un prix faramineux à d'affreux goujats qui tenaient à en prendre possession à la date prévue.

Lansing avait quitté Susy à l'aube pour aller plonger une dernière fois dans le lac ; en nageant vers la rive dans la lumière cristalline, il leva les yeux vers le jardin débordant de fleurs, la longue et basse maison couronnée d'un bosquet de cyprès, et la fenêtre derrière laquelle sa femme dormait encore. Ce mois avait été délicieux, et leur bonheur aussi rare, aussi extraordinairement complet que le décor qui s'étendait devant lui. Il laissa son menton s'immerger dans les vaguelettes ensoleillées et poussa un soupir de pur contentement...

C'était contrariant de devoir quitter le lieu d'un bien-être aussi achevé, mais l'étape suivante de leur parcours promettait de ne pas être moins exquise. Susy était une magicienne : tout ce qu'elle prédisait se réalisait. On leur offrait une profusion de demeures ; il croyait voir de tous côtés des esprits bénéfiques affluer vers eux à tire-d'aile, chargés de dons variés, d'un *piano nobile* à Venise à une maison des bois dans les Adirondacks. Pour l'heure, ils avaient choisi la première offre. Indépendamment d'autres considérations, ils n'osaient risquer la dépense d'une traversée de l'Atlantique ; aussi préféraient-ils se diriger vers le palais des Vanderlyn, sur la Giudecca. Ils avaient convenu qu'il serait opportun et judicieux de rentrer à New York passer l'hiver. Cela leur permettrait de se faire voir, et déboucherait certainement sur de nouvelles propositions ; d'ailleurs, Susy songeait déjà à l'agréable appartement qu'une cousine voyageuse (pourvu qu'on l'abordât avec tact, et qu'on l'assurât que sa cuisinière ne serait pas surmenée) accepterait certainement de leur prêter. Mais le jour où il deviendrait indispensable d'échafauder des projets était encore éloigné ; et s'il était un art auquel le jeune Lansing était parfaitement formé par ses vingt-huit années d'existence, c'était celui de vivre intégralement et sans souci dans le présent...

S'il s'était efforcé dernièrement de tourner son regard vers l'avenir avec une insistance toute nouvelle, c'était uniquement à cause de Susy. Il avait prévu, lorsqu'ils s'étaient mariés, d'avoir à l'égard de sa femme le même tempérament philosophe qu'il appliquait à sa propre situation ; et il savait qu'elle aurait été particulièrement irritée de découvrir que leur association était pour lui la cause de pensées inquiètes. Mais depuis qu'ils étaient ensemble, elle lui avait donné des aperçus de son passé qui lui inspiraient un désir rageur de la protéger et de défendre son avenir. Il était intolérable qu'une personnalité aussi belle que la sienne en vînt, si peu que ce fût, à être écrasée ou diminuée par le genre de compromis dont leurs satanées vies étaient faites. En ce qui le concernait, cela lui était bien égal ; il avait élaboré pour se diriger lui-même un code rudimentaire, une série de « je peux » et « je ne dois pas » qui lui simplifiait énormément la tâche. On tolérait certains inconvénients en échange d'avantages précis qu'on n'aurait pu obtenir autrement ; sur d'autres points, aucun compromis n'était possible, quel qu'en fût le bénéfice. Dans le cas d'une femme, il commençait à s'en rendre compte, les choses se passaient sans doute différemment. Les tentations étaient peut-être plus grandes, le coût nettement plus élevé, et la démarcation entre les « je peux » et les « je ne dois pas » était plus fluctuante, d'un tracé moins précis. Susy, lancée dans le monde à dix-sept ans, sans personne pour lui indiquer cette limite perfide sinon un père faible et dépensier, alors que tout l'incitait à la franchir, semblait avoir été essentiellement préservée par son mépris inné pour la plupart des objets de la folie humaine. « Quand on pense aux âneries qui ont eu raison de lui ! » : tel était le commentaire lapidaire qu'elle consacrait au décès prématuré de son géniteur – à croire qu'elle avait accepté à l'avance la nécessité de se ruiner pour quelque chose, mais restait résolue à établir une nette délimitation entre ce qui valait la peine et ce qui ne la valait pas.

Initialement, cette philosophie avait enchanté Lansing, mais il commençait à éprouver quelques craintes. Jusqu'à présent, sa femme avait été préservée par une armure de délicatesse des dangers auxquels elle s'était trouvée exposée ; mais qui sait si des périls plus subtils n'allaient pas pénétrer le défaut de la cuirasse ? Elle était difficile, elle choisissait : cela constituait-il un équivalent aux règles qu'il suivait ? Parce qu'elle aimait ce qu'il y avait de mieux et de plus rare, ne courait-elle pas justement le risque de déraper ? Jamais une « ânerie » n'aurait raison d'elle ; mais si elle tombait sur quelque chose qui en valait la peine ?

Il était déterminé à respecter le contrat selon lequel ils ne devaient en rien se mêler de ce que chacun désignait comme la « chance » de l'autre ; mais que ferait-il, lorsque viendrait la chance de Susy, s'il lui semblait, à lui, que ce n'en était pas une ? Il voulait qu'elle eût ce qu'il y avait de mieux, il le lui souhaitait passionnément ; mais l'idée qu'il se faisait de cet objectif désirable avait connu d'insensibles, de subtiles transformations à la lumière du premier mois de leur vie commune.

Ses brasses paresseuses l'entraînaient lentement vers la rive ; mais l'heure était si exquise qu'à quelques mètres de l'embarcadère il attrapa la corde du bateau de Streffy et resta là à flotter, poursuivant sa songerie... C'était contrariant de partir ; évidemment, c'était pour cela qu'il ne cessait de brasser des réflexions inutiles. Leur séjour à Venise serait délicieux, bien sûr ; mais rien, jamais, ne serait aussi doux que ce lieu. En plus, ils n'avaient devant eux qu'un an de sécurité ; et un mois de cette année s'était déjà enfui.

À contrecœur, il gagna le rivage, monta jusqu'à la maison et poussa une des portes-fenêtres du salon, une pièce fraîche aux murs peints. On voyait déjà des signes de départ. Il y avait des malles dans le vestibule, des raquettes de tennis dans l'escalier ; sur le palier, Giulietta, la cuisinière, entourait de ses deux bras un sac de voyage glissant qui refusait de se laisser ceindre de courroies. Tout cela lui donnait une effrayante sensation d'irréalité, comme si le mois tout juste révolu avait été un spectacle joué sur une scène, et dont le décor devait à présent être roulé et rangé dans les coulisses pour laisser place à une nouvelle pièce dans laquelle ni Susy ni lui n'avaient de rôle.

Lorsqu'il redescendit enfin, habillé et affamé, sur la terrasse où le café l'attendait, il avait retrouvé l'agréable sentiment de sécurité qu'il éprouvait d'habitude. Susy était là, détendue, joyeuse, une rose au corsage et le soleil dans les cheveux : elle avait la tête penchée sur l'indicateur des chemins de fer, mais elle agita affectueusement la main au-dessus du petit déjeuner et leva bientôt les yeux pour déclarer : « Oui, je crois que nous pouvons y arriver de justesse.

— Arriver à quoi ?

— À sauter dans le train à Milan – à condition de partir en auto à dix heures pile. »

Il écarquilla les yeux. « En auto ? Quelle auto ?

— Celle des nouveaux venus, bien sûr – les locataires de Streffy. Il ne m'a jamais dit leur nom, et le chauffeur affirme que c'est imprononçable. En tout cas, le chauffeur s'appelle Ottaviano ; on est très amis, maintenant. Il est arrivé la nuit dernière, et d'après lui, on ne les attend pas à Côme avant ce soir. Il serait absolument ravi de nous emmener à Milan.

— Doux Jésus ! » s'exclama Lansing quand elle se tut.

Elle se leva d'un bond, en éclatant de rire. « Il va falloir se presser ; mais je me débrouillerai, si tu veux bien monter tout de suite et finir de remplir ta malle.

— Très bien ; mais attends un peu – est-ce que tu as une idée du prix que ça va coûter ? »

Elle leva gaiement les sourcils. « Nettement moins cher que nos billets de train. Ottaviano a une bonne amie à Milan, et il y a six mois qu'il ne l'a pas vue. Quand j'ai appris ça, j'ai compris qu'il avait l'intention d'y aller de toute façon. »

Elle se montrait si astucieuse qu'il rit à son tour. Mais pourquoi avait-il désormais une réaction de recul chaque fois qu'il s'avérait, même dans les occasions les plus anodines, qu'elle savait toujours « se débrouiller » ? « Ma foi, se dit-il, elle a raison : le brave homme serait certainement allé à Milan, en tout état de cause. »

À l'étage, alors qu'il se dirigeait vers son dressing-room, il la trouva entourée d'un nuage de robes légères que ses mains habiles forçaient à entrer dans une dernière valise. Il n'avait jamais vu personne faire les bagages aussi adroitement que Susy : sa façon de persuader des objets peu accommodants de trouver place dans une malle reflétait la manière dont elle casait dans sa vie les réalités les plus discordantes. « Quand je serai riche, disait-elle souvent, il n'y aura rien que je détesterai davantage que de voir une bonne idiote s'occuper de mes bagages. »

Lorsqu'il passa, elle regarda par-dessus son épaule, le visage rosi par ses efforts, et extirpa des profondeurs une boîte de cigares. « Chéri, glisse donc deux cigares dans ta poche, ce sera un pourboire pour Ottaviano. »

Lansing ouvrit de grands yeux. « Mais qu'est-ce que tu fabriques avec les cigares de Streffy ?

— Je les range, bien sûr... Tu ne crois quand même pas qu'il les destinait à ces gens ? » Son regard exprimait un étonnement candide.

« Je ne sais pas à qui il les destinait – mais ils ne sont pas à nous... »

Elle continuait à le regarder avec surprise. « Je ne vois pas ce qui justifie tant de gravité. Les cigares ne sont pas non plus à Streffy... Tu peux être sûr qu'il les tient d'un quelconque gougnafier. Et rien ne le fâcherait plus que de savoir qu'ils sont passés à un autre individu de cette espèce.

— C'est absurde. S'ils n'appartiennent pas à Streffy, ils sont encore moins à moi. Donne-les moi, s'il te plaît, chérie.

— Comme tu veux. Mais c'est vraiment du gaspillage ; et de toute évidence, ces gens n'en verront pas la couleur... Le jardinier et l'amoureux de Giulietta y veilleront ! »

Lansing cessa de la fixer et promena son regard sur les vagues de dentelle et de mousseline dont elle émergeait comme une néréide au teint de rose. « Combien de boîtes en reste-t-il ?

— Seulement quatre.

— Sors-les des bagages, je te prie. »

Avant qu'elle se mît en mouvement, il y eut une pause si chargée de défi que Lansing, exaspéré, eut le temps de mesurer la disproportion entre sa colère et l'incident qui en était la cause. Il n'en fut que plus furieux.

Elle lui tendit une boîte. « Les autres sont dans ta valise, au rez-de-chaussée. Elle est fermée à clé et sanglée.

— Très bien, donne-moi la clé.

— Nous pourrions peut-être les renvoyer de Venise, non ? Cette serrure est infernale : tu en as pour une demi-heure.

— Donne-moi la clé, s'il te plaît. » Elle la lui donna.

Il descendit affronter la serrure, pour la demi-heure annoncée, sous les yeux perplexes de Giulietta et le rictus sardonique du chauffeur, qui lui rappelait périodiquement, campé sur le seuil, le temps nécessaire pour parvenir à Milan. Enfin la clé tourna, et Lansing, les ongles cassés, en nage, sortit les cigares et les porta d'une démarche résolue dans le salon désert. Les grands bouquets de roses dorées que Susy et lui avaient cueillis la veille laissaient tomber leurs pétales sur les broderies de marbre du sol, des camélias pâles flottaient dans les *tazze* d'albâtre posées entre les fenêtres, les parfums envoûtants du jardin montaient jusqu'à lui, apportés par la brise du lac. Jamais la petite maison de Streffy n'avait paru à ce point être un nid de plaisirs. Lansing posa les boîtes de cigares sur une console et courut à l'étage chercher ce qu'il y restait de ses possessions.

Lorsqu'il redescendit, sa femme, les yeux brillants après l'effort et la victoire, trônait dans leur véhicule d'emprunt, où les bagages étaient habilement rangés ; Giulietta et le jardinier lui baisaient la main et pleuraient en proférant des adieux poignants.

« Qu'a-t-elle pu leur donner à eux, je me demande ? » songea-t-il en s'asseyant d'un bond à côté d'elle, tandis que déjà l'auto les entraînait entre les buissons aux rossignols, vers le portail.

IV

La villa de Charlie Strefford était comme un nid dans les branches d'un rosier ; le palais des Vanderlyn évoquait des images plus grandioses.

Son immensité et sa splendeur avaient pour Susy, par comparaison, quelque chose d'oppressant. Leur arrivée tardive au pied du vaste escalier noyé d'ombres, leur dîner devant une table faiblement éclairée, sous un plafond peuplé d'une foule pesante d'Olympiens, leur soirée frissonnante dans un coin d'un salon où l'on aurait dû danser le menuet devant un trône, tout cela contrastait avec le climat d'intimité heureuse de Côme, de même qu'entre eux le sentiment soudain d'un désaccord contrastait avec la confiance réciproque de la veille.

Le voyage avait été particulièrement joyeux : aussi bien Susy que Lansing étaient rompus depuis trop longtemps à l'art d'aplanir les difficultés pour ne pas s'appliquer à se cacher l'un à l'autre les résultats fâcheux de leur première mésentente. Mais au fond d'eux-mêmes, loin des regards, le désaccord subsistait ; et le remords d'en avoir été la cause rongeait le cœur de Susy, qui se brossait les cheveux devant un miroir terni, dans sa chambre voûtée et tendue de tapisseries.

« Je croyais que j'aimais la grandeur ; mais ce lieu dépasse vraiment les mesures », songeait-elle en regardant le reflet d'une main pâle avancer et reculer dans les profondeurs obscures du miroir.

« Pourtant, poursuivit-elle, Ellie Vanderlyn est à peine plus grande que moi ; et elle n'est absolument pas plus altière... Je me demande si c'est parce que je me sens si affreusement petite ce soir que cet endroit me semble affreusement grand. »

Elle aimait le luxe : entourée de splendeur, elle se sentait toujours belle, et orgueilleuse sous de hauts plafonds ; elle ne se rappelait pas s'être jamais sentie oppressée par les signes manifestes de la richesse.

Elle posa la brosse et appuya son menton sur ses mains jointes... Même maintenant, elle n'arrivait pas à comprendre ce qui l'avait poussée à prendre les cigares. Elle n'avait jamais cessé d'être sensible à la valeur de ses scrupules innés ; ses opinions raisonnées étaient d'une liberté inhabituelle, mais pour tout ce qui ne relevait pas du raisonnement, elle était d'une singulière ténacité. Et pourtant elle avait pris les cigares de Streffy ! Elle les avait pris – oui, c'était bien ça –, elle les avait pris pour Nick, parce que le désir de lui plaire, de rendre les menus détails de sa vie faciles, agréables, luxueux, était devenu sa principale préoccupation. Elle avait commis en sa faveur exactement le genre de petite vilenie qu'elle aurait refusé avec mépris de commettre pour elle-même ; et puisqu'il n'avait pas perçu d'emblée la différence, elle ne parviendrait jamais à la lui expliquer.

Elle se leva en soupirant, déploya ses cheveux libérés, et jeta un regard circulaire sur la vaste chambre peinte à fresque. La femme de chambre avait mentionné une lettre que lui avait laissée la *signora* ; et en effet, elle la vit sur le bureau, avec son courrier et celui de Nick : une enveloppe épaisse où Ellie avait gribouillé son nom d'une écriture enfantine, et tracé en diagonale un énorme « *Personnel* ».

« Qu'est-ce qu'elle peut bien avoir à me dire, elle qui déteste écrire ? » s'interrogea Susy.

Elle déchira l'enveloppe, et quatre ou cinq lettres affranchies et fermées en tombèrent. Elles étaient toutes adressées, de la main d'Ellie, à Nelson Vanderlyn, *Esquire* ; et chacune portait au coin, tracés légèrement au crayon, un numéro et une date :

un, deux, trois, quatre – une semaine d'intervalle séparait chaque date.

« Mon Dieu ! » souffla Susy, comprenant tout.

Elle s'était effondrée dans un fauteuil près de la table, et resta un long moment à contempler les lettres numérotées. Une feuille couverte de l'écriture d'Ellie s'était échappée de l'enveloppe, mais elle la laissa où elle était tombée : elle savait si bien ce qu'elle y trouverait ! Elle était au courant de tout ce qui concernait son amie, bien sûr ; à part ce pauvre vieux Nelson, qui ne l'était pas ? Mais jamais elle n'avait imaginé qu'Ellie oserait l'utiliser de cette façon. C'était incroyable... elle ne s'était jamais rien figuré d'aussi vil... Le sang lui monta au visage, et elle bondit, furieuse, presque tentée de déchirer les lettres en petits morceaux et de tout jeter au feu.

Elle entendit son mari frapper à la porte qui séparait leurs chambres, et fourra le paquet compromettant sous le buvard.

« Ne viens pas, s'il te plaît, tu seras un amour, lança-t-elle ; je n'ai pas fini de défaire mes bagages, et tout est en plein désordre. » Rassemblant les papiers et les lettres de Nick, elle traversa la chambre en courant et les lui passa par la porte. « Tiens, voilà de quoi t'occuper », dit-elle d'un ton rieur en se montrant gracieusement à lui sur le seuil, un bref instant.

La honte lui coupait les jambes. La lettre d'Ellie était toujours par terre ; elle se pencha à contrecœur pour la ramasser, et une par une les phrases attendues lui sautèrent à la figure.

Un service en mérite un autre... Bien entendu, vous pouvez rester tout l'été, Nick et toi... Vous n'aurez pas un sou à dépenser : les domestiques ont des consignes... Tu serais un ange de poster ces lettres toi-même... Ça faisait un temps fou que j'attendais une telle possibilité ; quand nous nous verrons, je t'expliquerai tout. Et dans un mois au plus, je reviendrai chercher Clarissa...

Susy rapprocha la lettre de la lampe pour vérifier qu'elle avait bien lu. Chercher Clarissa ! L'enfant d'Ellie était donc ici ? Ici, sous le même toit qu'eux, laissée entre leurs mains ?

Elle poursuivit sa lecture, tremblante de colère. *Elle est vraiment ravie, la pauvre chérie, de savoir que vous venez. J'ai dû renvoyer son odieuse gouvernante pour impertinence, et sans vous, elle serait toute seule avec un tas de domestiques à qui je ne fais pas vraiment confiance. Pour l'amour de Dieu, soyez gentils avec ma petite, et pardonnez-moi de l'avoir abandonnée. Elle croit que je suis allée faire une cure ; et elle sait qu'elle ne doit pas dire à son papa que je suis partie, parce qu'il s'inquiéterait s'il pensait que je suis malade. On peut lui faire parfaitement confiance ; tu verras, c'est un petit ange bien astucieux...*

Enfin, en bas de la page, en guise de post-scriptum, d'une écriture penchée :

Susy chérie, si tant est que tu aies la moindre dette de bonté à mon égard, je te demande, sur ce que tu as de plus sacré, de ne pas dire un mot de tout cela à quiconque, pas même à Nick. *ET JE SAIS QUE JE PEUX COMPTER SUR TOI POUR EFFACER LES NUMEROS.*

Susy se leva d'un bond et jeta la lettre de Mrs Vanderlyn dans le feu ; puis elle regagna lentement le fauteuil. Là, près de son coude, reposaient les quatre enveloppes fatales ; et elle devait maintenant décider de ce qu'elle allait en faire.

Leur destruction immédiate lui avait d'abord paru inévitable ; ce pouvait être le moyen de sauver Ellie, tout autant qu'elle-même. Mais agir ainsi, Susy le savait, cela les amenait à partir dès le lendemain, et pour ce faire, il fallait prévenir Ellie, dont la lettre n'avait livré à ses yeux attentifs pas la moindre trace d'adresse. Enfin, la nurse de Clarissa saurait peut-être où l'on pouvait écrire à sa mère ; il était à peine imaginable que même Ellie s'en allât sans assurer une possibilité de communication avec son enfant. En tout cas, il n'y avait rien à faire ce soir-là : rien d'autre que de mettre sur pied les détails de leur départ précipité, et de se creuser la tête pour trouver une solution de remplacement à l'hospitalité qu'ils allaient rejeter. Susy ne se cachait pas que l'appartement des Vanderlyn avait tenu une place essentielle dans ses projets estivaux : grâce à cette possibilité, l'avenir avait paru singulièrement plus assuré. Elle connaissait la largesse d'Ellie, et n'avait pas douté que tant qu'ils seraient ses hôtes leur seule dépense serait de temps à autre un petit cadeau aux domestiques. Et quel autre choix avaient-ils ? Lansing et elle, dans leurs interminables conversations, avaient si bien donné chair à la vision de jours d'été indolents sur la lagune, d'heures lumineuses sur la plage du Lido, de soirées de musique et de rêveries sur leur large balcon au-dessus de la Giudecca, que l'idée de devoir renoncer à ces joies et d'en priver son Nick emplissait Susy de courroux ; sa colère était d'autant plus vive qu'il lui avait confié que lorsqu'ils seraient installés tranquillement à Venise, il avait « l'intention d'écrire ». Elle sentait déjà frémir en son sein la volonté farouche de l'épouse de l'écrivain, résolue à défendre la quiétude de son mari et à faciliter ses rencontres avec la Muse. C'était abominable, tout simplement abominable, qu'Ellie Vanderlyn l'eût attirée dans un tel piège !

Enfin – il ne restait qu'une chose à faire, tout raconter à Nick. L'incident véniel des cigares – et comme cette affaire lui paraissait vénielle, maintenant ! – lui montrait le genre de réaction qu'il allait avoir, et lui communiquait un peu de l'énergie que mettait son mari à refuser les compromis. Elle lui révélerait toute l'histoire dès le lendemain matin, et elle essaierait, avec lui, de trouver une solution : Susy ne doutait jamais de sa propre capacité à trouver des solutions. Mais elle se rappela soudain la prière qui figurait à la fin de la lettre de Mrs Vanderlyn : *Si tant est que tu aies la moindre dette de bonté à mon égard, je te demande, sur ce que tu as de plus sacré, de ne pas dire un mot de tout cela à quiconque, pas même à Nick...*

Évidemment, c'était ce que personne n'avait le droit de lui demander : à supposer que l'on pût utiliser le mot « droit » dans un contexte où tout était tordu. Mais sa dette de bonté à Ellie n'en restait pas moins indéniable ; et c'était la première fois que son amie lui en demandait un quelconque remboursement. Elle se retrouvait, en fait, exactement dans la même situation que lorsqu'Ursula Gillow, en ayant recours au même argument, l'avait adjurée de renoncer à Nick Lansing. Certes, songea Susy ; mais Nelson Vanderlyn avait, lui aussi, été bon avec elle ; et l'argent qui permettait à Ellie de se montrer si généreuse était celui de Nelson... L'étrange édifice des valeurs morales de Susy tremblait sur ses bases : en toute honnêteté, elle ne savait plus où était la vertu, au milieu de tant de vices.

Et la profondeur même de sa perplexité la troublait. Elle s'était déjà trouvée dans de mauvaises passes ; à vrai dire, il lui était rarement arrivé de vivre des situations qui ne fussent pas, d'une manière ou d'une autre, difficiles et contraignantes. Lorsqu'elle examinait son passé, elle y voyait un réseau complexe fait de concessions et d'arrangements permanents. Mais, jusqu'à ce jour, elle n'avait jamais eu à ce point le sentiment d'être désarçonnée, bâillonnée, ligotée. Le petit ennui des cigares la chagrinait encore, et voilà qu'une humiliation accablante venait s'ajouter à cette plaie ouverte. Décidément, leur deuxième mois de lune de miel commençait sous un ciel nuageux...

Elle jeta un coup d'œil à la pendule de voyage en émail, sur la coiffeuse – un des rares cadeaux de mariage en nature qu'elle avait bien voulu accepter – et constata avec surprise qu'il était fort tard. Nick allait revenir d'une minute à l'autre ; et un soudain nœud dans sa gorge la prévint qu'elle risquait, dans son exaspération et sa nervosité, de laisser échapper une parole malencontreuse. Ayant de longue date l'habitude d'être sur ses gardes, elle tourna de nouveau le visage vers le miroir. Elle se trouva pâle, hagarde ; l'application rapide et habile de quelques cosmétiques accrut l'aspect fatigué de ses traits. Elle traversa alors la pièce et ouvrit doucement la porte de son mari.

Il était lui aussi assis près d'une lampe, occupé à lire une lettre qu'il posa à son entrée. Son expression était grave, et elle se dit qu'il pensait certainement encore à l'affaire des cigares.

« Je suis terriblement fatiguée, mon chéri, et j'ai un tel mal de tête que je suis venue te souhaiter une bonne nuit. » Penchée au-dessus du dossier de sa chaise, elle posa les bras sur ses épaules. Il leva les mains pour s'emparer des siennes, mais lorsqu'il rejeta la tête en arrière pour lui sourire, elle remarqua que son regard était resté sérieux, presque lointain. C'était comme si, pour la première fois, un léger voile avait été tendu entre les yeux de Nick et ceux de Susy.

« Ma pauvre chérie ; la journée a été longue pour toi », dit-il d'un ton distrait, avant de poser les lèvres sur ses mains.

Elle sentit au fond de sa gorge la contraction redoutée.

« Nick ! s'exclama-t-elle en resserrant son étreinte, avant que je m'en aille, tu dois me jurer sur ton honneur que tu *sais* que je n'aurais jamais pris ces cigares pour moi-même ! »

L'espace d'un instant, il la regarda fixement, et elle lui rendit son regard avec tout autant de gravité ; puis la même joie irrésistible jaillit en eux, et le repentir de Susy fut balayé par une rafale de rire.

Lorsqu'elle ouvrit les yeux, le lendemain matin, le soleil se déversait entre ses rideaux de vieux brocart, et sa réfraction sur les vaguelettes du canal dessinait une résille d'écailles dorées sur le plafond voûté. La bonne venait de poser un plateau à côté du lit, sur une gracile table de marqueterie, et de l'autre côté du plateau Susy découvrit le petit visage grave de Clarissa Vanderlyn. À la vue de la fillette, ses angoisses assoupies se réveillèrent.

Clarissa venait d'avoir huit ans, et elle était petite pour son âge : son menton rond arrivait à peine au niveau du service à thé, et ses yeux bruns, lumineux, contemplaient Susy entre les barres du porte-toasts et la rose thé dans son verre ancien de Murano. Deux ans s'étaient écoulés depuis sa dernière rencontre avec Susy, et elle semblait, entre-temps, être passée d'une enfance songeuse à la pleine maturité d'une femme expérimentée. Elle dévisageait l'invitée de sa mère d'un air approbateur.

« Je suis bien contente que vous soyez venue, dit-elle d'une petite voix douce. Je vous aime tant. Je sais que vous n'allez pas être souvent ici ; mais vous allez quand même vous occuper un peu de moi, n'est-ce pas ?

— M'occuper un peu de toi ! Je vais avoir envie de m'occuper de toi tout le temps, si tu me parles si gentiment ! » Susy rit et se pencha sur le côté pour attirer la petite fille vers elle.

Clarissa, avec un sourire, s'installa confortablement sur le dessus de lit en soie. « Je sais bien que je ne dois pas être tout le temps dans vos jambes, parce que vous venez de vous marier ; mais est-ce que vous pourriez veiller à ce qu'on me donne à manger régulièrement ?

— Qu'est-ce que tu me dis, ma pauvre chérie ? On ne te donne pas toujours à manger ?

— Pas quand maman part en cure. Les domestiques ne m'obéissent pas toujours : vous comprenez, je suis petite, pour mon âge. Dans quelques années, bien sûr, ils seront bien forcés – même si je ne grandis pas beaucoup », ajouta-t-elle judicieusement. Elle tendit la main et toucha le collier de perles qui ornait la gorge de Susy. « Elles sont petites, mais très belles. Je suppose que vous n'emportez pas les autres quand vous partez en voyage ?

— Les autres ? Dieu te bénisse ! Je n'en ai pas d'autres – et je n'en aurai sans doute jamais.

— Pas d'autres perles ?

— Pas d'autres bijoux. »

Clarissa écarquilla les yeux. « C'est la vérité vraie ? demanda-t-elle, face à une révélation qui semblait sans précédent.

— L'horrible vérité, avoua Susy. Mais je crois que j'arriverai quand même à me faire obéir des domestiques. »

Ce sujet avait apparemment perdu tout intérêt pour Clarissa, qui continuait à examiner gravement sa compagne. Au bout d'un moment, elle lui soumit une nouvelle question.

« Avez-vous dû renoncer à tous vos bijoux quand vous avez divorcé ?

— Divorcé ? » Susy se renversa sur ses oreillers et éclata de rire. « Enfin, qu'est-ce que tu racontes ? Tu ne te rappelles pas que je n'étais même pas mariée la dernière fois que tu m'as vue ?

— Si, parfaitement. Mais ça fait déjà deux ans. » La fillette noua ses bras autour du cou de Susy et se serra contre elle, caressante. « Alors, ça va bientôt t'arriver ? Je promets de ne rien dire à personne si tu me le demandes.

— Est-ce que je vais bientôt divorcer ? Bien sûr que non ! Qu'est-ce qui peut te faire penser une chose pareille ?

— C'est que tu as tellement, tellement l'air heureuse », répondit simplement Clarissa Vanderlyn.

V

C'était un détail négligeable, mais il s'était incrusté dans l'esprit de Susy : dès le début de cette première matinée à Venise, Nick était sorti sans passer d'abord la voir. Elle s'était attardée au lit à bavarder avec Clarissa, s'attendant à voir la porte s'ouvrir et son mari apparaître ; quand l'enfant était partie, elle s'était levée prestement pour aller voir du côté de chez Nick, mais la chambre était vide, et un mot posé sur la table de toilette précisait à son intention qu'il était parti envoyer un télégramme.

C'était tendre, et même d'une fraîcheur juvénile de sa part de tenir à expliquer son absence ; mais pourquoi n'était-il pas tout bonnement venu le lui dire ? Elle rattacha instinctivement ce petit fait avec l'ombre de préoccupation qu'elle avait perçue sur son visage la veille au soir, lorsqu'elle était allée dans sa chambre et l'avait trouvé plongé dans la lecture d'une lettre ; tout en s'habillant, elle continua à se demander quel était le contenu de la lettre, et si le télégramme, cause de son départ hâtif, était une réponse à cette missive.

Elle n'en sut jamais rien. Lorsqu'il réapparut, beau et joyeux comme le matin, il ne lui donna aucune explication ; et depuis toujours, elle avait pour règle de ne pas poser de questions qui ne fussent sollicitées. À son souci jaloux de sa propre liberté répondait un respect aussi grand pour celle des autres ; de plus, elle avait trop longtemps louvoyé entre les récifs et les écueils du monde pour ne pas connaître l'étroitesse du passage qui mène à la paix intérieure, et elle était résolue à maintenir son petit esquif au milieu du chenal. L'incident se logea malgré tout dans sa mémoire, où il prit une signification symbolique, figurant dès lors une sorte de tournant dans ses relations avec son mari. Non qu'elles fussent moins heureuses ; mais elle les considérait désormais, à l'instar des joies de même nature qu'elle avait connues auparavant, comme un îlot précaire dans une mer tumultueuse. Sa présente félicité restait complète, mais elle était entourée d'une menace permanente, composée de tout ce qu'elle cachait à Nick et de tout ce qu'elle le soupçonnait de lui cacher...

Elle remuait toutes ces pensées un après-midi, trois semaines environ après leur arrivée à Venise. Le soleil n'allait pas tarder à se coucher, et elle était assise, seule, sur le balcon, à regarder les lumières tisser leurs motifs sur l'eau au-dessus du reflet rougeoyant des vieux palais. Elle était presque toujours seule à cette heure-là, Nick ayant pris l'habitude d'écrire l'après-midi – il avait tenu parole, et la Muse, apparemment, lui avait prêté la main – après quoi il venait retrouver sa femme au coucher du soleil, pour une promenade en bateau vespérale sur la lagune. Comme à l'ordinaire, elle avait emmené Clarissa au *giardino pubblico*, où cette enfant accommodante avait « joué » poliment, avec indifférence – car Clarissa participait aux divertissements propres à son âge comme si elle s'était conformée à une tradition désuète – puis elle l'avait ramenée pour sa leçon de musique, dont les échos lui parvenaient maintenant depuis une fenêtre lointaine.

Susy était à présent enchantée de la présence de Clarissa. Sans la petite fille, la fierté que lui inspirait le zèle de son mari aurait peut-être été teintée de la vague impression d'être parfois laissée à l'écart et oubliée ; et comme le zèle de Nick justifiait de la façon la plus complète leur présence en ce lieu et ses propres actes, elle était reconnaissante à Clarissa de l'aider à se sentir moins seule. L'enfant, d'ailleurs, représentait la moitié de sa justification : c'était autant pour elle que pour Nick que Susy avait tenu sa langue, était restée à Venise, et s'était éclipsée une fois par semaine pour poster une des lettres numérotées d'Ellie. Une journée passée au palazzo Vanderlyn avait convaincu Susy de l'impossibilité de déserter Clarissa. Une longue expérience lui avait appris que les maisonnées les plus animées contiennent souvent les chambres d'enfant les plus mornes, et que l'enfant riche est exposé à des maux qu'ignorent des marmots moins gâtés ; mais jusqu'à présent, ces réalités n'avaient été pour elle qu'un des aspects les plus choquants de la grande mosaïque confuse de la vie. Elle était maintenant en proie aux émotions, sur un point qui n'avait jusqu'alors provoqué que ses jugements : son bonheur précaire était assorti d'un fardeau nouveau de pitié.

Elle pensait à tout cela, et au retour prochain d'Ellie Vanderlyn, et aux âpres vérités qu'elle tenait en réserve pour le jour où elle aurait avec cette dame une entrevue confidentielle, lorsqu'elle remarqua une gondole qui tournait sa proue vers les marches, en contrebas du balcon. Elle se pencha, et un personnage de grande taille, mal vêtu, qui leva les yeux vers elle tout en quittant l'embarcation d'un bond, agita un panama crasseux pour la saluer allègrement.

« Streffy ! » s'exclama-t-elle, tout aussi ravie ; elle avait déjà descendu la moitié de l'escalier lorsqu'il s'y engagea, suivi du gondolier qui portait les bagages.

« Pas de problème, j'espère ? Ellie m'a dit que je pouvais venir, expliqua-t-il d'une voix suraiguë et joviale ; et il faut me donner ma chambre verte habituelle avec les panneaux à perroquets, parce que les meubles sont déjà affreusement salis par ma lotion capillaire. »

Susy rayonnait devant lui, car la présence de cet homme provoquait toujours chez ses amis un profond sentiment de satisfaction. Personne au monde, ils en convenaient tous, ne pouvaient être –même à moitié– aussi laid, aussi brouillon, aussi délicieux que Streffy ; personne ne pouvait combiner un égoïsme aussi flagrant avec une bonne humeur aussi imperturbable ; personne ne savait aussi bien vous faire croire qu'il se conduisait avec vous de façon charmante, alors qu'en fait c'était vous qui vous montriez charmant à son égard.

À tous ces attraits, dont personne n'estimait la valeur plus exactement que leur possesseur, Strefford ajoutait aux yeux de Susy un autre atout dont il était sans doute inconscient. Il se trouvait être la seule personne enracinée et stable parmi les figures mobiles et fugaces qui constituaient l'univers de la jeune femme. Susy avait toujours vécu au milieu de gens qui avaient à tel point perdu toute nationalité que lorsqu'on les prenait pour des Russes, ils s'avéraient généralement être américains, tandis que ceux que l'on faisait naître à New York étaient en fait originaires de Rome ou de Bucarest. Ces personnages cosmopolites, vivant dans des pays qui n'étaient pas les leurs, habitaient des demeures vastes comme des palaces, ou des hôtels dont les clients étaient aussi internationaux que le personnel ; ils s'étaient mariés entre eux, étaient tombés amoureux et avaient divorcé les uns des autres, sur toute la surface de l'Europe, et en suivant tous les codes qui prétendent réglementer les rapports humains. Strefford avait lui aussi élu domicile dans ce monde, mais un seul de ses domiciles. L'autre, celui auquel il faisait le plus rarement référence – et sans doute celui auquel il pensait le moins souvent –, était un grand manoir anglais ennuyeux dans un comté du Nord, où une vie aussi monotone et repliée que la sienne était bigarrée et dispersée se poursuivait depuis d'innombrables générations ; et c'était la présence de cette maison, et de tout ce qu'elle matérialisait, même pour quelqu'un d'aussi vagabond et irrespectueux, qui, faisant épisodiquement surface dans ses propos ou dans ses attitudes, lui donnait des contours plus nets et une position plus solide qu'aux autres marionnettes du spectacle. En apparence, il leur ressemblait, et rivalisait avec eux de détachement et de sens de l'adaptation ; il tournait en ridicule les préjugés dont il s'était défait, le peuple auquel il appartenait ; il conservait pourtant, sous l'aisance et la souplesse, la charpente des croyances et des usages anciens. « Il parle toutes les langues aussi bien que nous le faisons tous, avait dit une fois Susy à son propos, mais il y a quand même une langue qu'il parle mieux que les autres » ; Strefford, à qui on avait rapporté cette réflexion, avait ri, traité la jeune femme d'idiote, et éprouvé un vif contentement.

En grimpant l'escalier avec lui, le bras passé sous le sien, elle pensait à cette caractéristique en mesurant encore mieux sa valeur. Ils avaient beau, Lansing et elle, être des Américains à cent pour cent, forts d'un réseau à l'ancienne de cousins de New York et de Philadelphie, ils étaient pourtant dépourvus d'attaches mentales, et chez eux dans le monde entier, à la manière des camelots d'une Exposition universelle. Si l'on reconnaissait généralement en eux des Américains, c'était parce qu'ils parlaient très bien le français, et que Nick était trop blond pour être « étranger », et avait les traits trop marqués pour être anglais. Mais Charlie Strefford était anglais, lui, avec toute la force d'une habitude invétérée ; et en Susy émergeait lentement une certaine conscience de la beauté de l'habitude.

Bien à l'aise sur le balcon, où il l'avait accompagnée sans prendre le temps de se débarrasser des salissures du voyage, Strefford se montra vivement intéressé par le chapitre le plus récent de son histoire personnelle, ravi de ce qu'il se fût déroulé sous son propre toit, et malicieusement amusé, au plus haut degré, d'apprendre qu'elle refusait catégoriquement de le laisser voir Nick jusqu'à ce que celui-ci eût achevé sa tâche quotidienne.

« Il écrit ? Balivernes ! Qu'écrit-il ? Il te dresse, ma chère ; voilà ce qu'il fait : il établit un alibi. Combien paries-tu qu'en ce moment même il est occupé à fumer et à lire *Le Rire* ? Allons voir. »

Mais Susy resta inflexible. « Il m'a lu son premier chapitre : c'est magnifique. C'est un roman philosophique – dans le genre de *Marius l'Épicurien*, tu sais.

— Si je sais ! » s'exclama Strefford en éclatant d'un rire qu'elle trouva idiot.

Elle rougit comme un enfant. « Que tu es bête, Streffy. Tu oublies que Nick et moi, nous n'avons pas besoin d'alibis. Nous avons rejeté toute cette hypocrisie en nous entendant pour que chacun de nous donne un coup de main à l'autre dès que l'un de nous aura envie de changement. Nous ne nous sommes pas mariés pour nous espionner, pour mentir, pour nous harceler mutuellement ; nous avons fondé une association destinée à notre intérêt réciproque.

— Je comprends ; c'est épatant. Mais comment peux-tu être sûre que le jour où Nick souhaitera un changement, tu penseras, toi aussi, que ce changement est dans son intérêt ? »

Cette question avait toujours tourmenté secrètement Susy ; elle se demandait souvent si Nick se la posait, lui aussi.

« J'espère que j'aurai assez de bon sens... commença-t-elle.

— Bien entendu : l'un et l'autre, vous argumenterez nécessairement en invoquant le bon sens, quelle que soit la teneur de vos arguments. »

L'acuité indéniable de cette remarque la déconcerta, et elle reprit d'une voix un peu irritée : « Et toi, que ferais-tu, si tu te mariais ? Arrête, Streffy ! Je t'interdis de crier comme ça – toutes les gondoles s'arrêtent pour voir ce qui se passe !

— Que veux-tu que j'y fasse ? » Il se balança sur sa chaise.

« "Si tu te mariais", dit-elle : "Streffy, que ferais-tu si tu devenais brusquement fou à lier ?"

— Je n'ai rien dit de pareil. Si ton oncle et ton cousin mouraient, tu te marierais dès demain ; tu le sais très bien.

— Ah, voilà que tu parles de choses sérieuses. » Il replia ses longs bras et se pencha au balcon, contemplant les vaguelettes teintées d'ombre et de feu. « Dans ce cas, je dirais : "Susan – ma chère Susan –, maintenant que grâce à la bienveillante intervention de la Providence vous voici devenue comtesse d'Altringham dans le nobiliaire de Grande-Bretagne, et baronne Dunsterville et d'Amblay dans les nobiliaires d'Irlande et d'Écosse, je vous serais reconnaissant de vous souvenir que vous êtes membre d'une des plus anciennes maisons du Royaume-Uni – et de ne pas vous faire prendre." »

Susy éclata de rire. « Nous savons ce qu'il faut penser de ces mises en garde ! Je plains mon homonyme. »

Il se tourna et, de ses vilains petits yeux pétillants, darda sur elle un regard vif. « Existe-t-il au monde une autre femme qui se nomme Susan ?

— Je l'espère, si le prénom joue un rôle essentiel. Même si Nick me plaque, ne compte pas sur moi pour réaliser ce programme. Je l'ai vu mis en œuvre un peu trop souvent.

— Enfin, pour autant que je sache, tout le monde se porte parfaitement bien à Altringham. »

Fouillant sa poche, il en sortit un stylo, un mouchoir sur lequel de l'encre s'était répandue, et un paquet de cigarettes en piètre état. Il en alluma une, fourra de nouveau tout son matériel dans sa poche et poursuivit calmement : « Dis-moi, comment as-tu fait pour arranger tes affaires avec les Gillow ? Ursula perdait tout bon sens quand j'étais à Newport, l'été dernier ; c'était au moment où les gens commençaient à raconter que tu allais te marier avec Nick. J'ai eu peur qu'elle ne te mette des bâtons dans les roues ; et j'ai appris qu'en fait elle t'avait mis un gros chèque dans la main. »

Susy resta muette. Dès que Strefford avait fait son apparition, elle avait été certaine qu'il allait finir par poser cette question. Il était aussi fouineur qu'un singe, et lorsqu'il avait décidé qu'il saurait le fin mot d'une histoire, il était inutile d'essayer de changer de sujet. Après un moment d'hésitation, elle plongea : « J'ai flirté avec Fred. Ce n'était pas drôle – mais il a été parfaitement correct.

— On peut compter sur lui – pauvre Fred. Et tu as fait une grosse frayeur à Ursula ?

— Une frayeur suffisante, en tout cas. Heureusement, le jeune Nerone Altineri a débarqué, en provenance de Rome ; il venait à New York chercher un poste d'ingénieur, et Ursula a persuadé Fred de lui trouver du travail dans leur usine sidérurgique. » Elle se tut de nouveau, puis ajouta abruptement : « Streffy ! Si tu savais comme je déteste ce genre de choses. Je préférerais encore que Nick arrive à l'instant et me dise franchement, comme je sais qu'il le ferait, qu'il va partir avec...

— Avec Coral Hicks ? » suggéra Strefford.

Elle rit. « Pauvre Coral Hicks ! Pourquoi diable penses-tu aux Hicks ?

— C'est que je les ai aperçus l'autre jour à Capri. Ils se baladent : ils m'ont dit qu'ils allaient venir ici.

— Quelle barbe ! J'espère qu'ils ne mettront pas la main sur nous. Ils ont été on ne peut plus gentils avec Nick quand il est allé aux Indes avec eux, et ils sont si naïfs qu'ils vont s'imaginer qu'il serait content de les voir. »

Strefford lança son mégot vers un touriste en casque colonial, un guide ouvert à la main, et les yeux levés vers le palais. « Ah ! » murmura-t-il avec satisfaction en voyant le projectile atteindre son but ; puis il ajouta : « Coral Hicks est en train de devenir plutôt jolie.

— Enfin, Streff, tu rêves ! Mal dégrossie, avec des lunettes et les chevilles épaisses ! La pauvre Mrs Hicks disait toujours à Nick : "Quand nous avons fait faire des études à Coral, nous pensions, Mr Hicks et moi, que la culture était un article très demandé en Europe, mais il semble que ce ne soit pas le cas."

— Tu verras que cette jeune fille ne sera pas encombrée par son instruction, une fois qu'elle aura pris son essor. Très bien : suppose que Nick vienne te dire qu'il part...

— Je serais vraiment ravie que ce soit avec une horreur comme Coral ! Mais tu sais, ajouta-t-elle en souriant, nous nous sommes entendus pour que ça ne se produise pas avant un an. »

VI

Strefford sembla à Susy, au-delà de l'absurdité de ses premiers propos, d'une gentillesse et d'une sensibilité inhabituelles. L'intérêt dont il témoignait pour son avenir à elle et pour celui de Nick procédait moins, apparemment, de son esprit enclin à la curiosité scientifique que de la simple amitié. Il eut le privilège de voir le premier chapitre de Nick, au sujet duquel il eut une impression si favorable qu'il fit des recommandations à Susy sur l'importance de respecter les horaires de travail de son mari ; et il poussa même son humeur bienveillante jusqu'à se montrer paternel avec Clarissa Vanderlyn. Il était toujours charmant avec les enfants, mais par accès, prudemment, en restant attentif à son indépendance comme au risque de s'ennuyer soudainement en leur compagnie ; Susy ne l'avait jamais vu abandonner ces précautions aussi complètement qu'il le faisait avec Clarissa.

« Pauvre petite coquine ! Qui s'occupe d'elle quand vous allez vous promener, Nick et toi ? Est-ce qu'Ellie a vraiment renvoyé la gouvernante avant de partir, sans faire venir personne pour la remplacer ?

— Je crois qu'elle comptait sur moi pour le faire », répliqua Susy sur un ton un peu sec. Par moments, ses devoirs vis-à-vis de Clarissa pesaient lourdement sur ses épaules. Chaque fois qu'elle partait avec Nick, elle était poursuivie par la vision d'une petite silhouette qui agitait la main mélancoliquement sur le balcon.

« C'est tout à fait Ellie : tu aurais pu te douter qu'elle demanderait une contrepartie quand elle t'a prêté cet endroit. Mais je ne crois pas qu'elle imaginait que tu allais assumer cette tâche si consciencieusement. »

Susy réfléchit. « Non, sûrement pas ; d'ailleurs, il y a un an, je ne l'aurais peut-être pas fait. Mais tu comprends... » Elle hésita. « Nick est d'une telle bonté que ça me fait voir des tas de choses différemment...

— La barbe, Nick et sa bonté ! C'est le bonheur qui a fait le coup, ma chère. Tu te trouves simplement être de ces personnes à qui le bonheur réussit. »

Susy, se renversant en arrière, examina entre ses cils le visage irrégulier, l'expression ironique de son ami.

« Et toi, Streffy, qu'est-ce donc qui te réussit ? Je ne t'ai jamais vu si humain. Tu dois toucher des sommes folles pour la villa. »

Strefford rit et appuya sa main sur sa poche de poitrine. « Je serais un imbécile de ne pas en profiter : j'ai ici un télégramme qui me dit qu'il la leur faut pour un mois de plus, à n'importe quel prix.

— Quelle chance ! Je suis bien contente. Qui est-ce, à propos ? »

Il se redressa, s'extrayant de la chaise longue sur laquelle il s'était affalé, et baissa les yeux vers elle en souriant. « Un autre couple d'idiots amoureux dans votre genre... Dis donc, avant que je dépense tout, si on allait acheter quelque chose de sensationnel pour Clarissa ? »

Les jours passaient si vite, si délicieusement, que hormis l'inquiétude que lui causait Clarissa, Susy se serait à peine rendu compte de l'absence prolongée de son hôtesse. « Quatre semaines au plus », avait dit Mrs Vanderlyn, mais les quatre semaines étaient terminées et elle n'était pas de retour – aucun courrier n'expliquant ce qui l'amenait à retarder son retour. En fait, elle n'avait donné aucun signe de vie depuis son départ, si ce n'est une carte postale reçue par Clarissa le lendemain de l'arrivée des Lansing : Mrs Vanderlyn y recommandait à son enfant d'être extrêmement sage et de ne pas oublier de nourrir la mangouste. Susy remarqua que cette missive était postée de Milan.

Elle fit part de ses appréhensions à Strefford. « Je ne me fie pas à cette nurse aux yeux verts. Elle passe son temps avec le jeune gondolier ; et Clarissa n'a pas les yeux dans sa poche. Je ne comprends pas pourquoi Ellie n'est pas là : elle devait revenir lundi dernier. »

Son compagnon rit, et quelque chose dans la tonalité de son rire laissa entendre à Susy qu'il en savait sans doute autant qu'elle sur les faits et gestes d'Ellie, si ce n'est plus. Le sentiment de dégoût que ce sujet éveillait toujours en elle lui fit détourner vivement le regard de son sourire tolérant. Elle aurait donné l'univers entier, à cet instant, pour être libre de révéler à Nick ce qu'elle avait appris le soir de son arrivée, et partir ensuite avec lui, n'importe où. Mais il y avait Clarissa !

Pour être plus forte face à la tentation, elle fixa résolument ses pensées sur son mari. La béatitude de Nick ne faisait pas de doute. Il l'adorait, il se régalait de Venise, il était enchanté de son travail ; quant à la qualité de ce dernier, le cœur comme l'esprit de Susy lui inspiraient une conviction sans faille. Elle n'était pas encore certaine qu'il pût un jour gagner sa vie grâce à sa plume ; mais elle ne doutait plus qu'il fût destiné à écrire quelque chose de remarquable. Il se consacrait à un roman philosophique, et non à une vulgaire œuvre romanesque : en soi, cela semblait la preuve d'une supériorité intrinsèque. Au cas où elle aurait mis en doute sa propre impartialité, l'approbation de Strefford aurait suffi à la rassurer. Parmi ses amis, Strefford passait pour une autorité sur ces questions : quand ils dressaient l'inventaire de ses vertus, ses panégyristes concluaient toujours par ces mots : « Et comme vous le savez, il écrit. » En réalité, le public commercial avait accueilli avec froideur les quelques pages qu'il avait publiées ; mais il fréquentait ce genre de personnes qui confondent le goût avec le talent, et se laissent impressionner par les tentatives les plus gauches d'expression littéraire ; et bien qu'il affectât de dédaigner leur jugement, ainsi que ses propres efforts, Susy savait qu'il n'était pas fâché de savoir que l'on disait de lui : « Ah, si seulement Streffy avait voulu... ! »

L'opinion favorable de Strefford sur le roman philosophique la convainquait de la justesse de son choix de rester à Venise dans l'intérêt de Nick ; d'ailleurs, si seulement Ellie se décidait à revenir et à emmener Clarissa à Saint-Moritz ou à Deauville, l'épisode désagréable sur lequel leur bonheur était fondé s'évanouirait comme un nuage, et laisserait place à une félicité complète.

Ellie n'arrivait toujours pas ; mais les Hicks, eux, étaient là, et Nick, comme sa femme l'avait prévu, se trouva assailli par les scrupules. Strefford, un soir, en revenant du Lido, signala qu'il avait reconnu l'énorme masse de l'*Ibis* parmi les navires de plaisance du port extérieur ; et dès le lendemain soir, tandis que les hôtes du palais Vanderlyn savouraient leurs glaces chez Florian, les Hicks firent leur apparition de l'autre côté de la Piazza.

Susy supplia en vain son mari de défendre son droit à la tranquillité. « Rappelle-toi que tu es ici pour écrire, mon chéri ; c'est ton devoir de ne laisser personne t'en empêcher. Pourquoi ne pas leur dire que nous étions sur le point de partir ?

— Parce que c'est inutile : nous allons passer notre temps à les rencontrer. En plus, il n'est pas question que je m'applique à éviter les Hicks. J'ai passé cinq mois pleins sur l'*Ibis*, et s'ils m'ont parfois ennuyé, l'Inde m'a passionné, elle.

— De toute façon, nous nous arrangerons pour qu'ils nous emmènent à Aquilée », suggéra Strefford avec philosophie.

Un instant plus tard, les Hicks fondaient sur le trio sans défense. Ils offraient un aspect redoutable, non seulement à cause de leur volume – Mr Hicks aussi bien que son épouse étaient majestueusement tridimensionnels – mais aussi parce qu'ils ne se déplaçaient jamais dans leurs voyages sans être escortés de deux secrétaires particuliers (dont l'un était chargé des langues étrangères), du médecin de Mr Hicks, d'une dame célibataire nommée Eldorada Tooker, cousine et sténographe de Mrs Hicks, et enfin de leur fille, Coral Hicks.

Coral Hicks, la dernière fois que Susy avait rencontré cette bande, était encore une écolière grassouillette, portant lunettes, traînant toujours derrière ses parents, suivie d'un caniche grincheux. Le caniche avait disparu, et sa maîtresse marchait en tête de la procession. L'écolière dodue était devenue une jeune personne aux formes bien dessinées, sinon gracieuses ; un face-à-main muni d'un long manche avait remplacé les lunettes, et à travers ses verres, Miss Coral Hicks braquait sur le monde un regard qui, loin d'être boudeur, alliait l'assurance et l'esprit critique. Elle semblait si forte, si résolue, que Susy, la jaugeant en un éclair, comprit que sa position de chef de file n'avait rien de fortuit et se dit *in petto* : « Encore heureux qu'elle ne soit pas jolie, en plus ! »

Pas jolie, certes, mais cependant bien habillée ; trop instruite, peut-être, mais là aussi capable, comme Strefford l'avait laissé entendre, de surmonter ce fatal désavantage. En tout cas, elle ne s'abaissait pas à le déguiser ; la petite troupe n'avait pas été assise cinq minutes devant une nouvelle tournée de glaces (Eldorada et les secrétaires s'étant installés à une table située légèrement à l'arrière-plan) que Coral s'entretenait déjà avec Nick de l'exploration de la Mésopotamie.

« Curieuse gamine, cette Coral », dit-il à Susy cette nuit-là, tandis qu'ils fumaient une dernière cigarette sur leur balcon. « Elle m'a dit cet après-midi qu'elle se rappelait toutes sortes de choses qu'elle m'avait entendu dire en Inde. À l'époque, je croyais qu'elle ne s'intéressait qu'aux caramels et aux puzzles, mais apparemment, elle écoutait toutes les conversations, et lisait tous les livres qui lui tombaient sous la main ; et l'archéologie orientale l'a tellement emballée que l'an dernier, à Bryn Mawr, elle a suivi une série de cours sur le sujet. Elle compte aller à Bagdad au printemps prochain, et revenir en passant par le plateau perse et le Turkestan. »

Susy eut un rire voluptueux : sa main était glissée dans celle de Nick, tandis que la lune nocturne – leur lune, revenue vers eux – se glorifiait de sa rondeur orange, au-dessus du clocher de San Giorgio.

« Pauvre Coral ! Que c'est triste... murmura Susy.

— Triste ? Pourquoi ? Un voyage pareil, à mon avis, c'est à peu près ce qu'on pourrait souhaiter de mieux.

— Je veux dire que c'est triste de faire ça sans toi ni moi ! » lança-t-elle d'une voix rieuse, en se levant paresseusement pour rentrer à l'intérieur.

Une large bande de clair de lune divisait sa chambre en deux moitiés obscures et s'étalait sur le lit vénitien peint, sur le drap au coin replié, le vieux couvre-lit damassé et les oreillers bordés de dentelle. Elle sentit la chaleur du bras de Nick qui l'enlaçait et leva son visage vers celui de son mari.

Les Hicks avaient conservé les souvenirs les plus tendres du séjour de Nick sur l'*Ibis*, et Susy, émue par le plaisir ingénu qu'ils manifestaient à le revoir, se réjouit de ce qu'il n'avait pas suivi ses conseils et cherché à les éviter. Elle avait toujours admiré l'implacable talent de Strefford, capable d'utiliser et de rejeter le matériel humain qui croisait son chemin, mais elle commençait maintenant à espérer que Nick oublierait sa suggestion de pratiquer cette méthode avec les Hicks. Même sans tenir compte du plaisir que leur procurait la présence d'un grand yacht à leur porte pendant les longues journées dorées et les nuits embrasées d'argent, l'admiration des Hicks pour Nick aurait amené Susy à les supporter sans rechigner. Elle commençait même à éprouver pour eux une affection grandissante, liée à cela même qui naguère aurait provoqué sa désapprobation. Susy avait eu mainte occasion d'apprendre à aimer les gens vulgaires à la bourse bien pleine ; en pareille conjoncture, sa réserve de concessions et d'excuses était inépuisable. Mais ces gens vulgaires devaient avoir réussi ; et les Hicks, selon ses critères, étaient des ratés. Leur côté ridicule ne posait pas de problème : Dieu sait que leurs rivaux n'échappaient pas à cette tare. Mais outre cela, la trajectoire des Hicks était jalonnée d'erreurs. Ils avaient résisté avec persévérance aux efforts des conseillers expérimentés qui, après les avoir repérés à l'horizon, s'étaient évertués à les aider dans leur ascension. Ils s'entichaient toujours des personnes les plus déplorables, donnaient des réceptions qui les desservaient, et dépensaient des millions pour des histoires qui n'intéressaient personne, du moins parmi les gens qui comptaient. Ils se passionnaient tous pour des « mouvements », des « causes », des « idéaux », étaient toujours entourés des adeptes de leur croyance la plus récente, vous demandaient toujours de venir suivre des conférences données par des femmes hagardes vêtues d'un péplum, et se faisaient portraiturer par des illuminés qui ne finissaient jamais par être à la mode.

Tout cela aurait auparavant contribué à susciter le mépris de Susy ; elle s'apercevait aujourd'hui que si elle aimait les Hicks, c'était surtout en raison de leurs faiblesses. Elle était émue par leur bonne foi toute simple, leur isolement au milieu de toute une faune bizarre d'apôtres et de parasites, leur façon de traverser un monde étranger et indifférent en constituant un groupe aux rangs serrés dont Eldorada Tooker, le médecin et les deux secrétaires formaient la frange extérieure, et de se voir eux-mêmes comme une sorte de réincarnation collective d'un État ancien à la culture princière, symbolisé aux yeux de Mrs Hicks par ce qu'elle appelait « la Cour de la Renaissance ». Eldorada, bien sûr, était la grande prophétesse de cette foi ; mais même les jeunes secrétaires intensément « talentueux » et modernes, Mr Beck et Mr Buttles, se montraient prêts à partager ses vues. Mr Hicks était un « protecteur des arts », disaient-ils avec un empressement touchant à la façon de Pandolfino célébrant la magnificence des Médicis.

« Je commence à m'attacher vraiment aux Hicks ; je crois que je me montrerais agréable avec eux même s'ils étaient descendus au Danieli, déclara Susy à Strefford.

— Même si c'était toi la propriétaire du yacht ? » répliqua-t-il – pour une fois, son badinage parut à Susy hors de propos.

L'*Ibis* les emporta, au long des interminables journées de juin, bien loin sur des rivages enchantés ; ils parcoururent les monts Euganéens, ils virent Aquilée, Pomposa, Ravenne. Leurs hôtes les auraient volontiers entraînés encore plus loin, de l'autre côté de l'Adriatique, dans la résille dorée de la mer Égée ; mais Susy s'opposa à cette infraction au programme défini par Nick, et il préféra lui-même s'en tenir à sa besogne. Mais il écrivait maintenant au petit matin, de sorte qu'ils pouvaient presque chaque jour partir avant midi et revenir tard le soir, lorsque la lagune se frangeait de lumières. Son travail continuait à avancer, et à mesure que les pages s'ajoutaient aux pages, Susy percevait obscurément – mais avec certitude – que chaque feuille noircie correspondait à une sécrétion occulte d'énergie, à la formation progressive au cœur de son être d'un élément qui risquait un jour de modifier leurs deux vies. De quelle manière, elle ne pouvait que le conjecturer : elle sentait simplement que parce qu'il avait choisi une activité et qu'il s'y était tenu, ne fût-ce que pendant quelques lumineuses semaines d'été, il avait déjà acquis une nouvelle façon de dire « oui » et « non ».

VII

Qu'un ferment nouveau fût à l'œuvre en lui, Nick Lansing en était lui-même bien conscient. Il était meilleur juge du livre qu'il essayait d'écrire que Susy ou que Strefford ; il connaissait ses faiblesses, ses perfidies, sa tendance à lui glisser entre les doigts alors qu'il croyait le tenir enfin fermement ; mais il savait aussi qu'au moment même où ses efforts sembleraient avoir été vains, l'inspiration serait soudain de retour, et de ses grandes ailes viendrait l'éventer bruyamment.

Il ne se faisait pas d'illusions sur la valeur commerciale de son œuvre, et lorsque Susy s'était référée à *Marius*, de Walter Pater, loin de triompher, il avait tiqué. Son livre devait s'intituler « La Marche d'Alexandre ». Son imagination avait été séduite à l'idée de peindre l'avancée du jeune conquérant à travers les paysages fabuleux de l'Asie ; il aimait rédiger des descriptions, et pressentait vaguement que sous l'apparence de la fiction il pourrait développer sa théorie des influences orientales sur l'art occidental en mettant en jeu moins d'érudition que si la forme choisie avait été celle de l'essai. Il connaissait suffisamment son sujet pour savoir que ses connaissances ne lui permettaient pas de l'aborder sérieusement par écrit ; mais il se consolait en songeant que *Wilhelm Meister* avait survécu à bon nombre d'épais traités d'esthétique ; et entre deux périodes de découragement, il s'accordait à lui-même la haute valeur déclarée par Susy, et trouvait dans son travail une joie sans mélange.

Jamais – non, jamais ! – il n'avait connu un bonheur aussi illimité, aussi confiant. Ses besognes alimentaires lui avaient donné l'habitude de l'application, et l'habitude se teintait maintenant des couleurs lumineuses de l'inspiration. Ses tentatives littéraires avaient jusqu'alors été timides et hésitantes : si celle-ci se développait et gagnait en force sous sa plume, c'était sans doute parce que les circonstances avaient changé du tout au tout. Il était à l'aise, en sécurité, heureux ; et de plus, pour la première fois depuis sa prime jeunesse, avant la mort de sa mère, il avait le sentiment de devoir s'occuper de quelqu'un, de veiller tout spécialement sur une personne devant laquelle il était responsable de lui-même et de ses actes, alors qu'il n'avait jamais éprouvé cela devant les êtres pressés et indifférents parmi lesquelles il avait choisi de vivre.

Susy avait la même échelle de valeurs que ces gens ; elle parlait leur langage, même si elle en comprenait d'autres ; elle avait soif des mêmes plaisirs qu'eux, même si elle n'adorait pas leurs dieux. Mais du jour où elle était devenue sa propriété, il avait élaboré au sujet de cette femme une conception qui répondait à un besoin de vénération profondément ancré en lui. Elle était à lui, il l'avait choisie, elle avait pris sa place dans une longue lignée d'épouses Lansing qui avaient été aimées, honorées, et sans doute trompées, par des Lansing de jadis. Il ne prétendait pas comprendre les bases logiques de ce phénomène ; mais le fait qu'elle fût sa femme donnait un but et une cohérence à ses impulsions désordonnées, et son travail en était paré de l'aura mystérieuse de la consécration.

Une ou deux fois, aux premiers jours de leur mariage, il s'était demandé avec un léger frisson ce qui se passerait si Susy se mettait à l'ennuyer. Cela lui était arrivé avec d'autres femmes, qui lui avaient fait éprouver initialement des émotions d'une intensité équivalente à celles que Susy lui inspirait aujourd'hui. Le rôle qu'il avait joué jusqu'alors dans ses liaisons amoureuses aurait en fait pu être résumé par le vers mémorable « Je suis le chasseur et la proie » : invariablement, il s'était d'abord reconnu dans la première partie de cette formule, pour se sentir ensuite défini par la seconde. Cette évolution n'avait jamais manqué de provoquer en lui les sentiments les plus douloureux, puisque son affection pour celle qui le traquait égalait presque sa commisération pour lui-même ; cependant, la tendance à s'apitoyer sur son propre sort restait toujours légèrement plus forte, et il finissait donc toujours par prendre le pas sur la poursuivante.

Tous ces souvenirs d'avant la naissance lui paraissaient désormais totalement inapplicables à l'homme nouveau qu'il était devenu. Trouver Susy ennuyeuse, c'était inimaginable ; et cela serait-il arrivé qu'il n'aurait pas cherché à lui échapper. Il ne pouvait voir en elle une ennemie, ni même une complice, puisque les complices sont des ennemis en puissance : c'était quelqu'un avec qui, par l'effet d'un miracle sans précédent, on pouvait savourer des joies supérieures à celles de l'amitié, mais qui, même au milieu de ces extases fugitives, restait tout simplement et en toute sécurité son amie.

Ces sentiments nouveaux ne modifiaient pas son attitude générale à l'égard de la vie : tout au plus confirmaient-ils sa conviction qu'au bout du compte, vivre, c'était vraiment épatant. Ce qui lui avait toujours fait plaisir lui donnait à présent encore plus de plaisir. Un bon dîner ne lui avait jamais paru aussi bon, un beau coucher de soleil n'avait jamais été aussi beau ; il se réjouissait, par surcroît, de ce qu'il appréciait l'un et l'autre avec une égale acuité. Il était aussi fier que jamais de l'intelligence de Susy, de sa liberté à l'égard des préjugés : elle ne pouvait pas être trop « moderne » à ses yeux, maintenant qu'elle était sienne. Il partageait sans réticence sa jouissance passionnée du moment présent, et son désir ardent de le prolonger. Il savait qu'elle étudiait la façon de faire fructifier leurs chances, et s'associait en secret à cette recherche, se demandant quels moyens nouveaux elle allait dénicher. Il était content qu'Ellie Vanderlyn ne soit pas revenue, et commençait à espérer qu'ils auraient le palais pour eux tout seuls jusqu'à la fin de l'été. Si c'était le cas, il aurait le temps de terminer son livre, et Susy parviendrait à étoffer leurs chèques de mariage par le cumul des intérêts ; ainsi devenait-il envisageable que leur année enchantée fût multipliée par deux.

La saison avait beau être avancée, leur présence et celle de Strefford à Venise avaient attiré en cette ville plusieurs membres vagabonds de leur entourage. Par un trait caractéristique, ces personnes indifférentes mais grégaires ne pouvaient jamais rester longtemps séparées les unes des autres sans éprouver un vague malaise. Lansing connaissait bien ce sentiment. Il en avait éprouvé lui-même de légères atteintes, et s'était souvent chargé d'apaiser les accès dont souffraient certains de ses proches. C'était un mal à peine plus douloureux que le petit creux qui rappelle l'heure du thé à celui qui a bien déjeuné et sait qu'il dînera tout aussi abondamment ; mais cela donnait un but lorsqu'on n'en avait pas, et permettait à bien des esprits hésitants de trancher le difficile choix annuel entre Deauville et Saint-Moritz, Biarritz et Capri.

Nick apprit sans surprise que la vogue de cet été voulait désormais que l'on fît un saut à Venise pour passer voir les Lansing. Streffy avait frayé la voie, et il convenait toujours de suivre l'exemple de Streffy. De plus, le mariage de Susy donnait toujours lieu à d'affectueuses conjectures. Les gens connaissaient l'histoire des chèques de mariage, et se demandaient avec intérêt combien de temps leurs bénéficiaires pourraient les faire durer. Pour être à la mode de la saison, on se devait de participer à la prolongation de la lune de miel en proposant un logis à ce couple aventureux. Juin n'était pas achevé qu'une bande d'amis prenait le soleil au Lido avec les Lansing.

Nick, de façon inattendue, fut dérangé par leur arrivée. Pour éviter les commentaires et les bavardages, il mit son livre à l'écart et défendit à Susy d'en parler, lui expliquant qu'il avait besoin d'un temps de repos. Sa femme adopta aussitôt cette position, non sans exagération, le préservant de la tentation de travailler aussi fermement qu'elle l'avait détourné de l'oisiveté ;

et il prit grand soin de ne pas lui donner l'occasion de deviner que ce changement d'habitudes correspondait à un tournant difficile dans l'élaboration de l'ouvrage. Mais bien qu'il n'eût pas regretté de cesser d'écrire, il se trouva étrangement accablé par le poids de ses loisirs. Pour la première fois, la flânerie collective avait perdu pour lui de son charme ; ce n'était pas que ses compagnons de flânerie fussent moins avenants que naguère, mais, dans l'intervalle, il avait connu quelque chose d'infiniment mieux. Il s'était toujours senti supérieur à ses fréquentations habituelles, cependant il considérait aujourd'hui, que l'avantage était trop grand et que pour tout dire, cela frôlait l'injustice.

Il avait eu la faiblesse de supposer que Susy réagirait comme lui ; mais il s'aperçut avec agacement que l'arrivée de leurs amis contribuait à son entrain. L'éclat intérieur qui lui avait donné une beauté nouvelle semblait se trouver accru par la présence de ceux-là même qu'ils avaient souhaité fuir en venant à Venise.

Lansing en était vaguement irrité ; et lorsqu'il lui demanda si elle était contente d'avoir retrouvé la bande habituelle, il fut encore plus irrité de l'entendre répondre en riant qu'elle espérait que les pauvres chéris ne se rendaient pas compte de l'ennui qu'ils lui inspiraient. L'insincérité évidente de cette réponse choqua Lansing. Il savait que Susy ne s'ennuyait pas vraiment, et il comprit qu'elle avait simplement deviné ce qu'il ressentait et adopté instinctivement ses sentiments ; que dorénavant, elle n'allait jamais cesser de penser ce qu'il pensait. Pour confirmer cette crainte, il dit d'un ton désinvolte : « Quand même, c'est bien amusant de recommencer à se balader un peu avec eux » ; et elle répondit aussitôt, avec une conviction tout aussi entière : « Oui, c'est sûr ! Quand même, on les aime bien... »

De nouveau, la peur de l'avenir effleura Lansing de ses doigts glacés. L'indépendance de Susy, son autonomie comptaient parmi ses traits de caractères les plus attirants ; si elle se transformait en écho ; leur duo délicieux risquait de devenir le plus fastidieux des monologues. Il oublia que cinq minutes plus tôt, il avait éprouvé de la contrariété à la voir si contente de retrouver leurs amis, et, l'espace d'un instant, il eut l'impression de se pencher sur une énigme vertigineuse de la vie sentimentale : autant il est exaspérant d'être contredit, autant il est monotone d'être approuvé.

Il commençait une fois de plus à se demander s'il n'était pas foncièrement inapte à l'état matrimonial ; et il ne parvint à échapper au désespoir qu'en se rappelant que Susy n'allait certainement pas rester indéfiniment assujettie à ses changements d'humeur. Même alors, il ne lui vint pas à l'esprit de se réconforter en songeant que ses inquiétudes n'avaient pas lieu d'être, puisque les liens qui les unissaient étaient manifestement temporaires. L'entente singulière sur laquelle était fondé leur mariage n'avait pas laissé la moindre trace dans ses pensées, lorsqu'il songeait à elle ; l'idée que chacun d'eux pourrait renoncer éventuellement à l'autre dans leur intérêt commun n'apparaissait plus que comme le pâle fantôme d'une vieille plaisanterie.

Il finit par s'apercevoir, au bout d'une ou deux semaines de sociabilité effrénée, que de tous ses vieux amis, c'étaient les Hicks qui le lassaient le moins. Ceux-ci avaient quitté l'*Ibis* pour s'installer en appartement, dans un vaste palais délabré près du Canareggio. Ils louaient ce logement à un peintre (une de leurs dernières découvertes), et ils se résignaient philosophiquement à l'absence de confort moderne pour bénéficier en contrepartie de cet avantage inestimable qu'on appelle « atmosphère ». Dans ce climat privilégié, ils rassemblaient autour d'eux leur mélange habituel de paisibles savants et de bruyant adeptes de théories nouvelles, sans avoir le moins du monde conscience de la disparité entre leurs différents invités, et béatement convaincus de siéger enfin à la source même de la sagesse.

Autrefois, Lansing se serait régalé pendant une demi-heure, pour endurer ensuite toute une longue soirée d'ennui, en voyant Mrs Hicks, ample et couverte de bijoux, assise entre un professeur d'archéologie à l'allure discrète et un compositeur au front large, ou le grand prêtre d'un nouveau pas de danse, pendant que Mr Hicks, un sourire rayonnant s'étalant au-dessus de son vaste gilet blanc, veillait à ce que le champagne coule en flots plus abondants que les paroles ; quant aux jeunes secrétaires talentueux, ils s'activaient à tenir tête aux crépitants feux croisés de la prophétie et de l'érudition. Mais Lansing n'était plus le même. Jusqu'alors, c'était lorsqu'il les comparait à ses propres amis que les Hicks lui avaient paru particulièrement insupportables ; maintenant, parce qu'ils lui permettaient d'échapper à ces mêmes amis, ils lui paraissaient non seulement sympathiques mais intéressants. Ce n'était pas rien, après tout, d'être en compagnie de gens aux yeux de qui Venise ne se limitait pas à un endroit exceptionnellement favorable à la baignade et à l'adultère : les Hicks, eux, se savaient en présence d'un lieu unique et ineffable, même si le respect qu'ils éprouvaient restait empreint d'une certaine confusion.

« En somme – songea-t-il un soir, tandis que son regard errait, avec un sentiment un peu semblable à la joie simple d'un convalescent, d'un de leurs grands visages confiants à l'autre –, en somme, ils ont une religion... » Cette expression, à l'instant où il s'en servit, lui sembla indiquer un nouvel élément de son propre état d'esprit, et constituer, en fait, la clé de sa nouvelle attitude à l'égard des Hicks. L'ardeur brouillonne qu'ils déployaient au service des grandes causes était en rapport avec la nouvelle vision qu'il avait de l'univers : quiconque ressentait, même de façon vague, la splendeur et la densité de la vie serait désormais et pour toujours plus proche de lui que tous ces gens pour qui les merveilles du monde se mesuraient à l'aune de leur situation bancaire. Il lui apparut, à la réflexion, que c'était ce qu'il voulait dire quand il attribuait aux Hicks une « religion »...

Quelques jours après, son bien-être fut troublé de façon inattendue par l'arrivée de Fred Gillow. Lansing avait toujours éprouvé un sentiment d'affection tolérante pour ce jeune homme corpulent, souriant, silencieux, profondément désireux de ne rien manquer de ce qui était accessible à une personne dotée de sa fortune et de sa situation sociale. À quoi lui servait de vivre ce qu'il vivait ? Lansing, qui pour sa part s'était toujours engagé à fond dans ses modestes aventures, ne parvenait pas à l'imaginer ; mais il avait toujours soupçonné Fred, ce prodigue, de n'être qu'un spectateur qui feignait d'avoir une existence réelle. Pour la première fois, cependant, il le voyait d'un autre œil. S'il existait, à vrai dire, une part de malaise dans la conscience de Nick, elle était liée aux Gillow. D'emblée, Susy et lui avaient moins parlé d'eux que de tout autre membre de leur groupe : ils avaient tacitement évité leur nom depuis le jour où Susy était venue chez Lansing pour lui apprendre qu'Ursula Gillow l'avait priée de renoncer à lui, jusqu'à l'approche de leurs noces, et au cri enthousiaste lancé par Susy : « Notre premier cadeau de mariage ! Un énorme chèque, de la part de Fred et d'Ursula ! »

Un grand nombre de personnes bienveillantes étaient disposées, Lansing le savait, à lui raconter par le menu ce qui s'était passé dans l'intervalle entre ces deux moments ; mais il avait soigneusement évité de s'en informer. Il avait même feint d'être parfaitement au courant, si bien que les amis qui brûlaient d'envie d'éclairer sa lanterne se trouvaient découragés, puisque visiblement, il en savait plus qu'eux ; quant à lui, il s'était fait peu à peu à cette idée, au point d'être désormais convaincu de ne rien ignorer.

Mais il s'apercevait maintenant qu'il ne savait rien du tout, et que le « Salut, vieux Fred ! » lancé par Susy à l'arrivée de Gillow pouvait aussi bien être la salutation tribale d'usage – puisque dans leur jargon intime, tout le monde était « vieux » et portait un diminutif – qu'une formule susceptible de cacher les insondables profondeurs de leur complicité.

Visiblement, Susy était contente de voir Gillow ; mais c'était une période où elle était contente de tout, contente tout simplement d'afficher son contentement ! Cette évidence désarma son mari et lui fit honte de sa gêne. « Il fallait que tu réfléchisses à tout ça plus tôt, donc tu ferais mieux de cesser complètement d'y penser » : tel fut le conseil – excellent mais inefficace – qu'il se donna à lui-même dès le lendemain de l'arrivée de

Gillow. Après quoi il entreprit immédiatement de réfléchir de nouveau à toute l'affaire.

Quant à Fred Gillow, il ne semblait pas imaginer un instant que d'aucuns étaient atteints dans leur tranquillité d'esprit par sa présence. Jour après jour, il passait des heures affalé sur les sables du Lido, les bras repliés sous la tête, écoutant Streffy débiter des balivernes et regardant Susy d'un œil ensommeillé ; mais il ne manifestait aucun désir de la voir seule, ou de nouer avec elle une conversation particulière. Il semblait plus que jamais se satisfaire de constituer le public béat d'une représentation coûteuse organisée à son seul bénéfice. Il fallut qu'un matin il l'entende se plaindre doucement de la chaleur croissante et du désagrément des moustiques pour qu'il lance, comme s'il se référait à une question discutée longtemps auparavant et réglée de façon définitive : « La lande sera disponible quand vous voudrez, à partir du premier août. »

Nick eut l'impression que Susy rougissait un peu ; il la vit se redresser d'un air encore plus déterminé que d'habitude, en chassant du pied un galet qui alla rouler dans les vaguelettes.

« Vous souffrirez moins de la chaleur, en Écosse, ajouta Fred, qui n'avait pas pour habitude de fournir des arguments aussi détaillés.

— Ah, tu crois ? » répliqua-t-elle gaiement ; après quoi elle ajouta, d'un air mystérieux et important, en pivotant sur ses talons hauts : « Nick a du travail ici. Nous serons sans doute retenus tout l'été.

— Du travail ? C'est idiot ! Avec les odeurs, vous allez périr. » Gillow, perplexe, leva les yeux au ciel, autant que le lui permettait son chapeau incliné vers l'avant ; puis lâcha, en homme profondément ulcéré : « Je croyais que c'était entendu. »

« Dis-moi – demanda Nick à sa femme ce soir-là, lorsqu'ils se retrouvèrent dans la fraîcheur du salon d'Ellie, après un dîner tardif au Lido –, qu'est-ce qui a fait croire à Gillow qu'il était entendu que nous irions sur sa lande au mois d'août ? » Lorsqu'il s'aperçut qu'il avait commis une bourde en appelant leur ami par son nom de famille, le rouge lui monta aux joues.

Susy avait laissé sa cape de dentelle glisser jusqu'à ses pieds et se dressait devant lui dans la chambre à peine éclairée, svelte et nacrée sous les transparences noires de sa robe.

Elle haussa des sourcils insouciants. « Je te l'ai dit il y a longtemps : il nous a invités là-bas pour le mois d'août.

— Ce que tu ne m'avais pas dit, c'est que tu avais accepté. »

Elle sourit comme si la phrase de Nick avait été aussi simple que la personnalité de Fred. « J'ai tout accepté – de la part de tout le monde ! »

Que pouvait-il répondre ? C'était précisément sur ce principe qu'avait reposé leur transaction. Et s'il avait dit : « Oui, mais là, c'est différent, parce que je suis jaloux de Gillow », quelle lumière une telle réponse aurait-elle jeté sur son passé ? Le moment où il aurait pu être jaloux – à supposer qu'une attitude aussi désuète pût être défendable, à quelque titre que ce fût –, le seul moment, donc, où la jalousie eût été possible était survenu avant son mariage, avant l'acceptation des offrandes qui avaient contribué à l'existence de cette union. Il était à présent un peu étonné qu'à cette époque de tels scrupules ne l'eussent pas troublé. Son inconséquence l'irritait et accroissait son irritation à l'égard de Gillow. « Il pense certainement que nous lui appartenons ! » grommela-t-il intérieurement.

Il s'était laissé tomber dans un fauteuil, et Susy, glissant sur les arabesques éclatantes du dallage, vint se poser à ses pieds, appuya contre lui toute la longueur de son corps élancé, et murmura, le visage levé, les lèvres à portée des siennes : « Jamais nous ne devrons aller à un endroit où tu ne souhaiterais pas aller. » Pour une fois, sa soumission lui fut douce, et la serrant dans ses bras, il murmura dans un baiser : « N'y allons pas, dans ce cas. »

En sentant Susy répondre à son étreinte, il sut qu'elle acceptait de tout son être bienheureux l'avenir qu'il choisirait, quel que fût sa nature, pourvu qu'il leur donnât à suffisance des instants tels que celui-ci ; tandis qu'ils restaient étroitement enlacés, en silence, ses doutes, sa défiance lui apparurent soudain stupides et injustes.

« Restons ici aussi longtemps qu'Ellie nous le permettra », murmura-t-il, comme si les murs ombreux et les dallages brillants avaient entouré son bonheur d'une ligne magique.

D'un souffle, elle donna son accord et se releva, étirant son bras alangui au-dessus de son épaule. « Il est terriblement tard... Tu veux bien défaire les agrafes ?... Tiens, un télégramme ! »

Elle le prit sur la table, l'ouvrit et contempla fixement le message. « C'est Ellie. Elle revient demain. »

Elle se tourna vers la fenêtre et sortit sur le balcon. Nick la suivit et passa son bras autour d'elle. En contrebas, le canal était plongé dans une ombre que ne dissipait aucun clair de lune, striée de quelques lumières tardives. Les derniers accords d'une mélodie vinrent d'une gondole lointaine, apportés par une rafale de vent chaud.

« Cette chère vieille Ellie. Quand même... Je voudrais tant que tout ça nous appartienne, à toi et à moi ! » soupira Susy.

VIII

Si l'on put avoir l'impression, après l'arrivée de Mrs Vanderlyn, que son palais appartenait un peu moins aux Lansing, ce ne fut pas la faute de la maîtresse des lieux.

Elle rayonnait d'une telle bienveillance qu'il fut impossible à Susy, quand elles se trouvèrent enfin seules ensemble, de lui faire voir sa conduite récente sous un jour qui ne fût pas lui aussi éclairé de bons sentiments.

« J'étais sûre que tu serais un véritable ange dans toute cette affaire, ma chérie, parce que je savais que tu me comprendrais – surtout *maintenant* – », déclara-t-elle, ses mains fines au creux de celles de Susy, ses grands yeux, si semblables à ceux de Clarissa, luisant de plaisirs révolus et de projets d'avenir.

À l'entendre ainsi exprimer sa confiance, Susy Lansing éprouva un sentiment de dégoût qui la surprit, elle qui n'avait jamais prêté une oreille aussi glaciale à une confession aussi chaleureuse. Elle avait toujours cru que lorsque l'on était soi-même heureux, on s'ouvrait davantage au bonheur des autres, fût-il à base d'ingrédients douteux – c'était d'ailleurs l'attitude que Mrs Vanderlyn semblait attendre d'elle ; et elle avait presque honte de répondre si mollement aux épanchements de son amie. Mais pour sa part, elle ne désirait nullement confier à Ellie sa félicité ; pourquoi, en ce cas, Ellie n'adoptait-elle pas à son égard la même discrétion ?

« C'était tellement merveilleux – comprends-tu, très chère, *je suis faite pour être heureuse* », poursuivit la dame en question, comme si cette extraordinaire particularité lui donnait droit à des privilèges non moins uniques.

Susy, non sans sécheresse, rétorqua qu'elle avait toujours pensé que c'était le cas de tout le monde.

« Mais non, très chère : pas les gouvernantes, ni les belles-mères, ni les dames de compagnie. Pas ce genre de personnes. Elles ne sauraient pas s'y prendre. Toi et moi, par contre...

— Mais je ne me crois pas extraordinaire », interrompit Susy. Elle faillit ajouter : « Pas à ta façon, en tout cas » ; mais quelques minutes auparavant, Mrs Vanderlyn lui avait annoncé que le palais était à sa disposition jusqu'à la fin de l'été ; quant à elle, elle n'allait se poser là, à condition de ne pas les gêner, que le temps nécessaire pour boucler ses bagages et préparer son départ pour Saint-Moritz. Se remémorant cette partie de la conversation, Susy s'interdit toute ironie, et aborda un sujet plus sûr mais à peine moins absorbant : combien de toilettes pour le jour et pour le soir convenait-il d'emporter en vue d'une saison à Saint-Moritz ?

En écoutant Mrs Vanderlyn déployer autant d'éloquence sur cette question que sur le thème antérieur de leurs propos, Susy mesura pour la première fois l'abîme qui séparait son passé de sa vie actuelle. « C'est la vie que je menais autrefois ; c'est pour ce genre de choses que je vivais », pensa-t-elle, debout devant les splendeurs étalées de la garde-robe de Mrs Vanderlyn. Impossible de prétendre que cela ne comptait plus pour elle : elle ne pouvait pas regarder les dentelles, les soieries, les fourrures d'Ellie sans imaginer ce que serait son apparence si elle les portait, et se demander par quelle nouvelle et miraculeuse astuce elle pourrait se donner l'air d'être habillée par ces artistes de haut vol. Mais ces préoccupations étaient devenues secondaires : les mois qui venaient de s'écouler avaient modifié sa vision de la vie, et ce qui la troublait et la déconcertait le plus, chez Ellie, c'était qu'apparemment, l'amour, les robes, le bridge et les dîners mondains se situaient pour son amie sur un seul et même plan.

L'examen des tenues vestimentaires dura longtemps, et fut marqué par bien des sautes d'humeur de la part de Mrs Vanderlyn, qui passait d'un optimisme mesuré à un profond désespoir devant l'état lamentable de sa garde-robe. On ne pouvait quand même pas aller à Saint-Moritz fagotée à la six-quatre-deux, et il était trop tard pour se faire envoyer quoi que ce soit de Paris ; en tout cas, il n'était pas question qu'elle se montre avec des affaires démodées, retouchées vaille que vaille à la maison. Mais brusquement, elle eut une illumination, et joignit les mains, toute joyeuse. « Voyons, Nelson me les apportera – j'avais complètement oublié Nelson ! On aura juste le temps, si je lui envoie tout de suite un télégramme.

— Mais Nelson va te rejoindre à Saint-Moritz ? demanda Susy, étonnée.

— Grand Dieu, non ! Il revient ici pour prendre Clarissa et l'emmener en Autriche, avec sa mère à lui, pour faire je ne sais quelle cure ennuyeuse. C'est une vraie chance : j'ai juste le temps de lui télégraphier pour qu'il m'apporte mes affaires. Je n'avais pas l'intention de l'attendre ; mais ça ne me fera pas perdre plus d'un jour ou deux. »

Susy eut un coup au cœur. Ellie seule ne l'effrayait pas trop, mais Ellie et Nelson ensemble, c'était une menace qu'on ne pouvait mesurer. Comment prévoir l'étincelle de vérité qui pourrait jaillir de leur rencontre ? Susy se sentait capable de faire face aux deux dangers séparément et successivement, mais pas ensemble et simultanément.

« Ellie, pourquoi donc attendre Nelson ? Je suis sûre de trouver ici quelqu'un qui va à Saint-Moritz et se chargera de tes vêtements, s'il les apporte. Sans cela, tu risques de perdre ta réservation. »

Cet argument parut d'abord séduire Mrs Vanderlyn. « C'est vrai ; on m'a dit que les hôtels étaient tous bondés. Ma jolie, tu as toujours autant de sens pratique ! » Elle serra Susy contre sa poitrine parfumée. « Et en fait, chérie, je suis sûre que vous allez être contents d'être débarrassés de moi, Nick et toi. Allons, ne sois pas hypocrite, ne me dis pas que c'est absurde !

Tu sais, je te comprends... J'ai si souvent pensé à toi, à vous deux... pendant ces semaines magiques où nous étions seuls, tous les deux... »

Des larmes soudaines affluèrent dans les jolis yeux d'Ellie et menacèrent de faire couler les courbes bleues qui les soulignaient sur les surfaces alentour, teintées de carmin ; Susy en éprouva un vif remords.

« La pauvre – oh, la pauvre femme ! » pensa-t-elle ; et comme elle entendit alors la voix de Nick, qui l'appelait pour l'emmener voir le soleil couchant sur la lagune – leur promenade accoutumée –, elle se sentit envahie de pitié pour la créature égarée qui ne connaîtrait jamais cette joie à nulle autre pareille. « Mais je suis bien contente, songea-t-elle en courant rejoindre son mari, de l'avoir persuadée de ne pas attendre Nelson. »

Plusieurs jours s'étaient écoulés sans que Susy et Nick puissent profiter en tête à tête du coucher de soleil, et dans cet intervalle, Susy avait de nouveau mesuré la qualité exceptionnelle des liens de sympathie qui les unissaient. Il lui semblait maintenant que le reste de la vie n'était qu'un spectacle : une comédie amusante qu'il aurait été infiniment regrettable de louper, mais qu'ils pouvaient quitter à tout moment, si besoin était – à condition de prendre cette décision ensemble.

Dans la pénombre, pendant que leur proue glissait sur des palais inversés, au milieu des senteurs de jardins invisibles, elle se pencha contre lui et murmura, revenant en esprit à son entrevue récente avec Ellie : « Dis, Nick, tu me détesterais vraiment si je n'avais pas de vêtements ? »

Son mari allumait une cigarette, et la flamme éclaira son sourire lorsqu'il répondit : « Comment, ma chère ! Aurais-je par hasard manifesté le moindre symptôme...

— Cesse donc tes bêtises ! Quand une femme dit "Pas de vêtements", elle veut dire "Pas ceux qu'il faut". »

Il tira sur sa cigarette d'un air méditatif. « Je vois : Ellie et toi, vous avez passé en revue ses toilettes.

— Oui : elle en a des malles et des malles. Et elle s'aperçoit qu'elle n'a rien pour aller à Saint-Moritz !

— Bien entendu », murmura-t-il, du fond d'une langueur béate, sans parvenir à se montrer passionné par la question de la garde-robe de Mrs Vanderlyn.

« Imagine-toi qu'elle a failli décider de rester ici jusqu'à l'arrivée de Nelson, la semaine prochaine, pour qu'il puisse lui en apporter encore deux ou trois malles de Paris. Mais, Dieu merci, je suis parvenue à la persuader que c'était idiot de s'attarder ici. »

Susy sentit un tressaillement à peine perceptible parcourir le corps allongé de son mari, et ses antennes vigilantes lui apprirent que les paupières à demi closes de Nick venaient de s'écarter.

« Tu es "parvenue à"... ? » Elle perçut un accent d'ironie dans la façon dont il reprenait ses paroles. « Mais pourquoi ?

— Pourquoi quoi ?

— Pourquoi diable essaierais-tu d'empêcher Ellie d'attendre Nelson, si, pour une fois dans sa vie, elle le souhaite ? »

Susy, constatant qu'elle avait rougi, recula, comme s'il avait pu sentir le bond de son cœur révélateur à travers l'écran de flanelle bleu auquel elle s'appuyait.

« Vraiment, mon amour ! » murmura-t-elle, mais avec un entêtement inusité, il renouvela son « Pourquoi ? »

« Parce qu'elle brûle d'aller à Saint-Moritz, et elle est terrorisée à l'idée que l'hôtel ne lui garde pas sa suite, parvint à articuler Susy.

— Ah ! Je vois ! » Nick marqua une nouvelle pause. « Tu es une amie dévouée, n'est-ce pas ?

— Quelle drôle de question ! Ellie est sans doute la personne à qui j'ai le plus de raisons d'être dévouée », répondit sa femme tout en sentant de la contrition dans la pression de la main de Nick.

« Pauvre chérie ! Moi aussi d'ailleurs – je lui suis reconnaissant de nous laisser en tête à tête dans ce paradis. »

La pénombre était tombée sur les eaux et ses lèvres tendues rencontrèrent celles de son mari penché sur elle.

Lorsqu'elle parut, fort tard, pour dîner, Ellie annonça que, tout compte fait, elle avait décidé que le plus sûr était d'attendre Nelson.

« Je serais morte d'inquiétude si je n'étais pas sûre de recevoir mes affaires », soupira-t-elle, du ton de tendre sollicitude qu'elle adoptait toujours pour exposer ses aléas. « Mais l'amertume défigure ceux qui se refusent tout, non ? », plaida-t-elle d'une voix plaintive, laissant ses beaux yeux courir sur l'assemblée de ses amis.

Strefford fit gravement remarquer que c'était le mal qui lui avait été fatal, et, dans l'éclat de rire qui suivit, le groupe s'égailla sous les voûtes de la vaste salle à manger.

« Tu es bien placé pour te moquer de moi, Streffy ! », répliqua son hôtesse, pressant son bras contre le sien. Susy, accusant le choc de leur rapide échange de regards, se dit, avec un pincement d'appréhension : « Bien sûr, Streff est dans le coup. Il ne s'est pas étonné qu'Ellie soit partie avant qu'il n'arrive. S'il sait tout, qu'est-ce qui empêchera Nelson de découvrir le pot aux roses ? » Car Strefford, dans ses moments d'humeur malicieuse, ne méritait pas plus de confiance qu'un garnement. Elle résolut aussitôt de lui parler, quitte, si besoin, à lui révéler le secret du courrier factice. Lui confier la gravité du danger qu'elle courait était le seul moyen d'assurer son silence.

L'occasion s'en présenta sur le balcon, tard le soir, pendant qu'à l'intérieur les autres prêtaient l'oreille aux modulations feutrées d'un jeune compositeur qui brodait sur la *Toccata* de Browning. Strefford l'avait spontanément suivie et fumait en silence à ses côtés.

« Streff, nous n'avons aucune raison de nous faire des cachotteries ? commença-t-elle.

— En effet. Mais où est le mystère ? » Susy jeta un regard sur les invités attroupés autour du piano.

« Je veux parler d'Ellie – et de Nelson.

— Grand Dieu ! Ellie et Nelson ! Tu appelles ça un mystère ! Autant appliquer le terme à une des réclames à dix mille watts qui ornent les rues de ta cité natale.

— Évidemment, mais... » Elle s'interrompit. N'avait-elle pas tacitement promis le silence à Ellie ?

« Ma petite Susan, qu'est-ce qui ne va pas ? » demanda Strefford.

— Je ne sais pas.

— Moi, si ! Tu crains qu'Ellie ne commette un impair s'ils se rencontrent ici.

— Elle, certainement pas ! s'écria Susy avec conviction.

— Et qui d'autre ! Ce n'est pas leur enfant surhumaine qui va cracher le morceau. Pas plus que toi, moi ou Nick.

— Oh ! souffla-t-elle, c'est là le problème. Nick ne sait pas, il ne s'en doute même pas, et s'il venait à l'apprendre... »

Strefford jeta son cigare et se tourna pour scruter le visage de son amie. « Je ne vois vraiment pas en quoi cela concerne un seul d'entre nous. »

Attitude classique, qui parait la connivence des voiles de la bienséance ; mais Susy n'était pas convaincue.

« Si Nick découvrait que je suis au courant...

— Ainsi, il ne le sait pas ? Après tout, je suppose que ce n'est pas la première fois...

Elle garda le silence.

— ... la première fois que tu reçois des confidences d'amies mariées. Si jeune que tu sois, Nick n'imagine tout de même pas que... tu as vécu toute ces années sans... Enfin, qu'est-ce qui t'arrive, ma petite ? »

Impossible, sur ce point, de s'expliquer à Strefford. Pourtant, elle tenait plus que jamais à l'avoir dans son camp. Dès qu'il aurait promis, il ne présenterait plus aucun danger. Autrement, sa capacité de maléfice était sans limites.

« Écoute, Streff, nous savons l'un et l'autre qu'Ellie n'est pas partie en cure et que si la pauvre Clarissa a dû jurer le secret, ce n'est pas parce que “ça inquiéterait papa” de penser que maman doit prendre soin de sa santé. » Elle marqua un temps, écœurée par le ton ironique qu'elle avait adopté.

« Et alors ? demanda-t-il, depuis le fauteuil où il s'était enfoncé.

— Eh bien, l'idée n'a pas effleuré Nick. S'il savait que c'est ma complicité qui nous vaut de passer l'été ici ! »

Strefford demeura silencieux. Elle sentait son regard stupéfait à travers les ténèbres. « Nom d'une pipe ! », lâcha-t-il enfin en sifflant tout bas. Susy se pencha. Son cœur battait contre la rambarde de pierre. « *Mais de l'âme, que reste-t-il, je me le demande* ? » susurrait la voix de crécelle à travers la croisée. Strefford ne s'arracha au silence qu'au moment où Susy se retournait vers le seuil illuminé.

« Eh bien, ma chère, nous veillerons seuls sur ce secret, toi, moi et Clarissa ! », conclut-il avec son rire un peu rauque. Se levant pour la suivre, il lui prit la main et y imprima une brève pression au moment d'entrer dans le salon où Ellie avouait d'un ton plaintif à Fred Gillow : « Cette mélodie me donne à chaque fois envie de pleurer comme un bébé. »

IX

Mr Nelson Vanderlyn, encore en tenue de voyage, s'arrêta sur le seuil de sa propre salle à manger et inspecta la scène avec une satisfaction pardonnable.

C'était un homme rond dont la tête grisonnante et les petits yeux facétieux contredisaient l'ample sourire crédule. Son épouse était assise entre Charlie Strefford et Nick Lansing. À côté de Strefford, perchée sur une haute chaise, Clarissa trônait dans sa splendeur enfantine, attendant que Susy Lansing eût fini de lui éplucher sa pêche. À travers de larges stores orange, le soleil filtrait jusqu'au groupe de blanc vêtu.

« Eh bien ! Eh bien ! je vous y prends ! », lança l'heureux papa qui interpellait rituellement sa femme et ses amis comme s'il les avait surpris en flagrant délit. Il se glissa derrière sa fille et la souleva dans les airs pendant qu'un chœur de « Hello, mon vieux Nelson ! » saluait son apparition.

Cela faisait deux ou trois ans que Nick Lansing n'avait pas vu celui qui représentait désormais à Londres la grande banque new-yorkaise Vanderlyn and Co et avait échangé sa somptueuse maison de la Cinquième Avenue contre une demeure encore plus opulente à Mayfair. Il examina son hôte avec une curiosité attentive.

Mr Vanderlyn avait pris de l'âge et du poids, mais son visage n'avait pas perdu sa mine d'optimisme un peu las. Il enlaça sa femme, salua tendrement Susy et serra cordialement la main des deux hommes.

« Oh là là ! » s'écria-t-il en notant le colifichet de perles et de corail qui ornait le cou de Clarissa. « Qui donc se permet d'offrir des bijoux à ma fille, voilà ce que j'aimerais bien savoir ?

— C'est Streffy ! Tu te rends compte, papa ! Parce que je lui ai dit je préférais ça plutôt qu'un livre ! », expliqua limpidement Clarissa, les bras étroitement serrés autour du cou de son père, en fixant des yeux rayonnants sur Strefford. Ceux de Vanderlyn avaient pris l'air madré qu'il affichait chaque fois qu'il était question de valeurs matérielles.

« De quoi, de quoi, Streffy ! Je t'y prends, ma parole, à gâter ma gamine, c'était pas la peine, mon vieux, charmante, cette perle baroque », protesta-t-il sur le ton vaguement confus du ploutocrate embarrassé par la munificence d'un ami famélique.

« Ah, vraiment ! Mais pourquoi ? Parce que c'est trop beau pour Clarissa ou parce que c'est trop cher pour moi ? Bien entendu, vous n'oseriez pas avancer la première hypothèse. Quant à moi, j'ai touché le magot et j'en fais profiter les dames. »

Lansing avait souvent remarqué que Strefford se rabattait sur l'argot américain lorsque, désarçonné, il tentait de détourner de l'essentiel l'attention de son interlocuteur. Mais d'où venait sa gêne ? De qui souhaitait-il détourner l'attention ? Il était clair que Vanderlyn n'avait protesté que pour la forme : comme la plupart de ceux qui jouissent d'une grande fortune, il n'avait qu'une très vague idée de ce que l'argent représente pour les pauvres. Restait que Strefford n'était pas du genre à faire des cadeaux, surtout pas des cadeaux dispendieux. Peut-être était-ce cela qui avait surpris Vanderlyn.

« Touché le magot ? répéta-t-il d'un air enjoué.

— Oh, un minuscule magot : j'ai loué ma bicoque de Côme à un prix exorbitant, et j'ai rappliqué pour dilapider mes millions en votre aimable compagnie », répondit Strefford sans broncher.

Le regard de Vanderlyn se chargea aussitôt d'une sympathie empreinte de curiosité. « Quoi, le havre des lunes de miel ? » Son sourire amical englobait Nick et Susy.

« Tout à fait. La récompense de la vertu. Dites-moi, mon vieux, vous m'offrirez bien un cigare ? J'en ai oublié d'admirables à Côme, pas de pot ! et, franchement, Ellie n'y connaît rien, question tabac. Quant à Nick, il plane si haut dans sa béatitude qu'il fumerait du foin ! », grommela Strefford, tendant la main vers la boîte à cigares de son hôte.

« C'est vrai, c'est les bijoux que je préfère », murmura Clarissa tendrement cramponnée au cou de son papa.

D'emblée, Nelson Vanderlyn avait annoncé à sa femme qu'il lui avait apporté tout son tralala, nouvelle qu'elle avait saluée avec l'enthousiasme qui convenait. Leur public soupçonna même que la joie qu'elle manifestait à le revoir fleurait un peu trop la satisfaction de retrouver sa garde-robe. Mais aucun soupçon de ce genre ne semblait ternir le bonheur qu'éprouvait Vanderlyn à se retrouver, pour une fois et pour près de vingt-quatre heures, sous le même toit que son épouse et sa fille. Il ne masqua pas son regret d'avoir promis à sa propre mère de la rejoindre dès le lendemain. Et son regard se teinta de nostalgie tandis qu'il glissait à Ellie : « Ah, si j'avais su que tu avais l'intention de m'attendre... »

Mais c'était un homme de devoir, dans la vie privée comme en affaires, et l'idée de décevoir la vieille dame qui lui avait donné le jour ne l'effleura même pas. « Mère aime si peu de monde – commentait-il parfois sur un ton qui révélait la fierté que lui inspirait cette marque d'exclusivisme maternel –que je dois partager plus de son temps que si elle était sociable. » Arborant une résignation souriante, il ordonna donc que tout fût prêt pour le départ de Clarissa le lendemain soir.

« En attendant, conclut-il, nous profiterons des fêtes dont ce groupe a le secret. »

Les dames unanimes semblaient partager son désir de passer aux actes et il fut entendu que, dès qu'il aurait déjeuné sur le pouce, sa femme, Clarissa et Susy l'emmèneraient au goûter sur l'herbe prévu à Torcello. Elles ne poussèrent pas le zèle jusqu'à inviter au pique-nique vespéral Strefford, Nick ou l'un des autres jeunes de la bande. Suivant l'expression de Susy, Nelson tenait à partir seul avec son harem, si bien que Lansing et Strefford restèrent en célibataires à regarder le départ du bienheureux pacha entouré et choyé par ses ravissantes créatures.

« Eh bien ! c'est ce qui s'appelle être marié ! commenta Strefford, agitant son panama souffreteux à l'intention de Clarissa.

— Ah ! non ! Pas pour moi ! répondit Lansing en riant.

— Pour lui, si, mais... – Strefford observa un bref silence, puis se retourna brusquement sur son compagnon –... tu sais, le réveil sera rude, comme toujours, et je préférerais ne pas y assister. J'ai l'impression que les assiettes vont voler.

— M'étonnerait pas », répondit Lansing avec indifférence, avant de gagner lentement sa chambre, laissant Strefford philosopher à l'intention de sa pipe.

Lansing avait toujours su ce qu'il en était. Tout le monde était au courant sauf le pauvre vieux. Le cas lui avait semblé divertissant, tellement il était typique. Maintenant, cela l'irritait plutôt que Vanderlyn se conduisît en âne bâté, mais son départ était prévu pour demain, celui d'Ellie aussi, et, pour de longues semaines enchanteresses, Nick et Susy auraient la libre jouissance du palais. De tous les visiteurs qui s'y prélassaient, ils étaient les seuls à l'apprécier ou à savoir pour quel style de vie on l'avait conçu, ce qui, en un sens, le seul sens valable du terme, leur en conférait la propriété. C'était leur chose. Sous ce jour, rien de plus facile que de considérer les Vanderlyn comme de simples intrus éphémères.

Les ayant relégués à cette distance confortable, Lansing s'enferma avec son manuscrit. Il y apportait une énergie nouvelle après ces quelques semaines de vacances et il était décidé à le mener rapidement à terme. Il ne s'attendait pas à un pactole, mais un succès d'estime lui ouvrirait les portes des revues et des magazines, auquel cas il pourrait renoncer à l'archéologie au profit du roman, puisque c'était seulement comme pourvoyeur de fiction qu'il pouvait espérer gagner de quoi nourrir son ménage.

Tard dans l'après-midi, il posa sa plume et sortit faire un tour. Il adorait la chaleur montante de l'été à Venise et les teintes de pêche tavelée de ses vieilles façades, l'émail du soleil sur les canaux d'émeraude, l'odeur de fruits pourrissants et de fleurs qui épaississait l'air saisi de langueur. Quelle vision il pourrait échafauder, s'il osait ! Se retrouver cloîtré avec Susy dans le grenier d'un palais en décrépitude, sur le jade d'une voie d'eau, avec une terrasse surplombant un bout de jardin délaissé et les chèques de ses éditeurs arrivant à intervalles suffisamment réguliers ! Pourquoi ne pas s'installer à Venise s'il réussissait son coup ?

Ses pas l'avaient mené devant l'église des Scalzi. Poussant la porte capitonnée, il arpenta lentement la nef sous le tourbillon des anges rose et citron de la voûte monumentale peinte par Tiepolo. Ce n'était pas une église à touristes, mais il ne tarda pas à remarquer une jeune femme, debout, seule, près du chœur, les jumelles assidûment fixées sur le vortex céleste, qu'elle quittait parfois des yeux pour consulter le livre qu'elle tenait à la main.

Entendant le pas de Lansing sur les dalles, la jeune femme fit volte-face. C'était Miss Hicks.

« Ah ! Vous aimez cela aussi ? C'est pourtant à plusieurs siècles de votre spécialité ! » lança Nick pendant qu'ils se serraient la main.

Elle le considéra d'un air grave. « Pourquoi n'aimerait-on pas ce dont on n'est pas spécialiste ? », répliqua-t-elle. Il convint avec un petit rire que c'était souvent stimulant.

Elle continua de le fixer sévèrement. Après une ou deux remarques sur les Tiepolo, il comprit qu'elle manœuvrait pour aborder des sujets plus intimes.

« Je suis heureuse de vous voir seule à seul », finit-elle par dire, et, avec une brusquerie tellement inconsciente qu'elle excluait tout soupçon de maladresse, elle se tourna vers les chaises paillées et lui fit signe de prendre place.

« C'est rare ! », ajouta-t-elle avec ce sourire austère qui donnait du charme à son lourd visage. Elle poursuivit sans lui laisser le temps de protester : « Je voulais vous dire – vous expliquer l'invitation de papa à nous accompagner en Perse et au Turkestan.

— Expliquer ?

— Oui. Vous avez trouvé la lettre à votre arrivée, juste après votre mariage, n'est-ce pas ? Vous avez dû trouver cela bizarre, que nous vous invitions juste à ce moment-là, mais nous ne savions pas que vous étiez marié.

— Je m'en doutais. Cela s'est fait sans bruit, et j'ai négligé de l'annoncer, même à de vieux amis. »

Il fronça les sourcils : sa pensée s'était égarée vers la soirée où il avait trouvé la lettre de Mrs Hicks dans le courrier qui l'attendait à Venise. Cette journée était associée dans son esprit avec l'épisode ridicule et humiliant des cigares de luxe que Susy avait souhaité emporter de la villa de Strefford. Leur bisbille avait jeté le premier flou sur la surface sans rides de son bonheur, et ce simple souvenir ranimait en lui une vilaine fièvre. Pendant quelques heures, le projet de vivre avec Susy lui avait paru insupportable, et c'était juste à ce moment qu'il était tombé sur la proposition quasi irrésistible de Mrs Hicks. Si seulement sa fille avait su à quel point il avait été près de l'accepter !

« La tentation a été terrible ! avoua-t-il en souriant.

— De venir avec nous ? Alors, pourquoi ?

— Oh ! tout a changé. Il faut que je me colle à mon bouquin. »

Elle dardait sur lui le regard inquisiteur de ses yeux grands ouverts. « Cela signifie-t-il que vous allez abandonner votre vrai travail ?

— Mon vrai travail ? L'archéologie ? » Il sourit pour cacher une grimace de regret. « J'ai bien peur que cette discipline nourrisse mal son homme et je ne suis pas à l'abri de ces préoccupations. » Il rougit brusquement, comme si Miss Hicks avait pu considérer cet aveu comme un appel à Dieu sait quelle pesante offre d'aide. La munificence des Hicks était trop désintéressée pour n'être pas accablante à l'occasion, mais, relevant les yeux, il vit qu'elle était au bord des larmes.

« Je croyais que c'était votre vocation ! dit-elle.

— Moi aussi. Mais la vie débarque et flanque vos plans par terre.

— Je comprends. Certains sentiments valent... qu'on renonce à tout le reste, n'est-ce pas ?

— Oh, que oui ! » proclama Nick, radieux.

Il comprit le message des yeux de Miss Hicks : elle ne se contenterait pas de cette affirmation à l'emporte-pièce.

« Mais votre roman peut échouer, reprit-elle avec son étrange rudesse.

— Probable, acquiesça-t-il, mais si l'on s'arrêtait à de telles éventualités...

— N'y êtes-vous pas contraint, du fait que vous êtes marié ? »

— Ma chère Coral, quel âge avez-vous ? Un peu moins de vingt ans ? » demanda-t-il en posant une main fraternelle sur la sienne.

Elle le dévisagea avant de s'arracher maladroitement à sa chaise. « Je n'ai jamais été jeune, si c'est ce que vous voulez dire. Une chance, n'est-ce pas, que mes parents m'aient gratifiée d'une éducation aussi prodigieuse, parce que, voyez-vous, l'art est une ressource merveilleuse ! » Elle prononçait « re-source ».

Il continua de la regarder avec mansuétude. « Vous n'aurez besoin ni de cette ressource ni d'aucune autre, lorsque vous deviendrez jeune, ce qui vous arrivera forcément un jour », l'assura-t-il.

— Vous voulez dire, quand je tomberai amoureuse ? Mais je suis amoureuse. – Oh, voici Eldorada et Mr Beck ! » Elle salua du bout de ses jumelles le couple qui surgissait à l'extrémité de la nef. « Je les ai invités à me rejoindre ici pour les initier à Tiepolo, parce que, voyez-vous, chez nous, on n'a jamais vraiment compris Tiepolo, et Mr Beck et Eldorada sont les seuls à s'en rendre compte. Mr Buttles s'y refuse carrément. » Elle se tourna vers lui et lui tendit la main. « Je suis amoureuse ! répéta-t-elle avec le plus grand sérieux, et c'est précisément pour cela que je trouve dans l'art une telle ressource. »

Elle chaussa ses lunettes, rouvrit son livre et traversa l'église à grandes enjambées pour rejoindre les néophytes pleins d'espoir.

La suivant du regard, il s'interrogea, un bref instant. Mr Beck n'était-il pas l'objet de cette affection contrariée ? Un éclair de lucidité lui dit que non, sûrement pas, mais alors... bah, à quoi bon se lancer dans des conjectures ? Il rentra lentement, se demandant si les pique-niqueurs avaient déjà regagné le palazzo Vanderlyn.

Ils revinrent juste à temps pour souper dans un tourbillon de plaisanteries et de rires ; ils semblaient aussi enchantés que jamais de leur propre compagnie. Nelson Vanderlyn, qui couvait sa femme de regards épanouis, embrassa sa fille avant de l'envoyer au lit puis, se rencognant dans son fauteuil devant la table lourde de fruits et de fleurs, déclara qu'il venait de passer la journée la plus joyeuse de son existence. Susy semblait approuver de tout cœur, et Lansing trouva Ellie étonnamment démonstrative envers elle. Strefford, placé à la droite de son hôtesse, jetait de temps à autre à la jeune Mrs Lansing des clins d'œil que Nick interpréta comme autant de commentaires confidentiels sur l'allégresse de Vanderlyn, mais n'avait-il pas l'habitude de plaisanter en douce avec ou sur les gens ? Lansing s'irrita de sa propre tendance à soupçonner perpétuellement ses meilleurs amis de vagues complicités à ses dépens. « S'il faut maintenant que je tombe jaloux de Streffy ! » conclut-il avec une grimace d'autodérision.

Susy avait assurément assez de charme pour justifier les angoisses les plus irrationnelles. Quelques années plus tôt, d'aucuns auraient jugé ses traits un peu trop fins, voire pointus. À sa légèreté linéaire d'autrefois s'ajoutait depuis peu une sorte d'efflorescence ombreuse dont la profondeur semblait réfléchir les étoiles. Ses mouvements étaient moins anguleux et plus lents. Au coin de sa bouche se dessinait un sourire tendre et boudeur. Ses paupières semblaient ployer sous le poids de ses cils. Mais par instants, l'élan d'autrefois perçait la carapace de sa langueur nouvelle, comme l'acidité au cœur d'un fruit sucré. L'observant par-delà un rideau de fleurs et de lumières, il rit intérieurement du néant de tout le reste.

Vanderlyn et Clarissa partirent aux aurores et Mrs Vanderlyn, qui devait gagner Saint-Moritz dans l'après-midi, consacra ses dernières heures à des entretiens fébriles avec sa bonne et Susy. Strefford, Fred Gillow et la bande étaient allés nager au Lido. Lansing en profita pour revenir à son manuscrit.

Le calme du grand palais sonore lui donnait un avant-goût de la solitude à venir. À la mi-août, le groupe se serait égaillé. Les Hicks seraient en croisière, du côté de la Crète ou sur la mer Égée. Fred Gillow aurait repris le chemin de sa lande. Strefford attendrait chez ses amis de Capri l'heure de sa visite annuelle dans le Northumberland. Un par un, les autres seraient partis, laissant seuls les jeunes mariés, dans le vaste palais jaloux de ses ombres, sous les cieux gorgés d'étoiles, seuls avec leurs grandes lunes orange – leur lune encore et toujours – coiffant le clocher de San Giorgio. Dans cette quiétude bénéfique, son roman fleurirait aussi harmonieusement que ses rêves.

Pris par son texte, il ne vit pas les heures passer, jusqu'à ce que la porte s'ouvrît et qu'il entendît un pas derrière lui. L'instant d'après, deux mains emprisonnèrent ses yeux et l'air s'embauma du tout dernier parfum de Mrs Vanderlyn.

« Très cher, je suis sur le départ ! murmura-t-elle. Susy m'a dit que tu travaillais et je lui ai interdit de t'appeler. Elle et Streffy attendent pour m'emmener à la gare. J'ai grimpé une seconde pour te dire au revoir.

— Ma chère Ellie ! » Lansing écarta son attirail avec contrition. Il s'apprêtait à se lever, mais elle le renfonça dans son siège.

« Non, non, je ne me le pardonnerais jamais si je t'interrompais. Je n'aurais pas dû monter ! Susy ne voulait pas, mais il fallait que je te dise... Je tenais à te remercier. » Dans son costume de voyage sombre, avec son chapeau noir si discrètement spectaculaire et si négligemment étudié, avec la voilette qui masquait son maquillage et les gants qui cachaient ses bagues, elle avait l'air plus jeune, plus simple, plus naturelle que jamais. Pauvre Ellie – une brave fille, après tout !

« Me remercier de quoi, d'être si heureux ici ? », demanda-t-il en riant et en lui prenant les mains.

Elle le dévisagea, lui rendit son rire et lui passa les bras autour du cou.

« De m'aider, *moi*, à être si heureuse ailleurs ! Grâce à toi et Susy, mes deux chéris bénis ! » cria-t-elle, déposant un baiser sur sa joue.

Leurs yeux se croisèrent un instant, puis elle laissa lentement retomber ses bras. Lansing, toujours assis devant elle, paraissait médusé.

« Pourquoi me fixes-tu comme cela ? hoqueta-t-elle. Tu n'étais pas au courant ? »

Ils entendirent la voix perçante de Strefford sur l'escalier : « Ellie ! Où diable es-tu passée ? Susy est dans la gondole, tu vas manquer le train ! »

Lansing se leva et la saisit au poignet « Que voulez-vous dire ? De quoi parlez-vous ?

— Oh, rien ! Mais vous avez été de tels amours pour cette histoire de lettres... et pendant le passage de Nelson ! Arrête, Nick ! Tu me fais mal ! Il faut que je file ! »

Il lui lâcha le poignet et, immobile, la vit partir. Il entendit ses hauts talons dévaler le couloir plein d'échos.

À peine avait-il regagné sa table qu'il remarqua, égaré parmi ses papiers, un écrin de maroquin qui s'était ouvert en tombant. Devant lui, sur la doublure de velours pâle, une épingle à cravate exhibait une perle parfaite. Il souleva la boîte. Il se disposait à courir après Mrs Vanderlyn – cela lui ressemblait tellement de semer des bijoux sur son chemin ! – lorsqu'il vit que le couvercle portait ses propres initiales.

La boîte lui échappa des mains comme une braise ardente, et il demeura longtemps l'œil braqué sur le *N* et le *L* d'or dont les fioritures semblaient s'être gravées dans sa chair.

Enfin il se secoua et se mit debout.

X

Avec un soupir de soulagement, Susy retira les épingles de son chapeau et se jeta sur le canapé.

L'épreuve qui lui avait inspiré tant de crainte était derrière elle. Mr et Mrs Vanderlyn étaient partis sans histoire, chacun dans sa direction. La pauvre Ellie n'était pas réputée pour sa prudence, et, lorsque la vie lui souriait, elle avait tendance à trahir sa gratitude trop ouvertement, mais, grâce à la vigilance de Susy (et, sans aucun doute, à la coopération tacite de Strefford), ces terrifiantes vingt-quatre heures s'étaient heureusement écoulées. Nelson Vanderlyn avait pris le large sans l'ombre d'une inquiétude, et même si le visage d'Ellie, lorsqu'elle était redescendue après avoir fait ses adieux à Nick, lui avait semblé moins placide que d'habitude, elle était redevenue elle-même dès qu'on s'était aperçu que le sac de maroquin rouge qui contenait son coffret à bijoux avait disparu et qu'on l'avait retrouvé dans les profondeurs de la gondole. Ils avaient atteint la gare juste à temps pour la fourrer dans son wagon-lit, d'où on la vit agiter sereinement le bras en direction de ses amis.

« Eh bien, ma chère, voilà une bonne chose de faite », conclut Strefford avec un profond soupir quand l'express de Saint-Moritz eut disparu.

Susy lâcha un soupir de connivence muette. Comme pour

masquer cet aveu, elle ajouta : « Pauvre chérie, elle aime tellement ce qu'elle aime !

— Même le plus véreux des butors ! renchérit Strefford.

— Un butor ! Mais je croyais que le jeune Davenant était encore en course !

— Grand Dieu, non ! Au moins depuis six mois. Elle ne te l'a pas dit ? »

Susy se sentit rougir.

« Je ne le lui ai pas demandé.

— *Demandé*, tu veux dire que tu ne lui as pas laissé la possibilité de t'en parler !

— Pas plus qu'à toi, d'ailleurs ! trancha Susy tandis qu'il l'aidait à descendre dans la gondole.

— Très bien, très bien, je suppose que tu as raison, cela simplifie les choses ! », acquiesça Strefford avec flegme.

Susy ne répondit pas et ils glissèrent jusqu'à la maison sur les eaux silencieuses.

Dans la paix de sa chambre, elle s'allongea pour méditer sur la distance parcourue en une année. Strefford avait lu dans ses pensées avec sa pénétration habituelle. Oui, autrefois, elle eût trouvé parfaitement naturel qu'Ellie lui racontât tout et de se voir confier sans problème le nom du successeur du jeune Davenant. Or, même Ellie semblait avoir été obscurément sensible au changement qui s'opérait chez Susy, car, après une tentative pour lui imposer ses confidences, elle s'était contentée de vagues expressions de gratitude, de soupirs et de sourires allusifs, couronnés par la jolie « surprise » du bracelet orné de saphirs qu'elle lui avait glissé au poignet au moment même de leurs embrassades d'adieu.

Le bracelet était de toute beauté. Susy, dont l'œil valait celui d'un commissaire-priseur, avait estimé à la virgule près sa succession de profondes pierres convexes, de petits brillants et d'émeraudes. Elle était heureuse de le posséder et enchantée de le voir rehausser la grâce de son poignet. Pourtant, tout en l'admirant et en se réjouissant qu'il fût sien, elle l'avait déjà transmué en monnaie trébuchante et calculé combien de mois il permettrait d'assurer les besoins de son ménage, car les aubaines ne l'intéressaient désormais qu'au titre d'offrande subsidiaire à Nick.

La porte s'ouvrit. C'était lui. Elle distinguait mal son visage, mais quelque chose dans le rebond de la poignée de la porte éveilla son appréhension toujours sur le qui-vive. Elle se précipita vers lui, le poignet tendu.

« Regarde, chéri, n'est-ce pas adorable de la part d'Ellie ? »

Elle pressa l'interrupteur de sa coiffeuse. La lampe fit surgir de la pénombre un visage méconnu de son époux. Elle fit glisser le bracelet par-dessus sa main et le lui tendit.

« Battue ! » s'esclaffa-t-il en tirant de sa poche un maroquin qu'il expédia parmi les flacons de parfum.

Susy, qui avait ouvert l'écrin sans réfléchir, fit mine de se perdre dans l'admiration de la perle, tant elle avait peur de lever les yeux sur Nick.

« C'est Ellie qui te l'a offert ? finit-elle par demander.

— Oui, cadeau. » Les secondes passèrent. « Aurais-tu l'obligeance de me dire, reprit Lansing de la même voix atone, exactement pour quel service nous nous voyons si joliment récompenser ?

— La perle est admirable ! murmura Susy pour gagner du temps pendant que d'inimaginables terreurs lui tournaient la tête.

— Et tes saphirs donc ! Encore qu'à y regarder de plus près, mes services semblent plus appréciés que les tiens. Aurais-tu la gentillesse de me dire de quels services il s'est agi ? »

Susy cambra la nuque. « Mais de quoi diable parles-tu, Nick ? Pourquoi Ellie ne nous les aurait-elle pas offerts ? As-tu oublié que c'est comme si nous lui offrions un essuie-plumes ou un tire-boutons ? Qu'est-ce que tu essaies d'insinuer ? »

Il lui avait fallu un effort considérable pour soutenir son regard pendant qu'elle formulait ces questions. Aucun doute, quelque chose s'était produit entre lui et Ellie. Un de ces ignobles impairs imprévisibles qui peuvent provoquer la chute de vos plans les plus astucieux. Elle frissonna derechef en songeant à la fragilité de son bonheur. Mais elle n'était pas tombée de la dernière pluie. Plus d'une fois, tout (le tout de quelqu'un d'autre) avait dépendu de son sang-froid et de sa clairvoyance. Il eût été étonnant qu'elle ne fût pas capable – à l'heure du péril pour son tout à elle – de mobiliser ses défenses avec autant d'efficacité.

« Que se passe-t-il ? frémit-elle, voyant que Lansing se murait dans le silence.

— C'est ce que je suis venu te demander, riposta-t-il, soutenant son regard. Il n'y a pas l'ombre d'une raison, comme tu dis, pour qu'Ellie ne nous fasse pas de cadeaux au prix qui lui chante, et la perle est admirable ; mais je te demande en récompense de quels services précis. Même si l'on tient compte du cynisme qui caractérise les rapports entre vrais civilisés, tu seras probablement d'accord pour dire qu'il y a des limites. En tout cas, jusqu'à présent, il y en avait.

— Je ne vois vraiment pas ce que tu veux dire ! Je suppose qu'Ellie a tenu à nous témoigner sa gratitude pour avoir pris soin de Clarissa...

— Mais elle nous a déjà donné tout cela en échange, non ? suggéra-t-il, balayant d'un geste les lumières tamisées de la somptueuse chambre. Pour tout l'été, si cela nous dit ! »

Susy sourit. « Sans doute a-t-elle pensé que ce n'était pas assez.

— Une vraie maman gâteau ! Cela montre à quel point elle apprécie sa fille !

— Toi pas ?

— Clarissa est délicieuse, mais ce n'est pas elle que sa mère a mentionnée en m'offrant cette prime. »

Susy releva la tête. « Qui a-t-elle mentionné ?

— Vanderlyn. »

— Vanderlyn ? Nelson ? !

— Oui, et des lettres... du courrier... Allons, ma chère, toi et moi, on nous a payés pour lui cacher quelque chose. Quoi ? Parce que j'aimerais savoir... lança-t-il férocement... si on ne nous a pas sous-payés ! »

Susy garda le silence. Il lui fallait du temps pour évaluer ses forces et calculer son prochain coup mais la peur faisait se lever de telles bourrasques dans son cerveau qu'elle parvint tout juste à répliquer :

« Mais enfin, qu'est-ce qu'elle t'a dit ? »

Lansing ricana. « Ah ! Tu aimerais bien le savoir, n'est-ce pas, pour choisir la meilleure manière de peaufiner ton explication ? »

Ses sarcasmes eurent un effet aussi imprévisible qu'imprévu, même pour Susy.

« Oh, non ! Pas ce ton-là entre nous ! » gémit-elle en s'affalant sur sa coiffeuse, la tête dans les mains.

Elle avait l'impression que plus rien ne comptait, sinon d'épargner une blessure incurable à leur amour réciproque et à leur foi mutuelle. Elle acceptait de tout lui dire, elle tenait à tout lui dire – à condition d'être sûre d'éveiller en lui un véritable écho. Mais la scène des cigares lui revint en mémoire et elle s'en trouva comme transie. Si seulement elle pouvait lui faire comprendre que rien n'avait d'importance du moment qu'ils continuaient à s'aimer !

Il lui posa sur l'épaule une main lourde de compassion. « Pauvre enfant, ne pleure pas ! » murmura-t-il.

Leurs regards se croisèrent, mais l'expression qu'elle lut dans ses yeux tarit le sourire qui émergeait de ses pleurs. « Ne vois-tu pas, enchaîna-t-il, que nous devons tirer cela au clair ? »

Elle le fixa d'un œil stupéfait à travers le prisme de ses larmes. « Je ne peux pas, si tu restes debout comme ça ! » bredouilla-t-elle d'une voix enfantine.

Elle s'était tapie dans un coin du canapé. Au lieu de s'y asseoir, Lansing disposa une chaise en face d'elle, à la manière d'un visiteur qui prend place à l'autre bout d'un imposant plateau à thé. « Cela ira comme cela ? demanda-t-il avec un sourire raide, comme s'il se pliait à un caprice.

— Rien n'ira tant que tu ne seras pas toi-même !

— Pas moi-même ? »

Elle secoua la tête avec lassitude : « À quoi bon ? Tu acceptes les choses en théorie et lorsqu'elles se produisent...

— Quelles choses ? Qu'est-ce qui s'est produit ? »

Une bouffée d'impatience la saisit. Dieu sait ce qu'il s'imaginait. « Mais tu connais Ellie par cœur. Nous en avons parlé assez souvent.

— Ellie et le jeune Davenant ?

— Le jeune Davenant ou les autres...

— Ou les autres ! Mais en quoi cela nous concerne-t-il ?

— C'est exactement ce que je dis ! » bondit-elle, soulagée.

Lansing se leva à son tour, mais son visage ne s'était pas éclairé en réponse à celui de Susy. « Nous sommes en dehors de cette affaire, nous n'avons rien à voir avec tout cela, n'est-ce pas ? poursuivit-il.

— Absolument rien !

— Alors à quoi rime la gratitude d'Ellie, bon sang, et cette reconnaissance pour ce que nous avons fait de certaines lettres, pour ce que nous avons fait à Vanderlyn ?

— Pas toi ! s'écria Susy involontairement.

— Pas moi ? Rien que toi ! C'est ça ? » Il se rapprocha et la saisit au poignet. « Réponds. T'es-tu mouillée dans une de ses sales combines ? »

Il y eut une pause. Comment répondre, avec cette étreinte qui lui brûlait le poignet à l'endroit du bracelet ? Enfin, il la lâcha et s'écarta. « Réponds ! répéta-t-il.

— Je t'ai dit que c'était mon affaire et pas la tienne. »

Il accueillit sa réponse en silence, puis demanda : « Tu as expédié du courrier à sa place, je suppose ? À qui ?

— Mais pourquoi me torturer ? Nelson n'était pas censé savoir qu'elle était partie. Elle m'a laissé les lettres à lui poster une fois par semaine. Je les ai trouvées ici le soir de notre arrivée... On y a gagné *ça*. Oh ! Nick ! Dis que cela valait la peine ! Dis au moins que cela valait la peine ! » implora-t-elle.

Impassible, il ne répondit pas. Sa main tambourinait sur le coin de la coiffeuse, faisant danser le bracelet de pierres. « Combien de lettres ?

— Je ne sais pas... quatre... cinq... quelle importance ?

— Une chaque semaine pendant six semaines !

— Oui.

— Et cela t'a paru aller de soi ?

— Non, ça me dégoûtait, mais je n'y pouvais rien.

— Tu n'y pouvais rien ?

— Non, puisque c'était la condition pour que nous soyons ensemble ! Oh, Nick, comment as-tu pu croire que je te laisserais tomber ?

— Me laisser tomber ? répéta-t-il.

— Notre vie commune ne dépend-elle pas des subsides que nous tirons des gens, et n'y a-t-il pas toujours eu du donnant-donnant entre eux et nous ? As-tu jamais obtenu quelque chose pour rien ? hurla-t-elle avec une exaspération soudaine. Tu fréquentes ce milieu depuis aussi longtemps que moi, je suppose que ce n'est pas la première fois, bon Dieu !

— Mais si ! riposta-t-il, les joues en feu. Et c'est cela, la différence, la différence fondamentale.

— La différence ?

— Entre toi et moi. Jamais de ma vie je n'ai accompli les basses besognes des autres, moins encore en échange de faveurs. Je suppose que tu l'as deviné, sans quoi tu ne m'aurais pas caché ces ignominies. »

Le sang monta également aux tempes de Susy. Oui, elle l'avait deviné. Instinctivement, dès le jour où elle lui avait rendu visite pour la première fois, dans son logement spartiate, elle s'était rendu compte qu'il avait des exigences plus strictes qu'elle. Mais comment lui dire que, sous son influence, elle était devenue plus rigoureuse, et que c'était autant pour masquer son humiliation à ses propres yeux que pour échapper à sa colère qu'elle avait tenu sa langue ?

« Tu savais que je ne serais pas resté ici un jour de plus si je l'avais su, poursuivit-il.

— Oui ; et alors, à quel bout du monde serions-nous partis nous cacher ?

— Tu veux dire que – d'une façon ou d'une autre – ce que tu appelles le donnant-donnant est le prix de notre vie commune ?

— N'est-ce pas le cas ? parvint-elle à articuler.

— Alors, nous ferions mieux de nous séparer ! »

Il prononça ces mots à voix basse, après mûre réflexion, comme s'ils marquaient la conclusion inévitable de leur altercation.

Susy ne répondit pas. Elle oublia même les causes du funeste aléa qui semblait l'avoir étouffée sous ses ruines.

Nick s'écarta de la coiffeuse et demeura un instant à la fenêtre, l'œil braqué sur le canal dont les ténèbres croissantes étaient ponctuées de scintillements. Elle considéra son dos et se demanda ce qui arriverait si elle se levait et prenait son mari dans ses bras. Mais même si ce contact avait pu rompre le sortilège, elle n'était pas sûre qu'elle eût choisi ce moyen pour le briser. Sous son angoisse indicible brûlait le sentiment à demi conscient d'avoir été injustement traitée. Quand ils avaient conclu leur pacte insolite, Nick savait aussi bien qu'elle sur quels compromis et quelles concessions se fonderait la vie qu'ils allaient mener ensemble. Qu'il les eût oubliés semblait si incroyable qu'elle se demanda avec un nouveau sursaut de peur s'il n'utilisait pas l'indiscrétion de la malheureuse Ellie pour fuir un lien déjà atténué par la lassitude. Soudain, elle leva la tête et rit.

« Après tout, tu avais raison de vouloir que je sois ta maîtresse ! »

Il lui décocha un regard ahuri. « Toi, ma maîtresse ! »

Malgré la douleur, elle frémit d'orgueil en constatant que cette hypothèse était depuis longtemps impensable pour lui. Elle insista néanmoins : « Ce jour-là, chez les Fulmer, aurais-tu oublié ? tu m'as dit que ce serait du délire de se marier. » Lansing, à l'embrasure de la fenêtre, gardait les yeux fixés sur les volutes de mosaïque du pavement.

« Je n'avais pas tout à fait tort de dire que ce serait pure folie ! » finit-il par répondre.

Elle se dressa, tremblante. « Eh bien, voilà qui est facile. Nos accords...

— Oh ! ces accords-là ! coupa-t-il avec un rire impatient.

— N'es-tu pas en train de me demander de les mettre en œuvre ?

— Parce que j'ai dit que nous ferions mieux de nous séparer ? » Il marqua un temps. « Mais ce pacte – je l'avais presque oublié – stipulait que nous nous aiderions l'un l'autre si l'un ou l'autre avait une meilleure chance, non ? Pur enfantillage ! C'était absurde, une simple plaisanterie, du moins de mon point de vue. Je n'aurai jamais ni besoin ni envie d'une autre chance !

— Oh, Nick ! Nick ! mais alors... » Elle était si près de lui qu'elle pouvait distinguer son visage à travers ses larmes. Il la repoussa.

« Ce serait commode, n'est-ce pas, répliqua-t-il, d'être aussi détachables que cela. Les choses étant ce qu'elles sont, cela va faire affreusement mal. Mais rien ne sert d'en discuter. Tu avais raison, tout à l'heure, lorsque tu m'as demandé si nous avions d'autres moyens de vivre. Nous sommes tous les deux des parasites-nés, sinon il y a beau temps que nous aurions trouvé moyen de nous débrouiller, mais il se trouve qu'il y a des choses que je pourrais supporter, à la rigueur – et que je serai sans doute bien obligé de supporter un jour –, mais que je ne peux pas te laisser assumer pour moi... jamais ! Ces cigares, à Côme, crois-tu que je ne savais pas que c'était pour moi ? Et maintenant, ça ! Non, ça ne colle pas, ça ne colle pas ! »

Il s'interrompit, comme si le courage lui manquait. Elle gémit.

« Mais tu écris ! Si ton livre marche...

— Ma pauvre Susy, cela fait partie du bluff ! Nous savons tous les deux que ce que j'écris ne paiera jamais, et quelle autre solution avons-nous ? D'autres bassesses du même genre, auxquelles nous serions de plus en plus aguerris. Au moins jusqu'ici, je me suis gardé de certaines choses. Je ne veux pas continuer jusqu'au jour où je les considérerai comme allant de soi ! »

Elle tendit une main timide.

« Mais tu n'auras jamais à le faire, chéri..., si seulement tu acceptais de me laisser agir ! »

Il eut un brusque recul. « Cela te semble tout simple, je suppose ! Eh bien, les hommes ne sont pas comme ça ! » Il se dirigea vers la coiffeuse et jeta un regard sur la petite horloge émaillée qu'elle avait reçue pour leurs noces.

« L'heure de te faire belle, non ? Cela te gênerait-il si je te laissais dîner avec Streffy et Dieu sait qui ? J'ai envie de marcher longtemps et surtout pas de parler, sauf à moi-même. »

Il passa devant elle et quitta prestement sa chambre. Le regard de Susy, immobile, incapable de lever la main pour le retenir ou de prononcer une imploration finale, retomba, dans le fouillis de sa table de toilette, sur les cadeaux de Mrs Vanderlyn qui scintillaient sous l'abat-jour rose.

Oui, comme il le disait, les hommes sont différents !

XI

Mais il y avait des accommodements nécessaires. Il y en avait toujours eu. Nick avait jadis été le premier à l'admettre... Comme ils s'étaient moqués des « perpendiculaires », ceux qui prenaient la tangente (puisqu'on ne pouvait pas être un bon Samaritain sans s'abaisser à farfouiller dans des tas de choses innommables) ! Et voici que Nick s'était métamorphosé en perpendiculaire...

Dans les pauses entre les assauts tourbillonnants de ses pensées, Susy, ce soir-là, présidant au dîner, observa les visages, familiers jusqu'à la nausée, de ceux qu'elle appelait ses amis : Strefford, Fred Gillow, ce jeune crétin gloussant de Breckenridge (un membre de leur groupe new-yorkais qui avait débarqué ce jour-là), sans parler du prince Nerone Altineri, le prince d'Ursula qui, en l'absence de sa maîtresse partie effectuer une cure assommante, avait tout simplement et tout naturellement choisi de rejoindre le mari d'icelle à Venise ! Susy laissa courir son regard de l'un à l'autre comme si ses yeux venaient de se dessiller, se demandant à quoi ressemblerait la vie si elle n'avait pas d'autres visages que les leurs pour la décorer.

Ah, Nick avait basculé du côté des perpendiculaires ! Après tout, la plupart des gens traversaient la vie avec un éventail limité de gestes, comme des pas de danse qu'on apprend à l'avance. Si leur manuel de danse leur disait d'être perpendiculaire à un moment donné, il fallait l'être, automatiquement, et cela valait aussi pour Nick.

« Mais enfin, bon Dieu, Susy ! » La voix désarçonnée de Gillow lui parvint soudain comme d'une distance incommensurable. « Que diable vas-tu faire dans cet ignoble trou étouffant pendant le reste de l'été ?

— Demande à Nick, mon cher ! s'interposa Strefford.

— À propos, où est-il donc, si je peux me permettre ? glissa le jeune Breckenridge en levant les yeux pour prendre tardivement note de l'absence de son hôte.

— Il dîne dehors, dit Susy d'un ton désinvolte. Des gens se sont pointés à l'improviste, d'épouvantables raseurs que je n'aurais pas eu l'impudence de vous infliger ! » Avec quelle facilité les mensonges familiers lui venaient à la bouche !

« Le genre à qui l'on dit : "N'oubliez surtout pas de venir nous voir" et qu'ensuite on passe le reste de sa vie à éviter – comme nous avec les Hicks », développa Strefford.

Les Hicks ! Mais bien sûr ! C'était chez eux que Nick s'était rendu ! L'idée transperça Susy comme un poignard. Le dîner dont elle avait si légèrement inventé l'existence prit l'ampleur d'une vérité haïssable et elle se dit fiévreusement : « je l'y appellerai après dîner, et c'est lui qui se sentira idiot. » Mais elle se rappela aussitôt que les Hicks, dans leur cadre médiéval, s'étaient, bien entendu, farouchement refusé le téléphone.

L'inaccessibilité temporaire de Nick, puisqu'elle était maintenant convaincue qu'il se trouvait chez les Hicks, mua sa détresse en irritation sarcastique. Ah, c'est là qu'il était parti porter ses principes, ses critères, ses valeurs, quel que fût le nom qu'il donnait aux nouvelles règles qu'il avait décidé d'appliquer au jeu immémorial. Qu'elle était stupide de ne pas l'avoir deviné tout de suite !

« Oh, les Hicks ! Nick les adore, vous savez, encore un peu et il épouse Coral ! » lança-t-elle en riant avec son insolence invétérée. Le mot ricocha autour de la table. « Seigneur Dieu ! », haleta Gillow, tandis que le prince déployait le sourire averti que Susy lui reprochait d'avoir inclus dans les exercices de la méthode Mueller qu'il pratiquait tous les matins. Soudain, Susy sentit les yeux de Strefford sur elle.

« Qu'est-ce que j'ai ? Trop de rouge ? demanda-t-elle, passant son bras sous le sien au moment où ils quittaient la table.

— Non, pas assez ! Regarde-toi... souffla-t-il.

— Bah ! dans ces vieux miroirs cadavériques tout le monde semble repêché du canal ! »

Elle s'écarta d'une secousse pour se ruer à l'autre bout de la longue *sala*, les mains sur les hanches, en sifflant un air de ragtime. Le prince et le jeune Breckenridge lui emboîtèrent le pas et elle virevolta avec ce dernier, tandis que Gillow, dont on pensait que c'était le seul talent, claquait des doigts pour imiter des castagnettes et suivait le couple d'un pas chaloupé en martelant le sol du talon.

Susy s'effondra sur un sofa près de la fenêtre et s'éventa avec son écharpe flottante. Les hommes fourragèrent dans leurs poches à la recherche de cigarettes et sonnèrent les gondoliers, qui apportèrent des plateaux de rafraîchissements.

« Bon, et maintenant ? On ne va pas s'arrêter là ! » enchaîna Gillow depuis le divan où il s'était affalé, à demi endormi, le front ruisselant. À l'instar de la nature, Fred Gillow abhorrait le vide, et il lui était inconcevable que chaque heure de l'existence consciente d'un homme ne lui fournît pas une raison de se lever et se rendre ailleurs. Le jeune Breckenridge, qui partageait son point de vue, et le prince, qui désirait ardemment s'y rallier, rappelèrent à la compagnie qu'une de leurs connaissances donnait un bal ce soir au Lido.

Strefford opposa son veto, attendu qu'il en revenait à peine, et proposa de sortir marcher un peu pour changer.

« Pourquoi pas ? Épatant ! » Susy bondit. « Rendons une visite-surprise, mais je ne sais pas à qui ! Streffy, prince, auriez-vous idée de quelqu'un qui serait catastrophé par notre intrusion ?

— Oh, la liste est trop longue ! Démarrons toujours, nous choisirons notre victime en chemin ! » suggéra Strefford.

Susy grimpa dans sa chambre chercher une cape de soirée et,

sans changer ses mules de satin à talons hauts, sortit avec le quatuor. La lune, Dieu merci, n'était pas au rendez-vous, mais les étoiles qui les surplombaient étaient aussi proches que des fruits et les murs des jardins les inondaient de senteurs secrètes. Le cœur de Susy se serra en retrouvant des souvenirs de Côme.

Ils avançaient au hasard, riant et batifolant au rythme de leurs caprices de désœuvrés. Une voix proposa bientôt d'aller examiner de plus près la façade de San Giorgio Maggiore, et ils hélèrent une gondole qui se fraya bientôt un chemin parmi les lampions tressautants et les guitares nasillantes. Lorsqu'il eut atterri, Gillow, qu'insupportaient les paysages et qui tenait en abomination l'esthétique de la nuit, suggéra un *night-club* tout proche qui avait la réputation d'être fort gai. Le prince apporta un soutien chaleureux à cette proposition mais, Susy ayant sèchement refusé, ils reprirent leurs errances sinueuses le long des venelles indistinctes en direction de la Piazza et des glaces de chez Florian. Soudain, au coin d'une *calle* insolite et pourtant connue d'elle, Susy s'arrêta pour se repérer et éclata de rire.

« Les Hicks, mais oui, c'est leur palais, illuminé *a giorno*, ils doivent donner une fête, allez, on va les surprendre ! » L'idée lui semblait l'une des plus drôles qu'elle eut jamais lancées et elle s'étonna de voir ses compagnons y répondre avec tant de tiédeur.

« Pas rigolo de surprendre les Hicks », protesta Gillow, frustré d'éventuelles stimulations, ce à quoi Strefford ajouta : « Ça m'étonnerait plus qu'eux, si j'y allais. »

Susy insista avec fièvre. « Tu ne sais pas, ça peut être terriblement excitant ! J'ai idée que Coral est en train d'annoncer ses fiançailles – ses fiançailles avec Nick ! Allez, aide-moi, donne-moi la main, Streff, et toi l'autre, Fred ! » Elle fredonna les premières mesures de l'entrée de Donna Anna dans *Don Giovanni* : « Dommage que je n'ai pas de cape noire ni de masque...

— Oh ! ton visage suffira ! » jeta Strefford en lui posant la main sur le bras.

Elle recula d'un pas et rougit jusqu'à la racine des cheveux. Breckenridge et le prince avaient pris les devants. Derrière eux, de son pas pesant, Gillow avait déjà gravi la moitié de l'escalier.

« Mon visage, mon visage, qu'est ce qu'il a, mon visage ? Vois-tu une raison pour laquelle je ne devrais pas aller chez les Hicks ce soir ? lança Susy, soudain courroucée.

— Absolument aucune, sauf que si tu le fais, je vais m'ennuyer à mourir, répliqua sereinement Strefford.

— Oh, dans ce cas !

— Non, allez, viens ! J'entends ces crétins qui frappent déjà à la porte ! » Il la prit par la main et ils gravirent l'escalier, mais dès le premier palier, elle s'arrêta, dégagea sa main de la sienne et, sans un mot, sans une pensée consciente, dévala la longue volée de marches, franchit le vaste vestibule sonore et plongea dans les ténèbres de la *calle*.

Strefford la rattrapa et ils restèrent un instant silencieux dans la nuit.

« Enfin, Susy, que se passe-t-il ?

— Ce qui se passe ? Tu ne vois pas ? Je suis fatiguée, j'ai un mal de tête abominable et vous m'ennuyez à mourir, tous autant que vous êtes ! » Elle pivota et posa une main adoucie sur son bras : « Mon vieux Streffy, ne m'en veux pas, mais, pour l'amour de Dieu, trouve-moi une gondole et renvoie-moi à la maison.

— Seule ?

— Seule ! »

Streff ne s'inquiétait jamais quand les gens voulaient faire des choses qu'il ne comprenait pas et elle savait pouvoir compter sur son obéissance. Ils gagnèrent en silence le canal suivant. Il héla une gondole qui passait et l'y installa.

« Maintenant, va t'amuser ! » lui lança-t-elle au moment où l'embarcation filait sous le pont le plus proche. Elle était prête à tout, à tout pour être seule, loin de l'agitation dérisoire qui serait son lot si Nick devait se retirer de sa vie...

Mais peut-être s'en était-il déjà retiré ? « Peut-être a-t-il décroché pour de bon ? » pensa-t-elle en franchissant le seuil des Vanderlyn.

Déjà la brève nuit d'été devenait transparente et une brise naissante agitait la surface souillée de l'eau qui clapotait allègrement aux portes du palais. Près de deux heures du matin. Nick était certainement revenu depuis longtemps ! Elle se précipita en haut des marches, rassurée par la simple idée de sa proximité. Elle savait que lorsque leurs yeux et leurs lèvres se rencontreraient, rien n'aurait le pouvoir de les tenir à distance.

Le gondolier qui somnolait sur le débarcadère se secoua pour lui faire bon accueil et lui tendit deux enveloppes. Celle du dessus était un télégramme à l'intention de Strefford. Elle la reposa et attendit, sous la lanterne suspendue à la voûte peinte, l'autre enveloppe à la main. L'adresse était de l'écriture de Nick.

« Quand le *signore* m'a-t-il laissé ce mot ? Il est ressorti ? »

Ressorti ? Mais le *signore* n'était pas rentré depuis dîner, le gondolier en était absolument sûr puisqu'il avait été de garde toute la nuit. C'était un gamin qui avait apporté la lettre, un inconnu, qui l'avait laissée sans attendre, ce devait être une demi-heure après que la *signora* était sortie avec ses invités.

Susy l'entendit à peine et s'enfuit dans sa chambre. Là, sous l'abat-jour qui, deux mois auparavant, avait éclairé la missive fatidique d'Ellie Vanderlyn, elle ouvrit celle de Nick.

Ne me trouve pas trop dur avec toi, chérie, mais il faut que je débrouille cette affaire tout seul. Le plus tôt sera le mieux, n'est-ce pas ? Je prends donc le premier express pour Milan. Je t'écrirai pour de vrai dans un jour ou deux. J'aimerais trouver quelque chose à te dire qui te prouverait que je ne suis pas une brute – mais je n'y arrive pas. N. L.

La nuit était trop entamée pour dormir, même si Susy avait pu atteindre un semblant de sommeil. La lettre lui tomba des mains. Susy se faufila sur le balcon et s'y tapit, le front sur la balustrade. Le vent du petit matin agitait ses fines dentelles. À travers le rideau de ses paupières fermées et de ses doigts crispés, elle sentit la pénétration de la lumière naissante, l'avance impitoyable d'un autre jour, un jour sans but ni signification – un jour sans Nick. Elle finit par laisser retomber ses mains et, levant sous des paupières sèches des yeux inertes, elle vit une bordure de feu se profiler sur les toits, de l'autre côté du Grand Canal. Elle bondit, se rua dans sa chambre, et, tirant les lourdes tentures, tituba dans les ténèbres jusqu'au canapé et s'effondra parmi les coussins, y noyant son visage à la recherche d'une nuit plus profonde...

Elle sursauta, raide et douloureuse, pour découvrir un coin doré de soleil à ses pieds. Elle avait donc dormi – était-ce possible ? Il devait être huit ou neuf heures. Déjà ! Elle avait dormi, dormi comme une ivrogne, avec cette lettre sur le guéridon, près de son coude. Ah, elle se rappelait maintenant ! Elle avait rêvé que la lettre était un rêve. Mais non, le feuillet était inexorablement là. Susy le ramassa, le relut lentement, avec douleur, avant de le déchirer en mille morceaux, se mit en quête d'une allumette et, à genoux devant le foyer vide, comme si elle accomplissait un rite funéraire, elle en réduisit en cendre les moindres lambeaux. Nick l'en remercierait un jour !

Après un bain et une toilette en coup de vent, elle eut le sentiment d'avoir rajeuni et retrouvé un brin d'espoir. Somme toute, Nick s'était contenté de dire qu'il partait « un jour ou deux », et sa lettre n'était pas cruelle ; des tendresses s'y devinaient même derrière la brutalité des mots. Elle adressa un sourire un peu raide à son reflet dans le miroir, mit une touche de rouge sur ses lèvres incolores et sonna la bonne.

« Du café, Giovanna, s'il te plaît, et pourrais-tu dire à Mr Strefford que j'aimerais le voir au plus tôt. »

Si Nick maintenait son intention de rester éloigné quelques jours, elle devait fabriquer une explication pour son absence, mais son esprit refusait de fonctionner et elle ne voyait pas d'autre solution que de mettre Strefford dans la confidence. Elle savait pouvoir lui faire confiance. En cas de vrai problème, pour ses amis, sa malice de lutin se transformait en ingéniosité pleine de ressources.

La bonne la dévisageait d'un air perplexe. Susy répéta son ordre d'un ton plus cassant. « Mais ne le réveille pas exprès ! ajouta-t-elle, prévoyant l'effet probable d'une telle intervention sur l'humeur de Strefford.

— Mais, *signora*, le monsieur est déjà sorti !

— Déjà sorti ? » Strefford qu'on pouvait à peine tirer des draps avant déjeuner !

« Est-il si tard ? s'écria Susy incrédule.

— Neuf heures passées, et le gentleman a pris le train de huit heures pour l'Angleterre. Gervaso dit qu'il a reçu un câble. Il a fait dire qu'il écrirait à la *signora.* »

La porte se referma sur la bonne et Susy continua de fixer son image fardée dans le miroir, comme si elle essayait de faire baisser les yeux à une étrangère importune. Il n'y avait donc personne auprès de qui prendre avis. Personne, sauf le pauvre Fred Gillow ! L'idée lui arracha une grimace...

Mais qu'est-ce qui avait bien pu rappeler Strefford en Angleterre ?

XII

Dans l'express de Milan, Nick Lansing fut réveillé par la même barre de soleil en travers de ses genoux. Il bâilla, jeta un regard dégoûté aux souches assoupies qui lui servaient de voisins et se demanda pourquoi il avait décidé de se rendre à Milan et ce qu'il pouvait bien avoir à y faire. Le problème, avec les décisions brutales, c'est que, le lendemain, elles vous laissent face au vide...

Lorsque le train entra en gare, il s'en extirpa, commanda un café et, l'ayant bu, décida de poursuivre jusqu'à Gênes. Jouer les passagers remettait toute action à plus tard et mettait l'esprit en veilleuse. Après douze heures d'activité mentale furieuse, c'était exactement ce dont il avait besoin.

Il se remit à somnoler, s'éveillant de temps à autre pour de nouveaux intervalles de cogitations hagardes avant de se rendormir, le fracas du train dans la tête. Pendant ces intermittences d'éveil, le grincement des rouages et le crissement des chaînes poursuivaient sempiternellement leur ronde dans son cerveau. Il avait épuisé toute sa capacité de pensée lucide dans l'heure qui avait suivi son départ du palais Vanderlyn. Depuis, son cerveau n'avait cessé de retourner inlassablement le même problème. Sa tasse de café, au lieu de lui éclaircir les idées, n'avait fait qu'en accélérer le rythme.

À Gênes, il erra dans les rues surchauffées, s'acheta une valise bon marché et quelques sous-vêtements, avant de descendre vers le port en quête d'un petit hôtel dont il avait gardé souvenance. Une heure plus tard, il était assis au salon à jeter dans l'atmosphère enfumée des regards vides sur des journaux vierges en attendant l'heure du dîner, lorsqu'il se rendit compte qu'il soutenait l'examen timide mais intense d'un petit homme à lunettes au visage rondouillard qui se tenait seul à la table voisine.

« Ça alors, Buttles ! » s'exclama-t-il, reconnaissant avec surprise le secrétaire récalcitrant qui avait résisté au prosélytisme tiépolesque de Miss Hicks.

Mr Buttles, rougissant jusqu'aux racines de sa maigre chevelure, se leva à demi et lui décocha une courbette cérémonieuse.

Le premier sentiment de Nick Lansing fut d'agacement : cette rencontre risquait de troubler ses ruminations solitaires. Le suivant fut de soulagement : la courtoisie l'obligeait à les remettre à plus tard.

« Aucune idée que vous étiez ici. Le yacht est à quai ? » demanda-t-il, se rappelant que l'*Ibis* ne devait pas tarder à prendre son essor.

Mr Buttles, au garde-à-vous derrière sa chaise, fit un signe de dénégation muette. Pour le moment, il semblait trop intimidé pour parler.

« Ah, vous êtes en avant-coureur ? Je me rappelle maintenant : j'ai vu Miss Hicks à Venise avant-hier », poursuivit Lansing, ébahi que quarante-huit heures à peine se fussent écoulées depuis sa rencontre avec Coral aux Scalzi.

En guise de réponse, Mr Buttles esquissa un mouvement d'approche vers sa table. « Puis-je occuper ce siège un instant, Mr Lansing ? Merci. Non, je ne suis pas venu en avant-garde, encore que l'*Ibis* soit attendu demain dans la journée, je crois. » Il s'éclaircit la gorge, essuya ses verres avec sa pochette de soie, rechaussa ses lunettes et reprit d'un ton solennel : « Peut-être devrais-je, pour dissiper tout malentendu éventuel, ajouter que je ne suis plus au service de Mr Hicks. »

Lansing le gratifia d'un bref regard de compassion. Il était clair que l'homme souffrait atrocement de fournir cette information, bien que son visage compact ne se prêtât guère aux émotions dramatiques.

« Vraiment ? » sourit Nick avant de risquer : « J'espère que ce n'est pas en raison de vos objections de conscience dans l'affaire Tiepolo. »

La rougeur de Mr Buttles traduisait une peine ardente. « Ah, Miss Hicks vous aura raconté... aura mentionné... Non, Mr Lansing, mes principes s'opposent à l'art efféminé de Tiepolo et de tous ses contemporains, je le confesse, mais si Miss Hicks choisit de s'abandonner momentanément aux sortilèges malsains de la décadence italienne, il ne me revient ni de protester ni de critiquer. L'étendue de ses capacités intellectuelles ou esthétiques dépasse tellement mes humbles pouvoirs qu'il serait inconvenant... ridicule... »

Il s'interrompit pour effacer la moiteur de ses verres. Il souffrait à l'évidence d'une détresse qu'il avait soif et craignait tout à la fois de communiquer, mais Nick ne fit aucun effort supplémentaire pour combler le gouffre de ses propres préoccupations, et Mr Buttles reprit, après quelques instants d'attente vaine : « Si vous me voyez ici aujourd'hui, c'est seulement parce qu'après un départ quelque peu abrupt, je ne puis prendre congé de nos amis sans avoir jeté un ultime regard sur l'*Ibis* – où se sont vécues tant d'heures exaltantes. Mais il me faut vous supplier, ajouta-t-il avec feu, si vous voyez Miss Hicks ou un autre membre du groupe, de ne faire aucune allusion à ma présence à Gênes. Je souhaite, conclut Mr Buttles avec simplicité, préserver le plus strict incognito. »

Lansing lui accorda un regard plein de bonté.

« Oh, mais cela n'est-il pas un rien... inamical ?

— Je n'ai pas le choix, Mr Lansing, précisa l'ex-secrétaire, et je m'en remets à votre discrétion. La vérité est que je suis venu non pas jeter un dernier regard sur l'*Ibis* mais entrevoir Miss Hicks, rien qu'une fois. Vous comprendrez et apprécierez ce que j'endure. »

Après une autre courbette, il s'éloigna en trottinant sur ses petits pieds aux bottes serrées. Il s'arrêta sur le seuil pour soupirer : « D'emblée, c'était sans espoir ! » Sur quoi il franchit les portes vitrées.

Un éclair de commisération traversa l'esprit de Nick. Il y avait quelque chose d'étrangement poignant dans le spectacle de Mr Buttles, d'ordinaire si alerte et si efficace, réduit à l'image molle de la passion unilatérale ; et quelle douloureuse surprise pour les Hicks que d'être privés à l'improviste du secrétaire qui possédait si bien les « langues étrangères » ! Car si Mr Beck tenait les comptes et réglait les hôteliers, c'était à Mr Buttles que revenait la noble tâche d'entretenir dans leur propre langue les génies méconnus qui s'agglutinaient autour des Hicks, et Nick pouvait imaginer le désarroi que devait susciter son départ à la veille d'une croisière en Grèce que Miss Hicks qualifiait certainement d'« odyssée ».

L'instant d'après, la vision du soupirant désespéré de Coral s'était évanouie et Nick se retrouva, une fois de plus, écartelé sur la roue de ses propres infortunes. La veille, lorsqu'il avait envoyé son mot à Susy depuis une *trattoria* proche du palais Vanderlyn où ils se rendaient fréquemment, c'était dans la ferme intention de partir un jour ou deux pour faire le point. Mais, après avoir confié sa lettre au gamin du propriétaire, il avait décidé d'attendre le retour du petit, pour qui Susy avait de l'affection. Le messager n'était pas censé solliciter une réponse, mais Nick, connaissant la tournure d'esprit amicale et curieuse des Italiens, avait la quasi-certitude que l'enfant traînerait dans les parages le temps qu'on livre la lettre, dans l'espoir d'entrevoir la belle dame, et il s'était représenté la bonne frappant à la porte de la chambre obscure, Susy poudrant à la hâte son visage taché de larmes avant d'allumer – pauvre petite ! Le gamin était revenu étonnamment vite, n'avait ramené aucune réponse et s'était contenté de l'informer que tout le monde était sorti.

« Tout le monde ?

— La *signora* et les quatre messieurs qui ont dîné au palais. Ils sont tous sortis ensemble, à pied, après dîner. Il n'y avait personne à qui donner votre mot, sauf le gondolier sur le débarcadère, parce que la *signora* a dit qu'elle rentrerait très tard et a envoyé la bonne se coucher, mais elle, bien sûr, elle est tout de suite sortie avec son *innamorato*.

— Ah ! » dit Nick en glissant un pourboire dans la main du petit avant de quitter le restaurant.

Susy était sortie, sortie avec leur bande habituelle, comme elle faisait chaque nuit pendant l'étouffante période estivale, sortie après sa dispute avec Nick comme si de rien n'était, comme si leurs mondes tout entiers ne s'étaient pas effondrés à leurs pieds. Ah, pauvre Susy ! Après tout, elle n'avait fait qu'obéir à l'instinct de conservation, la vieille habitude tenace de faire face, de tenir bon en cachant ses ennuis. À moins que l'habitude eût déjà engendré l'indifférence, et qu'il lui fût devenu aussi facile qu'à la plupart de ses amis de passer du drame à la danse, du chagrin au cinéma. « *De l'âme, que reste-t-il, je me le demande ?* »...

Son train ne partait qu'à minuit et, après avoir quitté le restaurant, Nick arpenta les ruelles écrasées de chaleur jusqu'à ce que ses jambes lasses l'incitent à faire halte sous les treilles d'une échoppe à vin tenue par un gondolier, sur le débarcadère de la Piazzetta. Là, il pourrait prendre des rafraîchissements jusqu'à l'heure de se rendre à la gare.

Onze heures avaient sonné et Nick allait héler une embarcation, lorsqu'une proue noire saillit sur les marches. Une volée de jeunes gens en tenue de soirée en jaillit au milieu d'une nuée de plaisanteries et de rires. Nick, depuis les ténèbres de sa tonnelle, vit que le groupe ne comportait qu'une seule dame et il n'eut pas besoin que la lampe du débarcadère révélât son identité. Susy, tête nue, riait, une légère écharpe glissant sur ses épaules nues, la cigarette entre les doigts. Il la vit prendre le bras de Strefford et tourner dans la direction du café Florian avec dans son sillage Gillow, le prince et le jeune Breckenridge...

Nick avait revécu cette scène fugace des centaines de fois pendant ses heures de train et sa dérive à travers les rues de Gênes. Dans les cages à écureuils qu'étaient son univers et celui de Susy, il fallait continuer de faire tourner la roue ou décrocher. Susy avait, de toute évidence, choisi de continuer. Dans la lueur froide de la lanterne, il avait parfaitement distingué son visage, constatant que son masque de fard et de poudre était posé avec suffisamment de soin pour cacher les ravages que la scène qui les avait dressés l'un contre l'autre auraient pu y laisser. Il s'était même imaginé qu'elle s'était versé quelques gouttes d'atropine dans les yeux...

Il n'y avait pas de temps à perdre, s'il voulait attraper le train de minuit. Pas de gondole en vue, sauf celle que son épouse venait de quitter. Il bondit et ordonna au gondolier de le mener à la gare. Les coussins auxquels il s'adossa exhalaient encore son parfum et, dans la lumière cruelle des lampes électriques de la gare, il vit à son pied une rose qui était tombée de sa robe. En quittant la gondole, il la piétina du talon.

Telle était donc la dernière image qu'il devrait garder d'elle, car il savait maintenant qu'il ne reviendrait pas, en tout cas, pas pour reprendre leur vie commune. Sans doute faudrait-il la revoir une fois pour discuter de la situation et envisager les mesures qu'exigeait leur avenir. Sa sincérité avait été totale lorsqu'il lui avait dit qu'il ne lui voulait pas de mal, mais il ne pourrait plus jamais remettre les pieds dans ce bourbier. S'il le faisait, il savait qu'il s'y abîmerait inéluctablement, glissant de concession en bassesse jusqu'au fond du gouffre...

Le barouf de la chaude nuit d'été génoise aurait empêché de somnoler la plus insouciante des âmes, mais Nick, quoique éveillé, ne le remarqua pas, tant le tumulte qui lui agitait la cervelle était assourdissant. L'aube lui fut un soulagement et la lassitude le plongea dans un profond sommeil. Midi allait sonner lorsqu'il rouvrit les yeux. De sa fenêtre, il vit la silhouette familière de l'*Ibis* se détacher toute noire parmi les mille reflets du port. Rencontrer ses propriétaires, qui avaient sans doute débarqué depuis longtemps pour gagner des régions plus fraîches et plus à la mode, ne lui faisait pas peur : étrangement, leur proximité semblait accentuer sa solitude et aviver son sentiment de n'avoir personne vers qui se tourner sur cette terre. Il s'habilla et sortit prendre une tasse de café dans un coin sombre, en toute mélancolie.

Pendant qu'il buvait, ses pensées s'éclaircirent peu à peu. Il lui parut clair qu'il s'était comporté en dément ou en galopin. Il préférait penser que c'était comme un fou. Si lui et Susy devaient se séparer, il n'y avait aucune raison pour que cela ne se fît pas de manière décente et paisible, comme ce genre de transactions se menaient habituellement dans leur milieu. Introduire du mélodrame dans leur petit monde de sybarites impassibles relevait du grotesque et il faillit sourire de l'incongruité de son geste...

Soudain ses yeux s'emplirent de larmes. L'avenir sans Susy était plus qu'insupportable, inconcevable ! Après tout, pourquoi devaient-ils se séparer ? En se posant cette question, il crut voir se rapprocher son doux visage au point de distinguer le petit pli qui lui marquait la lèvre supérieure et conférait tant de charme à son sourire. Soit, il reviendrait. Mais pas pour jouer à faire le point, pas pour conclure un arrangement et clore proprement leur vie commune, à la manière dont on dissout une association commerciale. Non, s'il revenait, ce serait de manière inconditionnelle, pour de bon, pour toujours...

Mais l'avenir ? Le jour assez proche où les chèques de mariage seraient liquidés, les perles de grand-mère vendues, et où il ne resterait rien – rien qu'une dépendance franche et massive à l'égard de leurs amis cossus dans le rôle des pique-assiette avérés ? N'y avait-il pas d'autre solution, pas d'autre moyen de réordonner leur vie ? Non. Il ne pouvait pas imaginer Susy hors de son cadre de luxe et de loisirs. Il ne pouvait se représenter ni lui ni elle adoptant le style des Fulmer, par exemple. Il se rappela le pitoyable bungalow anarchique du New Hampshire, leurs souillons de servantes, la nourriture immangeable, les gosses qui couraient dans tous les sens... Comment pourrait-il demander à Susy de partager ce genre de vie avec lui ? S'il le faisait, elle aurait probablement assez de bon sens pour refuser. Leur alliance s'était tissée dans le songe d'une éphémère nuit d'été. L'heure était venue de régler la note...

Il décida de lui écrire. Si la séparation était inéluctable, il ne pouvait pas se faire confiance pour la voir. Il fit signe au garçon, demanda de quoi écrire et écarta la pile de périodiques qui traînaient sur la table où on lui avait servi son café. Son œil se posa sur le *Daily Mail* de l'avant-veille. Cherchant un prétexte pour remettre à plus tard la rédaction de sa lettre, il prit le journal, parcourut la première page et lut :

> Tragique accident de yacht sur le Solent. Le comte d'Altringham et son fils, le vicomte d'Amblay, noyés au cours d'une collision nocturne. Les deux corps ont été retrouvés.

Poursuivant sa lecture, il comprit que le désastre s'était déroulé la veille de son départ de Venise et que, par la grâce du brouillard qui s'était abattu sur le Solent, leur vieil ami Strefford se retrouvait comte d'Altringham et détenteur d'une des plus importantes fortunes privées d'Angleterre. Que ce traîne-savates fût le héros d'une telle aventure lui donnait le vertige. Quelle ironie dans le double tour de roue qui, en l'espace de vingt-quatre heures, avait plongé Nick Lansing dans la plus profonde misère et haussé son ami au pinacle !

Avec une précision hallucinante, il revit Susy passer de la gondole aux marches de la *calle*. Il retrouva le son de son rire et des badinages de Strefford, la façon dont elle lui avait pris le bras, s'y était raccrochée, entraînant les autres hommes à sa suite. Strefford ! Susy et Strefford ! Nick avait maintes fois noté les inflexions plus tendres de sa voix lorsqu'il s'adressait à Susy et la lueur méditative qui couvait dans ses yeux paresseux sitôt qu'ils se posaient sur elle. Dans la sécurité de son bonheur conjugal, Nick n'avait pas fait grand cas de ces signes. Il n'avait été vraiment jaloux que de Fred Gillow, qui disposait du pouvoir illimité de satisfaire les caprices d'une femme. Pourtant, il savait que Susy ne se contenterait plus jamais de ce genre d'avantages matériels. Avec Strefford, c'était autre chose. Elle avait pris plaisir à sa société du temps qu'il était inéligible. N'allait-elle pas le trouver irrésistible maintenant ?

Les termes oubliés de leur pacte nuptial, de l'absurde contrat sur lequel ils avaient solennellement engagé leur foi, lui revinrent en mémoire. Mais était-ce si absurde, après tout ? C'était Susy qui l'avait proposé, pas lui, Dieu merci. Peut-être, en prenant cette initiative, avait-elle été plus sérieuse qu'il ne l'avait imaginé ? Peut-être, même si leur rupture ne s'était pas produite, la soudaine promotion de Strefford l'aurait-elle entraînée à revendiquer sa liberté...

L'argent, le luxe, la mode, le plaisir : telles étaient les pierres angulaires de son existence. Il l'avait toujours su. Elle l'avait toujours admis, même au cours de leur ultime querelle, et le temps n'était pas loin où il s'était félicité de sa franchise. Comment avait-il pu se figurer que, pour avoir son content de ce genre de biens, elle n'irait pas un jour jusqu'au bout de l'avilissement ? Peut-être, en l'abandonnant à Strefford, assurait-il le salut de son ex-épouse ? De toute façon, le passé avait tellement pris couleur d'amertume qu'instinctivement il rendit grâces aux dieux inconnus qui lui avaient glissé cette notice nécrologique sous les yeux...

Chère Susy, écrivit-il, *le destin semble s'être penché sur notre avenir et nous épargner le soin d'en dénouer les fils. Si je me suis montré parfois suffisamment égoïste pour oublier les conditions de ton* oui, *elles me sont revenues pendant ces deux journées de solitude. Tu m'as donné le meilleur de ce qu'un homme peut obtenir, et rien n'aura jamais autant de valeur à mes yeux. Mais, puisque je ne suis pas en mesure de satisfaire tes desiderata, j'admets n'être nullement habilité à te barrer la route. Il ne faut plus que nous devions à des services furtifs la jouissance de quelque palais vénitien. J'apprends par la presse que Streff est désormais en mesure de t'offrir ton content de demeures somptueuses. Qu'il profite de l'occasion – je suppose qu'il sautera dessus. Le prétendant idéal ! J'aimerais être à sa place.*

Je te réécrirai dans un jour ou deux, lorsque j'aurai rassemblé mes esprits et que je pourrai te donner une adresse.

Nick

Il ajouta une ligne concernant les maigres fonds qui restaient disponibles sur leur compte, glissa la lettre dans une enveloppe et l'adressa à Mrs Nicholas Lansing. Il se rendit compte que c'était la première fois qu'il écrivait le nom d'épouse de sa femme.

« Eh bien, je promets qu'aucune femme ne le portera après elle ! » jura-t-il en cherchant un timbre dans son portefeuille.

Il se leva, s'étira pour évacuer sa lassitude – la chaleur était étouffante ! – et glissa la lettre dans sa poche.

« Je la posterai moi-même, c'est plus sûr, pensa-t-il, et puis, bon Dieu de bonsoir, qu'est-ce que je vais bien pouvoir faire, je me le demande ! » Il enfonça son chapeau sur sa tête et plongea dans la fournaise.

Au sortir de la place qui jouxte la grande poste, une ombrelle blanche le héla depuis un taxi qui passait. À la portière, Coral Hicks lui tendait la main.

« J'étais sûre que je vous retrouverais, cria-t-elle, triomphante. Je n'ai pas arrêté de courir les rues sous ce soleil torride ! Des heures à faire des courses et à vous rechercher en même temps ! »

Il la fixa d'un œil vide, trop ahuri même pour se demander comment elle savait qu'il se trouvait à Gênes. Elle enchaîna, avec la sorte de timidité impérieuse qui lui donnait toujours l'impression de se retrouver sous la baguette d'un chef d'orchestre magistral : « Maintenant, vous allez me faire le plaisir de monter dans cette voiture. Ne me laissez pas rôtir ici une minute de plus ! » Au chauffeur, elle lança « *Al porto* ! »

Nick Lansing s'affala sur le siège arrière. Ce faisant, il remarqua à ses pieds un tas de paquets et eut le sentiment qu'il venait en compléter le nombre. Il supposa qu'elle emportait son butin sur l'*Ibis* et qu'on allait le transborder sur le pont pour y être exhibé avec les autres trophées. Ma foi, cela l'aiderait à passer la journée – ce soir, d'une manière ou d'une autre, il aurait décidé de son avenir.

Deux jours après le départ de Nick, la poste livra au palais Vanderlyn trois lettres pour Mrs Lansing.

La première était un mot que Strefford avait griffonné dans le train et posté à Turin. Il y disait brièvement qu'il devait rentrer à cause de l'horrible accident que Susy avait probablement appris par la presse. Il ajoutait qu'il écrirait d'Angleterre, et dans le *post-scriptum* plein de taches : *J'avais sacrément besoin de te voir pour te dire au revoir, mais l'heure était impossible ! Mes amitiés à Nick. N'oublie pas de m'envoyer un mot à Altringham.*

Les deux autres missives arrivèrent ensemble dans l'après-midi. Elles venaient de Gênes. Susy examina les adresses et se précipita sur le pli qui portait l'écriture de son mari. Sa main tremblait tellement qu'il lui fallut attendre pour décacheter l'enveloppe. Cela fait, elle dévora le texte en un éclair avant de s'asseoir pour éplucher le texte de la feuille étalée sur ses genoux. Cela pouvait vouloir dire tant de choses – cette lettre était susceptible de tant d'interprétations contradictoires, de tant d'éventualités torturantes – l'indifférence, le désespoir, l'ironie, la tendresse ! Était-il au supplice quant il l'avait rédigée ou cherchait-il seulement à la faire souffrir ? Les mots exprimaient-ils ses sentiments, ni plus ni moins ? Souhaitait-il vraiment lui faire comprendre qu'il considérait de son devoir de s'en tenir à la lettre de leurs accords ridicules ? Il l'avait quittée dans la colère et dans l'indignation. Pourtant, un examen plus attentif montrait que son message ne contenait pas un mot de reproche. Peut-être était-ce la raison pour laquelle, en fin de compte, ses paroles lui semblaient si froides... Elle frissonna et se tourna vers l'autre missive.

L'ample écriture à demi familière n'évoquait pourtant aucune image précise. Elle ouvrit l'enveloppe et y découvrit une carte postale de l'*Ibis*, toutes voiles dehors, bondissant sur une mer clapotante. Au dos, ces simples mots :

« Comme c'est gentil à vous de nous prêter Mr Lansing le temps d'une petite croisière. Comptez sur nous pour en prendre le meilleur soin. Coral. »

DEUXIÈME PARTIE

I

Lorsque, l'été précédent, à New York, Violet Melrose avait dit à Susy Branch : « Mais qu'est-ce qui vous empêche, toi et Nick, d'aller passer votre lune de miel dans ma bicoque de Versailles ? Moi, je pars en Chine et vous y seriez seuls tout l'été », l'offre avait paru suffisamment tentante pour faire hésiter les amants.

C'était une maisonnette naïve, tellement peu sophistiquée, tellement pleine de la simplicité démoralisante chère aux milliardaires que Susy avait eu l'impression que ce serait l'endroit idéal pour s'initier au renoncement. Nick avait objecté qu'à cette époque de l'année, Paris fourmillerait de connaissances qui les pourchasseraient à toute heure du jour et de la nuit, et Susy savait d'expérience que les nababs n'adorent rien tant que de dîner à la fortune du pot chez les pauvres. Aussi avaient-ils préféré la villa de Strefford, étant entendu (pour Susy du moins) que celle de Violet serait tout à fait bienvenue à une autre saison.

Elle y songeait en se rendant chez Mrs Melrose par ce pluvieux après-midi de la fin août. Ses bagages s'entassaient sur la galerie du taxi qu'elle avait pris à la gare. Elle venait en droite ligne de Venise et ne s'était arrêtée à Milan que le temps de récupérer la réponse au télégramme qu'elle avait expédié à la gouvernante idéale dont la constance permettait à Mrs Melrose de dire : « Oh, quand j'en ai plus qu'assez, je file en douce dans ma bicoque versaillaise et j'y vis d'œufs brouillés, en toute solitude. »

La gouvernante idéale avait répondu : « Mrs Melrose certainement ravie », et Susy, sans chercher plus loin, avait sauté dans le train de Versailles et de là jusqu'au sphinx qui gardait le seuil du pavillon sous la bruine.

Le cycle des saisons avait ramené le temps où la maison de Mrs Melrose devenait bien pratique. Aucun visiteur n'était à craindre à Versailles fin août, et, les raisons qui poussaient Susy à rechercher la solitude avaient beau être fort éloignées de celles dont elle avait rêvé, elles n'en étaient pas moins impératives : il lui fallait être seule, absolument seule. Après les jours périlleux où, assaillie par la présence opiniâtre de Fred Gillow et de ses satellites dans la splendeur ironique des derniers beaux jours sur la lagune, elle n'avait cessé de se retourner dans sa souffrance à la manière d'un animal piégé dans une cage trop juste ; instinctivement, elle n'avait imaginé de salut que dans la solitude : être seule quelque part, sous d'autres cieux, aux antipodes des pompes sensuelles de Venise et de son firmament azuré. Si elle avait pu choisir, elle aurait rampé sous la pluie jusqu'à l'auberge miteuse d'une bourgade inconnue du Nord où elle aurait savouré son anonymat. Faute de ce luxe inaccessible, elle se retrouvait au seuil d'une maison vide, dans un lieu désert, sous des cieux menaçants. Elle s'était débarrassée de Fred Gillow, qui avait regagné en boudant la lande où elle avait à demi promis de le rejoindre en septembre ; le prince, le jeune Breckenridge et les rares survivants de la bande s'étaient dispersés, qui vers l'Engadine, qui vers Biarritz, ce qui lui laissait au moins une chance de rassembler ses esprits, de faire le point et d'apprêter son visage pour la prochaine étape de son plan de vie. Dieu merci, il pleuvait sur Versailles.

La porte s'ouvrit. Elle entendit des voix. Une frêle silhouette languissante fit son apparition.

« Chérie ! s'écria Violet Melrose en la prenant dans ses bras avant de l'attirer dans la pénombre parfumée du salon.

— Mais je te croyais en Chine ! balbutia Susy.

— En Chine ! En Chine ? »

Mrs Melrose la fixa d'un œil rêveur, et Susy se rappela combien les dérives anarchiques et les improvisations de cette femme étaient plus mystérieuses que celles de ses fugaces congénères constamment emportées par les grands vents du plaisir.

« Ma foi, madame, je le pensais aussi jusqu'à hier soir, quand j'ai reçu un télégramme de Mrs Melrose », commenta la gouvernante idéale qui suivait avec le sac de voyage.

Mrs Melrose enserra de ses mains effilées ses tempes creuses. « Bien sûr, bien sûr, je m'étais effectivement proposée de partir en Chine – non, aux Indes... Mais je suis tombée sur un génie, et le génie, savez-vous... » Incapable de compléter sa pensée, elle s'affala sur un divan noyé de coussins, tendit un bras et vociféra : « Fulmer ! Fulmer ! » Sous les yeux ébahis de Susy Lansing, toujours plantée au milieu de la pièce, un homme surgit du demi-jour d'un invisible appartement intérieur envahi de coussins et de parfums encore plus profonds, et elle vit avec stupeur se dresser devant elle le bon Nat Fulmer, du bungalow du New Hampshire, l'homme à la progéniture envahissante, manifestant, cette fois, une aisance de grand seigneur, les mains dans les poches, la cigarette aux lèvres et les pieds solidement ancrés dans les gouffres insidieux d'une des peaux de léopard blanc de Violet Melrose.

« Susy ! » rugit-il, les bras grands ouverts, tandis que Mrs Melrose murmurait : « Tu ne savais donc pas ? Tu n'as pas entendu parler de ses chefs-d'œuvre ? »

Susy ne put s'empêcher de rire.

« C'est Nat, ton génie ? »

Mrs Melrose lui décocha un regard lourd de reproches. Fulmer rit. « Non, moi, je suis celui de Grace. Mais Mrs Melrose a été notre Providence et...

— Providence ! coupa son hôtesse. Ne parle pas comme à l'église !

Il a exposé à New York... un succès fabuleux ! Il est venu en Europe préparer la décoration de mon salon de musique new-yorkais. Ursula Gillow lui a confié sa cerisaie de Roslyn et Mrs Bockheimer sa salle de bal. Oh ! Fulmer, où as-tu encore fourré les cartons ? » Elle bondit et chamboula les revues de mode entassées sur une table de laque avant de s'effondrer, épuisée par cet effort. « Je n'ai pas dépassé Brindes. J'ai voyagé jour et nuit pour venir à sa rencontre, déclama-t-elle. Mais toi, chérie ! reprit-elle, glissant vers Susy une main caressante, je ne t'ai même pas demandé si tu as déjà pris ton thé ! »

Une heure plus tard, toujours à table, Susy se sentait déjà mystérieusement reprise par le climat de mondanité qui avait été si longtemps son élément naturel. Ellie Vanderlyn n'en avait apporté que de vagues émanations à Venise, et en ce temps-là Susy s'alimentait d'un air différent, celui de la présence et de la personnalité de Nick. Abandonnée, renvoyée à ses propres ressources, elle se retrouvait soudain à la merci des influences auxquelles elle croyait avoir échappé.

Dans ce manège tourbillonnant dont elle s'était crue libérée, il semblait assez naturel qu'une même secousse eût projeté Nat Fulmer au sommet de la gloire et Violet Melrose à ses pieds. Elle avait couru depuis l'autre bout de la terre pour se vautrer dans son succès. Susy savait que Mrs Melrose appartenait à la classe des parasites moraux. En effet, dans ce monde bizarre, les rôles s'inversaient parfois, si bien que les riches se nourrissaient de la fortune des pauvres. Partout où l'on pouvait se repaître d'une réputation surgissait la pauvre Violet, vampire inoffensif perdu sous ses amas de perles et qui ne cherchait qu'à se gaver de la célébrité que ses millions eussent été en peine de lui fournir. Quiconque eût été moins averti que Susy des arcanes de ce petit monde eût vu en elle une fatale enchanteresse et en Nat Fulmer son impuissante victime. Mais Susy n'était pas dupe. Violet, la pauvre Violet, n'était même pas cela. Autant l'insignifiante Ellie Vanderlyn, avec ses foucades de bas étage, son innocent mélange de concupiscence et de snobisme, possédait un but dans la vie, se définissait comme une femme qui se réalise, autant Violet n'était qu'un point d'interrogation à la dérive.

Et que dire de Fulmer ? Passant en revue avec des yeux neufs la silhouette trapue, l'indescriptible visage masqué par la barbe, et les yeux à la fois errants et rêveurs qui soudain s'accrochaient à vous comme des serres, Susy eut l'impression d'avoir trouvé la clé de toutes ces années de labeur acharné, de son indifférence au mépris, à la misère, aux besoins de sa famille toujours plus nombreuse... Oui, pour la première fois, elle vit qu'il avait l'air assez banal pour être un génie, qu'il était peut-être un génie, même s'il avait Violet Melrose pour apôtre. Elle le dévisagea sans broncher, leurs yeux se croisèrent et, du fond de son pelage, sa bouche lui adressa un vague sourire.

« Oui, c'est moi, moi qui l'ai découvert ! insistait Mrs Melrose du fond du divan de velours noir où elle gisait telle une blême néréide dans la houle nocturne. Ne croyez pas un mot de ce que raconte Ursula Gillow, comme quoi c'est elle qui aurait repéré sa *Tempête de neige au printemps* dans un sombre recoin de l'Exposition des artistes américains. Aux nues, s'il vous plaît, ils l'ont porté aux nues, il y a moins d'un an. Bien sûr, le regard d'Ursula n'est jamais monté plus haut que les cartels des tableaux, et voilà qu'elle ose prétendre !... Ah ! par pitié ! arrête de dire que ça n'a aucune importance, Fulmer ! Cela ne fait que l'encourager et inciter les gens à croire que c'est elle qui t'a découvert, alors qu'en réalité, quiconque m'a vue à l'exposition le jour du vernissage... Qui ?... Eh bien, Eddy Breckenridge, par exemple... Il était en Égypte, dis-tu... Peut-être bien... Comme si on pouvait se rappeler les gens qui vous entourent lorsqu'on tombe sur une grande œuvre d'art, comme c'est arrivé à saint Paul... C'est ça ?... "et les écailles lui tombèrent des yeux", eh bien, c'est exactement ce qui m'est arrivé ce jour-là, alors qu'Ursula, tout le monde le sait, se trouvait à Roslyn à l'époque, au point qu'elle n'a même pas assisté à l'inauguration. Et voilà Fulmer qui rigole et qui dit que cela n'a aucune importance et qu'il est prêt à me peindre un chef-d'œuvre à découvrir quand je veux ! »

Au moment où Susy avait sonné à la porte, sa main tremblait d'impatience : être enfin seule, être au calme, voir sa situation en face et se rassembler avant de refaire surface au milieu de ses congénères. Sur le seuil, tapie dans l'amas de ses bagages, elle avait compté les secondes jusqu'au moment où des pas se feraient entendre et où le bouton de la porte tournerait pour la laisser se mettre à l'abri des feux inquisiteurs du monde extérieur... Et elle se retrouvait assise depuis une heure dans le boudoir de Violet, au cœur de la maison où elle aurait pu passer sa lune de miel, sans que personne ne lui ait demandé d'où elle venait, ni pourquoi elle était seule ou à quoi tenait la tragédie qui s'inscrivait sur son minois amaigri.

Ainsi allait le monde, leur monde. Personne ne posait de questions, personne ne s'étonnait de rien – parce que personne n'avait le temps de se rappeler. L'époque où l'on risquait de subir les curiosités fouineuses de la médisance était pratiquement révolue. Maintenant, on restait seul avec son drame, avec son désastre sur les bras, parce qu'il n'y avait plus personne pour prendre garde à la petite chose qu'on trimballait dans son linceul. Susy observa le couple franchement insensible à sa présence. Violet Melrose, si fiévreuse de notoriété, Fulmer, nageant sur les vagues dorées de son triomphe. Elle se faisait l'effet d'un spectre lançant d'inaudibles implorations que n'auraient su capter les organes de perception rudimentaires des vivants.

« Moi qui souhaitais être seule, je suis servie ! », pensa-t-elle. Mais dans cette certitude couvaient les froidures de la mort. Elle se tourna vers Fulmer.

« Et Grace ? »

Il pivota, l'air radieux, sans l'ombre d'une gêne.

« Oh, elle est là – naturellement ! Nous sommes installés à Paris, les enfants et tout. Dans une pension. Excellente occasion de pratiquer la langue. Mais tout juste si j'arrive à la voir : elle est plongée dans la musique aussi profond que moi dans la peinture. Pour elle aussi, c'est la chance de sa vie, tu vois, et elle en profite tant qu'elle peut. Elle travaille son violon et elle écoute des virtuoses. On est loin du New Hampshire, tu vois ! » Il lui jeta un regard songeur comme s'il se livrait à un effort herculéen pour s'arracher à son rêve et la situer dans un passé de plus en plus fou. « Tu te rappelles le bungalow ? Et Nick ! Au fait, comment va Nick ? finit-il par lancer sur un ton victorieux.

— Mais oui – ce cher Nick ! » ajouta Violet en écho. À quoi Susy, la tête bien droite, les joues en feu, répliqua d'une voix fière : « Terriblement bien ! Une forme splendide !

— Mais il n'est pas là, constata Fulmer.

— Non, il voyage. Une croisière ! »

L'attention de Mrs Melrose faillit s'éveiller.

« Avec quelqu'un d'intéressant ?

— Non, tu ne les connais sans doute pas. Des gens que nous avons rencontrés... » Elle n'eut pas à terminer sa phrase, car le regard de son hôtesse s'était lancé dans de nouvelles errances.

« Et tu es venue te chercher une garde-robe, je suppose, ma chérie. N'écoute pas ceux qui disent que la jupe se portera plus ample. J'ai déniché un petit bout de femme – un génie ! Elle vous emmaillote littéralement dans des bandelettes... Son nom est mon secret, mais nous irons la voir ensemble. »

Susy s'arracha aux abîmes de son fauteuil.

« Ne m'en veuillez pas si je monte, je suis un peu fatiguée, je débarque à peine.

— Mais bien sûr, ma chérie ! Je crois qu'on a des gens à dîner... Mrs Match te dira qui... Elle a une de ces mémoires ! Fulmer ! Où diable sont passés les cartons du salon de musique ? »

Leurs voix suivirent Susy qui, dans le sillage vertical de Mrs Match, gagnait sa chambre lambrissée de blanc et parée de pimpantes tentures de lin. Au centre de la pièce trônait une autre série de coussins sur un matelas sans sommier.

« Si nous étions venus ici, pensa-t-elle, tout aurait pu tourner différemment ! » et elle frissonna au souvenir des fastes du palais Vanderlyn et de l'immense chambre à coucher ornée de fresques où le destin l'avait frappée.

Mrs Match, après avoir formulé l'espoir qu'elle trouverait

tout et mentionné que le dîner n'aurait lieu qu'à neuf heures, la calfeutra gentiment dans l'espace de ses terreurs.

« Trouver tout ! » Susy répéta la formule. Oh oui, elle trouverait toujours tout. Chaque fois que la porte se refermerait désormais et que le bruissement de leurs voix s'éteindrait, ses souvenirs seraient là à l'attendre au grand complet, calmes, patients, obstinés comme des pauvres dans la salle d'attente du médecin, ceux dont on s'occupe toujours en dernier mais que rien ne décourage ni ne chasse, pour qui le temps n'est rien, la fatigue rien, la faim rien, les autres engagements rien, et qui ne font qu'attendre... C'était, somme toute, une bénédiction qu'elle n'eût pas trouvé la maison vide, si, chaque fois qu'elle regagnait sa chambre, elle y avait rendez-vous avec ses souvenirs.

Il y avait tout juste une semaine que Nick l'avait quittée. Au cours de cette semaine gorgée de gens à voir, de problèmes à résoudre, de bagages à faire, d'explications à trouver et de faux-fuyants à mettre en œuvre, elle avait espéré trouver son salut dans la solitude. À présent elle comprenait qu'elle n'y était nullement préparée, qu'il n'y avait rien dont elle fût si peu capable. D'ailleurs, lui était-il jamais arrivé d'être seule ? Et comment allait-elle le supporter alors que l'assiégeait cette horde de souvenirs dévorants ?

« Le dîner pas avant neuf heures ! » Que diable allait-elle faire jusque là ? Elle s'agenouilla devant ses bagages et entreprit avec fièvre de déballer ses affaires...

Graduellement, imperceptiblement, les influences subtiles de sa vie d'autrefois s'insinuaient en elle. En sortant ses habits fripés, elle se rappela l'avertissement solennel de Violet : « Ne crois pas ceux qui disent : “la jupe se portera plus ample.” » Les siennes n'étaient-elles pas déjà trop vastes ? Elle considéra ses robes mollement étendues sur le lit ou le divan, et comprit que, selon les critères de Violet et de tout son monde, les vêtements que Nick avait trouvés tellement originaux, tellement exquis, faisaient déjà vieux jeu, tout juste bons à refiler à des amies démunies, voire à la bonne. Mais elle devrait continuer de les porter jusqu'à ce qu'ils tombent en lambeaux – à moins que... C'était ça ou reprendre sa vie d'autrefois sous une autre forme.

Voyant le tour qu'avaient pris ses pensées, elle éclata de rire. Ses robes ! Cela avait si peu compté, deux ou trois semaines auparavant ! Peut-être allaient-elles revenir au premier plan de son existence ! Comment en serait-il autrement, si elle devait se replacer dans la dépendance d'Ellie Vanderlyn, d'Ursula Gillow ou de Violet Melrose ? Et, par-delà, l'attendaient les Bockheimer et autres pharisiens du même acabit...

On frappait à la porte. Quel soulagement ! C'était Mrs Match, porteuse d'un télégramme. À qui Susy avait-elle donné sa nouvelle adresse ? Cœur battant, elle déchira l'enveloppe et lut :

Serai à Paris vendredi pour vingt-quatre heures. Où puis-je te voir ? Écris Nouveau Luxe.

Mais oui, le souvenir lui revint : elle avait écrit à Strefford. Sa réponse était claire : il arrivait. Elle se laissa tomber dans un fauteuil et s'efforça de penser. Qu'est-ce qu'elle avait bien pu lui raconter dans sa lettre ? L'essentiel avait consisté, comme de juste, en condoléances, mais elle se rappela avoir hâtivement ajouté en *post-scriptum* : *Impossible de transmettre ton message à Nick, qui a pris le large avec les Hicks, je ne sais ni pour où, ni pour combien de temps. Pas de problème, bien entendu : cela faisait partie de notre marché.*

Elle n'avait pas eu l'intention d'ajouter cette phrase, mais, au moment de fermer sa lettre, son œil avait ricoché sur la missive de Nick. Rien dans la brève épître de son époux ne lui avait inspiré autant d'amertume que l'allusion à Strefford, qui semblait impliquer que Nick avait élaboré ses propres plans et qu'il n'avait pas à s'en faire pour son avenir, si bien qu'il pouvait s'offrir le luxe de songer en toute liberté au sort de sa compagne et de lui indiquer la bonne voie. Cette idée l'avait plongée dans une rage soudaine. Là où elle avait lu de la jalousie, elle voyait maintenant une froide préméditation et, à travers la buée de ses larmes, elle avait gribouillé son *post-scriptum* à Strefford. Elle ne lui avait même pas demandé le secret. Bah, après tout, quelle importance si les gens savaient déjà que Nick l'avait quittée ! Leur séparation ne pouvait pas rester longtemps secrète et, sachant le mystère levé, elle aurait moins de mal à simuler l'indifférence.

« *Cela faisait partie de notre marché – notre marché...* » scandait son cerveau pendant sa relecture du télégramme de Strefford. Elle comprit qu'il prenait le temps d'un saut à Paris dans le seul espoir de la rencontrer, et ses yeux s'humectèrent. Plus elle éprouvait d'amertume en songeant à Nick, plus cette preuve de l'amitié de Strefford l'émouvait.

À son grand soulagement, l'horloge lui rappela qu'il était temps de s'habiller pour dîner. Elle ne tarderait pas à descendre papoter avec Fulmer, Violet et ses autres invités, sans doute des êtres distrayants et bizarres, trop étrangers à son monde pour l'accabler de questions gênantes. Elle s'assiérait près des lumières tamisées, humerait des fragrances délicates, dégusterait des plats exquis (on pouvait compter sur Mrs Match) et se laisserait de nouveau aimanter par le sortilège de ses anciennes relations. Tout, tout, plutôt que d'être seule !

Elle s'habilla avec encore plus de soin que d'habitude, se mit du rouge avec attention, poudra finement de rose ses joues émaciées et descendit. Mrs Match montait avec un plateau !

« Madame, je me suis dit que vous étiez trop fatiguée... Je vous l'apportais moi-même. Un petit morceau de poulet ! »

Par-dessus son épaule, Susy glissa un regard de l'autre côté de la porte entrebâillée. Le salon n'était pas allumé.

« Mais non ! Je ne suis pas fatiguée, merci. Je croyais que Mrs Melrose attendait des amis à dîner.

— Des amis à dîner – ce soir ? » Mrs Match poussa un soupir déchirant, comme si parfois sa maîtresse passait les bornes. « Mais ! Mrs Melrose et Mr Fulmer étaient attendus à Paris ! Il y a une heure qu'ils sont partis. Mrs Melrose m'a dit qu'elle vous avait prévenue ! » gémit-elle.

Susy garda son petit sourire figé.

« J'ai dû mal comprendre. Dans ce cas... eh bien, oui, si ça ne vous dérange pas trop, je crois que je prendrais un en-cas dans ma chambre ! »

Elle fit lentement demi-tour, emboîta le pas à la gouvernante et regagna l'épouvantable solitude qu'elle venait à peine de quitter.

II

Le lendemain, nombreux furent ceux qui s'invitèrent à déjeuner. Ils ne faisaient pas partie de la faune exotique et précieuse dont Mrs Melrose s'était fait une spécialité. Simplement des gens à la mode, appartenant à son propre groupe, qui n'ignoraient rien de l'épisode romanesque de ses noces indigentes, et à qui elle dut expliquer, même si personne ne prêtait l'oreille, que Nick ne l'accompagnait pas parce qu'il était en croisière... sur la mer Égée... avec des amis... pour rassembler les matériaux de son prochain livre. Ce détail lui était venu dans la nuit.

C'était le genre de rencontre dont la perspective l'avait terrorisée mais qui s'avérait, somme toute, assez facile à gérer, comparée aux heures interminables de la veille, où elle avait tourné en tous sens dans la cage de sa chambre solitaire. Tout, tout, plutôt que d'être seule !

Peu à peu, l'habitude aidant, elle se retrouva en parfaite harmonie avec la conversation, intéressée par les allusions aux amis absents et les références badines aux amours, aux querelles, aux scandales et aux tumultes de l'an passé. Les femmes, en robe d'été aux tons pastel, étaient si gracieuses, si indolentes, si sûres d'elles-mêmes, les hommes si décontractés et de si bonne humeur... Peut-être était-ce, après tout, pour ce monde-là qu'elle était faite, songea Susy, puisque l'autre, l'éphémère paradis de ses espérances, avait déjà refermé sur elle ses portes d'or. Et puis, alors qu'assis sur la terrasse, après déjeuner, ils caressaient du regard les cimes jaunissantes des arbres du parc, une femme dit un mot – une simple allusion qui eût jadis laissé Suzy indifférente, et qui soudain l'écœura... Elle se leva et s'écarta sans savoir où aller pour s'éloigner du troupeau dans le jardin gommé par la pénombre.

Deux jours plus tard, elle rencontrait Strefford sur la terrasse des Tuileries qui surplombe la Seine. Elle avait choisi l'endroit de manière à éviter le salon bondé et les grands halls du Nouveau Luxe où, même en cette saison dite morte, de vagues connaissances n'arrêtaient pas de se présenter. Ils prirent place sur un banc dans les pâles lueurs de l'été finissant, des tas de feuilles flétries à leurs pieds, sans personne pour partager leur solitude, sauf un ouvrier boiteux et une femme hâve qui mangeaient tristement de concert à l'autre bout de la perspective majestueuse.

Strefford, en tenue de deuil, affichait une prospérité et une élégance prodigieuses. Mais ses traits disgracieux et mal soignés n'avaient perdu ni leur liberté ni le sourire fantasque qui les accompagnait autrefois. Il avait entretenu des rapports amicaux, quoique sans chaleur, avec l'oncle sentencieux et le cousin valétudinaire dont la disparition simultanée avait si abruptement métamorphosé son avenir, et il n'était pas du genre à exagérer la profondeur de ses émotions. Sous le brillant de ses sarcasmes habituels, Susy crut pourtant déceler un changement : le désastre l'avait bouleversé, et pendant le bref séjour qu'il avait effectué tant dans sa famille que sur les domaines qu'il venait d'acquérir de manière si tragique, de vieux instincts avaient déjà eu le temps de se ranimer. Des sentiments oubliés avaient commencé à parler en lui. Susy, réduite au silence par la représentation imaginaire de la distance que ces péripéties instituaient entre eux, l'écoutait avec une sorte de nostalgie.

« C'était horrible de les voir tous les deux... les deux cadavres côte à côte dans cette hideuse chapelle dont Pugin a gratifié Altringham... Surtout le gamin... Je suppose que c'est cela qui m'a mis à plat... murmura-t-il, presque comme s'il s'excusait.

— Non, c'est plus profond ! Plus que tu ne l'imagines ! » Mais il broncha devant son insistance. « Allons, ma chère, pas d'homélie, s'il vous plaît », dit-il avant de farfouiller à la recherche d'une cigarette dans sa poche déjà débordante de biens divers.

« Et toi ? Parce que c'est pour toi que je suis venu, reprit-il, se tournant vers elle avec sa brusquerie coutumière. Je n'ai pas compris un traître mot de ta lettre ! »

Susy prit un instant pour maîtriser sa voix : « Vraiment ! Je suppose que tu avais oublié le marché que j'avais conclu avec Nick ! Eh bien, lui pas, et il m'a demandé de m'y tenir. »

Strefford écarquilla les yeux. « Quoi – ce pacte délirant ! Je te rends ta liberté si tu as une chance de conclure un mariage en or. Donnant-donnant ? »

Elle acquiesça.

« Et il t'a mise au pied du mur ?

— Pratiquement, oui. Il a levé l'ancre avec les Hicks. Avant de partir, il m'a écrit qu'il valait mieux que nous nous considérions libres de part et d'autre, et Coral m'a expédié une carte postale spécifiant qu'elle veillerait sur lui. »

Strefford méditait, les yeux sur sa cigarette. « Bon sang de bonsoir ! Un coup de tonnerre dans un ciel serein ? Ça vient d'où, tout ça ? »

Susy rougit, hésita et détourna les yeux. Elle s'était proposé de tout lui raconter. C'était surtout pour cela qu'elle avait voulu le revoir, espérant, de manière à demi consciente peut-être, retrouver, dans l'atmosphère détendue qu'il savait répandre, quelques fragments de son estime de soi. Elle découvrit soudain l'impossibilité de dévoiler à quiconque les ignominies auxquelles s'était abaissée l'épouse de Nick. Elle s'imagina qu'il devinait la nature de ses hésitations.

« Ne te sens pas tenue de m'en dire plus, ma chère.

— Si, je souhaite te parler, mais c'est difficile, vois-tu – nous étions si démunis...

— Oui ?

— Et Nick – qui pensait à son livre et à des tas de grandes et belles choses – ne se rendait absolument pas compte... et me laissait tout... gérer. »

Elle buta sur le mot, se rappelant combien il exaspérait Nick, mais Strefford fit mine de ne rien voir et elle lui déballa, sur un ton précipité, en une succession de brèves phrases maladroites, leurs difficultés pécuniaires et l'incapacité de Nick à comprendre ce que supposait le maintien de leur genre de vie... se résigner à certaines choses... accepter des faveurs...

— Tu veux dire, emprunter de l'argent ?

— Entre autres, oui ! » Non, impossible décidément de lui révéler l'épisode du courrier d'Ellie. « Nick a soudain eu le sentiment – j'imagine – que cela lui était intolérable, poursuivit-elle, et au lieu de me demander d'essayer de changer de style, de partir loin et de vivre comme des travailleurs dans un deux-pièces, sans personnel, ce à quoi j'eusse volontiers consenti, eh bien, au contraire, il m'a écrit que ç'avait été un faux départ, qu'on ne pouvait plus continuer et qu'il valait mieux s'y faire. Et il a embarqué sur le yacht des Hicks. La veille de ton départ, à Venise, le soir où il n'est pas rentré dîner, il était parti les retrouver à Gênes. Je suppose qu'il se propose d'épouser Coral. »

Strefford accueillit ces aveux en silence.

« Cela faisait partie du marché, non ? finit-il par conclure.

— Oui, mais...

— Exactement. Je t'avais prévenue. Mais tu n'étais pas encore prête à te séparer de lui – voilà tout ! » Elle rougit jusqu'à la racine des cheveux.

— Oh, Streff, est-ce vraiment tout ?

— Question de temps. Si tu en doutes, essaie un peu dans ce deux-pièces sans domestique, et tu m'en diras des nouvelles ! Vois-tu, ma chère, passer un bout de temps dans un palais, avec un yacht à l'ancre et un essaim d'engins motorisés au garage, cela vous change un homme ! Ouvre les yeux ! As-tu jamais imaginé que toi, et surtout Nick, vous échapperiez au sort commun et que vous choisiriez la simple survie des humbles (pareils à M. et Mme Tithonos) pendant qu'autour de vous les passions éternelles s'effondreraient de toutes parts et que la bonne ville de Reno continuerait à faire ses choux gras du divorce-express ? »

Tête baissée, elle sentait le poids des longues années à venir s'abattre comme une chape de plomb sur ses épaules.

« Mais je suis si jeune... la vie si longue... Existe-t-il quelque chose de durable ?

— Ah, tu es trop jeune pour croire à ma réponse, encore que tu sois assez intelligente pour comprendre.

— Quoi ?

— Qu'est-ce qui dure ? Eh bien, l'emprise des choses dont nous croyons tous pouvoir nous passer. Les habitudes survivent aux pyramides. Les petits conforts, le luxe, l'aisance..., et puis d'abord et avant tout, le pouvoir de s'arracher à la monotonie, à la morosité, aux contraintes, aux laideurs. D'instinct, tu as choisi ce pouvoir avant même d'atteindre l'âge de femme. Nick a fait le même choix. La seule différence entre vous, c'est qu'il a eu le bon sens de voir plus tôt que toi qu'elles ne sont nulle part ailleurs, les choses qui durent, les nécessités primordiales.

— Je me refuse à le croire.

— Cela va de soi. À ton âge, on ne rationalise pas son matérialisme. D'ailleurs, tu es mortellement blessée que Nick ait découvert la vérité plus tôt que toi et n'ait pas voilé sa découverte de formules hypocrites.

— Mais il y a sûrement des gens qui...

— Oui, les saints, les génies, les héros, les fanatiques de tout poil !... À laquelle de ces catégories crois-tu que nous appartenions, nous, les mous ? D'ailleurs, les héros et les génies n'ont-ils pas leurs énormes fragilités et leurs appétits gargantuesques ? Comment éviterions-nous d'être victimes de nos fragilités, si modestes soient-elles ! »

Elle demeura un instant sans parler. « Mais, Streff, comment peux-tu tenir ce genre de discours, alors que je sais que tu as un cœur ? Que je ne te suis pas indifférente, par exemple.

— Un cœur ! » Il posa sa main sur la sienne. « Mais, ma chère, c'est l'éphémère de notre cœur qui fait le charme de nos passions ! C'est parce que nous savons que nous ne pouvons nous raccrocher ni à notre sensibilité, ni à autrui, ni à quoi que soit !

— D'accord... d'accord... mais tais-toi, par pitié, ne le dis pas ! » Elle se dressa, des sanglots plein la gorge.

Il se leva aussi. « Bon, si on y allait ? Où souhaites-tu déjeuner ? lança-t-il avec un sourire en lui glissant la main sous le bras.

— Oh, je ne sais pas ! Nulle part ! Je crois que je vais rentrer à Versailles.

— Je t'écœure à ce point ? C'est bien ma chance, moi qui suis venu exprès pour te demander de m'épouser ! »

Elle rit, mais elle discerna une soudaine gravité sur son visage. « Je te jure. Ma parole !

— Cher Streff ! Comme si – en ce moment...

— Oh, pas maintenant, je sais. Je me rends bien compte que, même avec vos divorces à la hussarde...

— Ce n'est pas cela. Je t'ai averti qu'il ne fallait pas y songer, Streff, je te l'ai dit, il y a longtemps, à Venise ! »

Il eut un haussement d'épaules ironique.

— Ce n'est pas Streff qui te demande en mariage aujourd'hui. Streff n'était pas de ceux qui épousent. Il se contentait de marivauder. Ma proposition émane d'un pair du royaume, plus très jeune mais nanti. Réfléchis-y, ma chère. Des sorties autant qu'il te plaira, et cinq valets de pied à ton service. Il n'y a pas presse, bien sûr, mais j'aurais plutôt tendance à penser que même Nick te conseillerait d'accepter. »

Elle rougit jusqu'aux tempes, se rappelant que Nick ne s'en était pas privé, et ce simple souvenir lui rendit la philosophie caustique de Strefford moins insupportable. Pourquoi ne pas déjeuner avec lui, après tout ? Avant même l'expiration de son deuil, il était venu à Paris expressément pour la voir et lui offrir l'un des plus vieux noms et l'une des plus grosses fortunes d'Angleterre. Elle songea à Ursula Gillow, à Ellie Vanderlyn, à Violet Melrose, à leurs bontés condescendantes, à leurs robes démodées et à leurs petits chèques de Noël, à ces kyrielles de faveurs insouciantes si faciles à répandre et si difficiles à accepter. En elle, quelque chose chuchotait méchamment : « Cela ne me déplairait pas de leur rendre la monnaie de leur pièce. »

Il n'était pas dans ses intentions d'épouser Strefford. Elle n'était même pas allée jusqu'à envisager la possibilité d'un divorce, mais, indéniablement, la perspective soudaine de tant de richesse et de liberté la rendait plus légère. Elle rit, sans amertume cette fois.

« Très bien, déjeunons ensemble, mais c'est avec Streff que je veux déjeuner aujourd'hui !

— Parfait ! dit son compagnon. En tête à tête, c'est lui le meilleur ! »

Pendant la collation qu'ils s'offrirent dans un petit restaurant des bords de Seine où elle exigea les plats les moins chers parce qu'elle déjeunait avec Streff, il redevint le compagnon cocasse et capricieux des jours anciens. Une ou deux fois, elle tenta d'orienter la conversation vers la mutation qu'il venait de subir, son avenir tout neuf, ses nouvelles obligations, ses nouveaux centres d'intérêt, mais il balaya le sujet d'un haussement d'épaules, préférant l'interroger sur la bande bariolée qui voletait autour de Violet et glisser une anecdote burlesque ou venimeuse sur chacun de ceux dont Susy mentionnait le nom.

Ce n'est qu'après avoir bu leur café, quand il la vit jeter un regard sur sa montre avec la vague idée de prendre le prochain train, qu'il lui posa vertement la question :

« Qu'est-ce que tu vas faire ? Tu ne peux pas rester éternellement chez Violet !

— Ciel, non ! s'écria-t-elle en frissonnant.

— Eh bien, dans ce cas, tu as un projet, je suppose ?

— Crois-tu ? demanda-t-elle, brutalement renvoyée dans la sinistre réalité, loin de l'interlude apaisant qu'ils venaient de partager.

— Tu ne peux pas dériver sans cesse ! À moins que tu n'aies envie de renouer définitivement avec ton vieux style de vie. »

Elle rougit et ses yeux s'emplirent de larmes. « J'en suis incapable, Streff. Je sais que je ne pourrais pas.

— Alors, quoi ? »

Elle hésita et avoua, tête baissée : « Nick a dit qu'il me réécrirait – dans quelques jours. Il faut que j'attende.

— Oh, naturellement ! Ne tranchons pas ! Rien ne presse ! » À son tour, il consulta sa montre. « Garçon ! L'addition ! Je reprends le train cette nuit et il me reste une foule de choses à faire, mais écoute, ma chère, dès que tu parviens à une décision, quelle qu'elle soit, fais-la moi connaître, veux-tu ? Non, pas pour ce qui me tient le plus à cœur... nous considérerons l'affaire comme close pour l'instant, mais je pourrais, au moins, me rendre utile en d'autres manières. Enfin, bon sang, je peux même te prêter de l'argent, voilà une sensation nouvelle pour nos palais émoussés !

— Oh, Streff... Streff ! » parvint-elle difficilement à articuler. Il marqua gaiement l'avantage. « Vas-y, essaie, oui, essaie. Je t'assure qu'il n'y aura ni préalables ni intérêts à payer. Et tu me promets de me faire signe dès que tu auras pris une décision. »

Elle leva les yeux vers ses pattes d'oie pleines d'humour et répondit en souriant à son regard joyeux.

« Promis ! » dit-elle.

III

L'heure qu'elle avait passée avec Strefford avait transformé sa vision des choses. À la perspective d'un retour à la dépendance, du recours inéluctable à un mode de vie tissé de concessions et de connivences, elle voyait se substituer – pour peu qu'elle le choisît – un avenir qui conjuguerait la liberté, la puissance et la dignité. La Dignité ! Étrange, le poids que ce mot avait fini par revêtir à ses yeux. Elle en avait certes déjà vaguement pressenti la signification. Elle avait éprouvé le besoin de sa présence au plus intime de son être, même dans son insouciante jeunesse apparemment si peu vouée au culte des divinités austères. Et l'épouse de Nick Lansing en avait consciemment reconnu l'importance, souffrant mille morts lorsqu'elle s'était abaissée à en rabattre sur ses exigences. Oui, épouser Strefford lui offrirait le respect de soi que seuls la fortune et le rang social conféraient dans un monde tel que le leur. Puisqu'elle ne disposait pas de la formation intellectuelle ou morale nécessaire pour assurer son autonomie par d'autres moyens, était-ce sa faute si elle la recherchait par ce biais-là ?

Bien entendu, l'hypothèse que Nick revienne, ayant trouvé la vie sans elle aussi intolérable qu'elle la vie sans lui, n'était pas exclue. Si cela arrivait – ah ! si cela arrivait ! Alors, elle cesserait de s'user les yeux sur le tableau noir de son avenir pour bondir sur le présent. Elle plongerait dans l'instant jusqu'au fond de l'oubli. Rien sur terre n'aurait plus d'importance. Ni l'argent, ni la liberté, ni l'orgueil, ni son inestimable dignité morale, pourvu qu'elle se retrouvât dans les bras de Nick.

Mais la lettre glaciale de son mari et l'arrogante carte postale de Coral Hicks attestaient l'irréalisme de cette hypothèse. Susy comprit qu'avant même de découvrir sa transaction avec Ellie Vanderlyn, Nick s'était secrètement lassé, sinon de son épouse, du moins du style de vie que leur union lui imposait. Sa passion ne pesait pas, n'avait jamais pesé assez lourd pour contrebalancer ses préjugés, ses scrupules, ses principes, que l'on appelle cela comme on veut ! Si la dignité de Susy s'était embrasée au grand incendie de l'amour, celle de Nick était d'une substance moins inflammable. Au cours de leur ultime querelle, elle avait bien senti qu'elle avait à jamais ruiné l'harmonie intérieure de leur couple.

Voilà, c'était ainsi. La faute, incontestablement, n'en revenait ni à lui ni à elle, mais à l'univers dans lequel ils avaient grandi et au mépris qu'ils lui vouaient, sur le plan moral, alors qu'ils en dépendaient matériellement. La faute en revenait aux dons mal exploités de Nick, aux principes mal assurés de Susy, à ce quelque chose qui, chez l'un et l'autre, n'avait pas assez de force pour résister ni assez de souplesse pour céder. Elle consacra à la rumination hagarde de cette réalité le temps du trajet jusqu'à Versailles, plus une nuit d'insomnie dans sa chambre. Le lendemain matin, la bonne qui lui apportait son petit déjeuner la trouva pleine de l'énergie factice qui anime ceux qui ont fini, fût-ce sans enthousiasme, par aboutir à une décision.

Elle s'était d'abord dit : « Si dans huit jours je n'ai pas de lettre de Nick, j'écris à Streff. » La semaine s'était écoulée. Rien.

Cela faisait trois semaines qu'il l'avait quittée, et il ne s'était signalé que par le mot expédié de Gênes. Elle avait imaginé que, prévoyant qu'elle quitterait sans doute Venise, il écrirait aux bons soins de leur banque à Paris. Mais, bien qu'elle eût signalé son changement d'adresse, aucune communication de Nick ne lui était parvenue. Elle sourit, avec un brin d'aigreur, au mal qu'il devait avoir à rédiger la lettre promise. Sa propre corbeille à papier avait absorbé d'innombrables fragments de missives entamées. Elle se dit que, puisqu'ils éprouvaient tous les deux tant de difficulté à s'écrire, sans doute était-ce qu'ils n'avaient plus rien à se dire.

Chez Mrs Melrose, les jours se déroulaient vaguement comme pendant ces entractes que Susy Branch s'accordait autrefois sous les toits des riches entre deux épisodes de son existence précaire. Son expérience de ce genre de séjours était assez variée pour qu'elle eût une conscience aiguë de leurs effets sur ses hôtes du moment. En l'occurrence, elle savait que Violet se rendait à peine compte de sa présence. Susy en conclut que, si elle était tout juste tolérée, du moins n'était-elle pas perçue comme un boulet. Lorsque votre amphitryon vous oublie, c'est que vous ne le gênez pas.

Violet galopait en tous sens, comme à son habitude, car son insondable apathie se traduisait par un surcroît d'activités désordonnées. Nat Fulmer avait regagné Paris. Susy subodorait toutefois que sa bienfaitrice ne le quittait pas d'un pouce et que, lorsqu'elle disparaissait dans le silence de son engin motorisé, c'était pour assister à une nouvelle confrontation entre Fulmer et les beaux-arts. Elle proposait parfois à son invitée de l'emmener à Paris. Ainsi passèrent-elles plusieurs longues matinées fébriles à visiter des maisons de couture où Susy se sentit peu à peu succomber aux charmes familiers des foisonnements de toilettes. Tant qu'on rejetait, faisait revenir, sélectionnait d'un air négligent des fourrures, des broderies, des brocarts, il semblait impossible que pût compter autre chose que le caprice de l'instant où l'on choisissait tout ou rien. Il semblait impensable qu'une femme méritât la moindre attention, si elle n'avait pas le pouvoir de choisir sans regarder au prix.

Dès qu'elle était enfin seule dans la rue, ces vapeurs méphitiques se dissipaient et la lumière du jour retrouvait le chemin de son âme. Elle avait pourtant l'impression que peu à peu le poison d'antan gagnait son organisme. Dans l'espoir de le dissiper, elle résolut de rendre visite à Grace Fulmer. Elle était curieuse de savoir comment l'insouciante compagne des mauvais jours du peintre portait le poids de la prospérité à laquelle il venait d'accéder. D'ailleurs, ne serait-il pas revigorant de voir une femme que la misère n'avait jamais intimidée ?

Le salon de la pension suffocante où Susy attendait pendant qu'une bonne maugréante parcourait les lieux en braillant le nom de Mrs Fulmer n'eut pas l'effet escompté. Que Grace eût accepté de vivre dans ce genre de décor lorsqu'elle le partageait avec Fulmer, soit. Y rester pendant qu'il se vautrait dans les splendeurs décadentes de Versailles ou se prélassait de château en musée dans l'automobile de Mrs Melrose témoignait d'un courage avec lequel Susy se sentait incapable de rivaliser.

« Chérie ! J'étais sûre que tu viendrais me voir un jour ! » lança du haut des escaliers la voix fringante de Grace, qui se précipita pour la serrer sur sa poitrine fripée.

« Nat ne se rappelait plus s'il t'avait laissé notre adresse, comme il me l'avait promis la dernière fois qu'il est venu. » Elle la tenait à bout de bras, radieuse, avec son regard de myope et ses yeux clignotants. C'était bien cette chère vieille Grace, si échevelée, si insouciante de sa beauté négligée et de sa jeunesse gaspillée, si allègre et si écervelée que dans son sillage l'air vivifiant du bungalow du New Hampshire semblait insuffler ses turbulences dans le minuscule salon calfeutré.

Pendant qu'elle déversait le récit de la célébrité soudaine de Nat et en énumérait les conséquences inattendues, Susy commença à se poser des questions. Se pouvait-il que le secret du triomphe de Nat fut dû aux longues années de labeur non rémunéré, au mépris tenace de la célébrité, à l'indifférence au confort matériel, aux épreuves de toutes sortes à travers lesquelles son épouse l'avait si gaillardement soutenu ? Y avait-il sacrifié la fraîcheur et le talent de cette femme, le bien-être des enfants, tout sauf la solidité du nœud conjugal ? Ma foi, ce n'était pas trop cher payé, vraiment. Mais, maintenant que l'heure des honneurs et des fastes avait sonné, le lien n'allait-il pas se rompre et Grace se retrouver seule dans les ruines ?

Rien, ni dans son ton ni dans ses propos, n'évoquait pareille éventualité. Susy nota que son costume disparate était d'une étoffe plus coûteuse et d'une coupe plus professionnelle que les habits faits main dont, du temps du bungalow, elle drapait sa corpulence de plus en plus olympienne. Ces efforts vestimentaires répondaient certes au désir de s'adapter à la nouvelle situation de Nat, mais il était clair qu'elle se réjouissait de la promotion de son époux et gonflait ses poumons affamés de l'air enivrant de son succès. Il ne lui était visiblement pas encore venu à l'idée que ceux qui acceptent de partager le pain de l'adversité risquent de vouloir garder pour eux seuls la brioche de la prospérité.

« Ma chère, c'est absolument merveilleux ! Il m'a suggéré de prendre autant de tickets d'opéra et de concert que je voudrais, et il m'autorise même à y emmener les enfants. Les grands concerts sont pour plus tard, bien sûr, mais l'opéra fonctionne en permanence et Paris offre de la musique en toute saison. D'ailleurs il n'est pas impossible qu'on arrive à aller une semaine à Munich ! Oh, Susy ! » Les mains jointes, les yeux brillants, elle buvait de manière presque sacramentelle le vin nouveau de la vie.

« Te rappelles-tu, Susy, la fois où toi et Nick vous avez passé quelques jours au bungalow ? Nat disait que vous seriez horrifiés par notre sauvagerie, mais je savais bien que non, et j'avais raison, n'est-ce pas ? De nous voir si heureux vous a décidé, toi et Nick, à suivre notre exemple, c'est bien cela ? » Ce souvenir l'illuminait « Et à présent, quels sont vos projets ? Nick doit avoir bientôt fini son livre. Je suppose que vous allez devoir vous serrer la ceinture jusqu'à ce qu'il trouve un éditeur ! Et le bébé, chérie, c'est pour quand ? Si tu ne tardes pas trop, je pourrai te passer des tonnes d'habits d'enfants.

— Tu es un amour, Grace, tu n'as pas changé, mais nous n'avons rien en vue pour l'instant, même côté bébé, et je préférerais que tu me parles de tes projets à toi. »

Mrs Fulmer ne demandait pas mieux. Susy comprit bientôt que l'essentiel de son aventure européenne consistait encore à en parler au futur. « Eh bien, vois-tu, Nat est tellement pris à faire du tourisme, à visiter des galeries et à rencontrer des gens qui comptent qu'il ne trouve pas le temps de se balader avec nous, et il y a si peu de théâtres ouverts, et on donne si peu de musique, que j'en profite pour rattraper mes raccommodages en retard. Junie, tu te rappelles, l'aînée, elle m'aide maintenant. C'est devenu une grande depuis que tu l'as vue. Peut-être qu'on voyagera, plus tard ! Mais le plus fabuleux – je veux dire en dehors du fait que Nat est enfin reconnu –, c'est de ne plus avoir à faire des économies de bouts de chandelle et à renoncer à quelque chose toutes les dix secondes. Imagine ! Nat est même arrivé à obtenir de la logeuse que les enfants se servent deux fois de tous les plats, et quand je vais me coucher, je peux penser à ma musique au lieu de passer des heures à calculer comment je vais joindre les deux bouts à la fin du mois ! Oh, Susy ! C'est le *paradis* ! »

Le cœur de Susy se contracta. Elle était venue voir son amie pour réentendre la grande leçon de l'indifférence aux valeurs matérielles et voici que des lèvres de Grace Fulmer coulait l'aveu longtemps réprimé de la tyrannie des choses. Cet affrontement avec la misère sur les collines du New Hampshire n'avait sans doute pas été l'affaire simple et souriante dont Grace et Nat avaient donné l'illusion. Et pourtant... et pourtant...

Susy se leva d'un geste brusque pour rectifier l'angle du dispendieux couvre-chef qui s'était lâchement affalé sur l'oreille gauche de son amie.

« Qu'est-ce qu'il a ? Junie m'a aidée à le choisir et, en général, elle s'y connaît, gémit Mrs Fulmer avec un geste d'impuissance.

— C'est plutôt la façon dont tu le portes, ma chérie, et puis le nœud fait un peu lourd. Passe-le moi une seconde, veux-tu ? » Susy ôta le bibi et entreprit d'en manipuler les garnitures. « Maria Guy ou Suzanne s'y prendraient comme cela, mais continue... Nat... »

Elle prêta une oreille rêveuse à Grace qui débitait la litanie des triomphes de son mari. Les articles de journaux, les commandes, les belles dames qui bataillaient pour savoir qui l'avait découvert la première, et la multiplication des commandes qui résultait de ces rivalités.

« Elles sont prêtes à se crêper le chignon, surtout Mrs Melrose et Mrs Gillow. Chacune jure avoir été la première à remarquer sa *Tempête de neige au printemps*, alors qu'en fait, cela n'a été ni l'une ni l'autre, mais seulement ce pauvre Bill Haslett, un critique d'art qu'on connaît depuis des siècles, et qui est tombé sur cette peinture, et qui s'est précipité pour en parler à un marchand en quête de peintres à lancer... » Grace leva soudain son doux regard de myope. « Mais tu sais, le plus bizarre, c'est que je crois que Nat a fini par se persuader que c'est bien Mrs Melrose qui, tombant en arrêt devant son tableau le jour de l'ouverture, s'est exclamée : « Génial ! » Cela fait drôle qu'il y attache autant d'importance, alors que moi, j'ai toujours su qu'il avait du génie, et *lui* donc ! Mais ils sont tous tellement gentils avec lui, surtout Mrs Melrose... Je suppose que les vieilles vérités rajeunissent en sortant de bouches nouvelles ! »

Susy la considéra d'un air méditatif. « Et comment le prendrais-tu si Nat trouvait trop de plaisir à les entendre de la bouche de Mrs Melrose ? Je veux dire, trop pour se soucier encore de ce que toi tu penses, ou de ce que toi tu sens. »

Le visage marqué de son amie s'empourpra et pâlit si vite que Susy regretta presque sa question. Mais Grace y répondit avec équanimité : « Tu n'es pas mariée depuis assez longtemps, ma chérie, pour comprendre... comment des gens comme Nat et moi sentons ce genre de choses... à quel point elles paraissent globalement futiles, face au poids de nos souvenirs. »

Susy se remit sur pieds et l'enlaça. « Oh, Grace ! s'écria-t-elle en riant, les yeux humides. Comment peux-tu témoigner de tant de sagesse et ne pas avoir assez de bon sens pour acheter un chapeau digne de ce nom ? » Sur quoi, la gratifiant d'une étreinte, elle s'enfuit. Après tout, elle l'avait eue, sa leçon, même si ce n'était pas exactement celle qu'elle était venue chercher.

La semaine qu'elle s'était accordée venait de s'achever. Il n'y avait toujours pas de mot de Nick. Elle s'octroya un délai supplémentaire d'une journée. Pas de lettre. Elle opta alors pour une démarche que son orgueil lui avait jusqu'alors interdite. Elle irait demander son adresse à la banque. Ce qu'elle fit, gênée, hésitante. Il lui fut répondu, après vérification au service du courrier, que Mr Nicholas Lansing n'avait pas laissé d'autre adresse que celle du palazzo Vanderlyn, trois mois auparavant. Cet après-midi-là, elle regagna Versailles avec la ferme intention d'écrire à Strefford, sauf si le courrier du matin lui apportait une lettre.

Le matin n'apporta rien de Nick. En revanche, Mrs Melrose lui fit passer un message. Susy aurait-elle l'obligeance de venir aussi tôt que possible la voir dans sa chambre ? Susy sauta du lit, prit un bain hâtif et frappa à la porte de son hôtesse. Allongée sur l'immense couche qui surplombait les somptueux ombrages du parc, Mrs Melrose, étendue, fumait des cigarettes en parcourant son courrier. Elle leva les yeux, sourit vaguement comme à son habitude, et dit d'un air songeur : « Susy chérie, as-tu des projets particuliers, je veux dire pour les mois à venir ? »

Susy rougit. Elle avait cru comprendre ce qu'impliquait cette intonation qui lui était familière depuis si longtemps.

« Des projets, ma chérie, une foule ! Je file après-demain... vers la lande des Gillow, très probablement », se hâta-t-elle d'annoncer.

Au lieu du soulagement qu'elle s'était attendue à lire sur le visage expressif à l'excès de Mrs Melrose, elle découvrit la plus ahurie des déceptions.

« Oh, vraiment ! Quel dommage ! C'est absolument décidé ?

— En ce qui me concerne, oui », lança Susy d'un ton presque cassant. Son hôtesse soupira : « Oh, je suis navrée. Vois-tu, chérie, je voulais te demander de rester tranquillement ici pour t'occuper des petits Fulmer. Lui et moi partons en Espagne, la semaine prochaine. Je tiens à être à ses côtés pour ses premières ébauches et ses premières impressions. Une expérience prodigieuse ! Assister à la rencontre entre Fulmer et Vélasquez ! » Elle brisa là, perdue dans son extase anticipée. « Et, tu comprends, étant donné que Grace Fulmer insiste pour venir avec nous...

— Ah ! Je vois.

— Alors, il y a les cinq enfants – quel tracas ! soupira la bienfaitrice. Si tu te trouvais un peu désœuvrée, vois-tu, ma chérie, puisque Nick est avec ses amis, je pourrais t'offrir une compensation vraiment intéressante.

— C'est terriblement gentil de votre part, Violet, mais il se trouve que tel n'est pas le cas ! »

Quel soulagement d'avoir pu lâcher ces mots avec allégresse et fermeté sans même avoir eu à mentir ! S'occuper des enfants Fulmer, vraiment ! Susy se rappelait comment Nick et elle les avaient fuis cet après-midi d'automne dans le New Hampshire. La proposition lui donnait un aperçu salutaire de la façon dont, quand les années auraient passé et qu'elle aurait perdu sa fraîcheur et sa nouveauté, on aurait de plus en plus tendance à l'utiliser comme outil, comme bouche-trou, comme secrétaire, commissionnaire, gouvernante ou chaperon. Elle se rappela plusieurs dames de sa connaissance, des femmes d'âge mûr, véritables retraitées de sa caste, qui restaient en mesure de porter sa livrée, de singer ses attitudes et de babiller son jargon, mais qu'on avait impitoyablement reléguées au rang de fourmis esclaves. Jamais, au grand jamais, elle n'irait grossir leurs rangs !

Mrs Melrose ne masquait pas sa consternation. Elle dévisagea Susy avec le désarroi plaintif du manieur de milliards incapable de percevoir ce qui n'est pas à vendre.

« Mais je ne vois vraiment pas pourquoi tu ne modifierais pas tes projets... susurra-t-elle, tenace.

— Eh bien, vois-tu... (Susy prit le temps d'ébaucher un lent sourire intérieur)... il se trouve que ces projets n'appartiennent pas qu'à moi. »

Le front de Mrs Melrose s'assombrit. L'intrusion de Mrs Fulmer dans leur voyage avait de toute évidence éprouvé ses nerfs et ce nouvel obstacle à ses agencements ébranlait sa foi dans l'ordre divin.

« Tes projets ne sont pas qu'à toi ? Mais voyons, tu ne vas pas laisser Ursula Gillow te dicter... Tiens, mon pendentif de jade, celui dont tu m'as dit que tu raffolais l'autre jour !... Les Fulmer ne viendront pas avec moi, vois-tu, s'ils ne sont pas tranquilles pour les enfants. Tout mon échafaudage va s'effondrer. Susy chérie, ton désintéressement te perdra. Il m'est intolérable de te voir te sacrifier à Ursula. »

Le sourire de Susy s'éternisa. Le temps n'était pas loin où elle se serait réjouie d'ajouter le pendentif de jade à la collection qu'avaient déjà enrichie les saphirs d'Ellie Vanderlyn. Plus récemment, elle se fût regimbée contre cette proposition, y voyant une insulte aux principes qu'elle venait d'ériger en lois. Mais déjà, le simple fait de pouvoir désormais, si elle le souhaitait, échapper totalement à ces petits pots-de-vin, lui permettait de les juger du haut de sa mansuétude. Ah, bénie la liberté morale que confère la richesse ! Elle se rappela le cri du cœur de Grace Fulmer : « le plus fabuleux... c'est de ne plus avoir à faire des économies de bouts de chandelle et à renoncer à quelque chose toutes les dix secondes. » Oui, c'était seulement dans ces conditions qu'on pouvait se prétendre maître et possesseur de son âme. L'exaltation lui donna la grâce de répondre amicalement : « S'il était en mon pouvoir de vous tirer de ce mauvais pas, Violet, je n'aurais pas besoin d'un cadeau pour me convaincre et, comme vous dites, je n'ai pas l'ombre d'une raison de me sacrifier à Ursula ou à qui que ce soit. En fait, il se trouve que... – elle marqua un temps avant de plonger –... je pars en Angleterre, parce que je me suis engagée à voir un ami. »

Le soir même, elle écrivait à Strefford.

IV

Allongé sous l'auvent du pont-promenade, Nick Lansing leva un instant les yeux sur les falaises de Malte qui se perdaient au loin avant de replonger dans son livre.

Cela faisait près de trois semaines que, sur l'*Ibis*, deux occupations étaient devenues de véritables drogues : la contemplation des paysages éphémères qui émergeaient indistinctement de la mer azurée pour s'y évanouir aussitôt, et les visions nées de l'étude des volumes empilés nuit et jour près de son coude. Pour la première fois depuis des mois, il disposait d'une authentique bibliothèque. Exactement le genre de bibliothèque érudite mais variée à laquelle aspirait son esprit turbulent et fébrile. Conscient d'utiliser livres et paysages comme un anesthésique, il les absorbait néanmoins avec l'avidité insouciante du malade qui ne cherche qu'à calmer sa peine et à engourdir sa mémoire. Ils l'emplissaient d'une langueur morale qui n'était pas sans charmes ; en fait, comparée aux affres des premiers jours, elle relevait presque du plaisir... Exactement le genre de drogue dont il avait besoin.

Il n'y a probablement pas de sujet sur lequel l'unanimité se fasse plus aisément que sur l'inutilité d'écrire une lettre difficile. Dans le mot expédié à Susy depuis Gênes, il lui avait promis des nouvelles dans quelques jours. Ces quelques jours passés, il entreprit d'envisager de s'atteler à la tâche et trouva mille raisons de la remettre à plus tard.

S'il y avait eu des questions pratiques à résoudre, c'eût été différent. Il n'aurait pas supporté vingt-quatre heures l'idée que Susy pût se heurter à des incertitudes financières. Mais cet obstacle était levé depuis longtemps : d'emblée, c'était elle qui avait assumé la gestion de leur chétif pécule. Dès leur mariage, les maigres revenus personnels de Nick, réglés de façon ô combien irrégulière par l'administrateur qui, depuis des années, gérait les biens de plus en plus réduits de sa famille, avaient été transférés sur le compte de Susy : c'était le seul cadeau de noces qu'il pût lui offrir. Bien entendu, tous les chèques de mariage avaient été rédigés au nom de Susy. Aucune « affaire » en cours ne l'obligeait donc à communiquer avec elle, et s'il s'agissait de raisons d'un autre ordre, rien que d'y songer suffisait à le glacer d'effroi.

Les premiers jours, il se reprocha son inertie. Puis il commença à lui chercher des justifications. Après tout, pour elle comme pour lui, attendre était sans doute la meilleure politique qu'il pût suivre. Il l'avait quittée parce que les fondements sur lesquels il avait découvert que reposait leur vie commune lui étaient intolérables. Il le lui avait dit. Que restait-il à ajouter ?

Rien n'avait changé dans leurs situations respectives. S'ils se retrouvaient, ce serait pour reprendre la même existence, ce qui, au fil des jours, lui paraissait de plus en plus impraticable. Il n'en était pas au stade d'affronter l'idée d'une séparation claire et nette. Mais, chaque fois que ses pensées le ramenaient à leur passé, il renâclait devant la perspective de faire un effort pour y revenir. Tant qu'il serait dans cet état d'esprit, il n'aurait apparemment rien à ajouter à sa missive, sauf peut-être une information, à savoir qu'il effectuait une croisière en compagnie des Hicks, mais il ne voyait aucune raison pressante de l'en aviser.

Aux Hicks, il n'avait fourni aucun renseignement sur sa situation. Lorsque, quinze jours avant, Coral Hicks l'avait récupéré dans les rues torrides de Gênes et l'avait embarqué sur l'*Ibis*, il n'avait songé qu'à dîner au frais, avec peut-être ensuite une sortie en mer sous la lune. Mais, cédant à leurs instances amicales, il avait avoué qu'il traversait une passe difficile et avait pris quelques jours pour changer d'air, ce qui l'avait laissé démuni contre la proposition immédiate de venir changer d'air sur l'*Ibis*. Ils appareillaient vers la Corse et la Sardaigne, puis vers la Sicile. Libre à lui de reprendre le chemin de fer à Naples et de regagner Venise dans une dizaine de jours.

Dix jours de répit – la tentation était irrésistible, d'autant qu'il appréciait beaucoup la fruste bonté des Hicks, dont la droiture et la saine simplicité parvenaient à franchir la carapace de leur opulence, comme si les oripeaux de leur munificence actuelle exhalaient encore le bouquet de leur Prairie natale. Être avec de tels gens prenait des allures lustrales. Lorsque le yacht fit escale à Naples, il se laissa persuader par ces gens épatants de poursuivre jusqu'en Sicile et, lorsque le maître d'hôtel, descendant en ville pour la dernière fois, demanda : « Des lettres à poster, monsieur ? », il répondit, comme à chacune des escales précédentes : « Non, merci. Rien. »

Ils venaient de mettre le cap sur Rhodes et la Crète – la Crète où il n'était jamais allé, où il rêvait d'aller depuis si longtemps... Bien que la saison fût avancée, il faisait miraculeusement beau. Les vaguelettes dansaient devant le navire sous un ciel sans nuages et l'étrave puissante de l'*Ibis* tanguait à peine en glissant sur leurs crêtes bondissantes.

Seuls ses hôtes et leur fille se trouvaient sur le bateau – plus, bien entendu, leurs employés, Eldorada Tooker et Mr Beck. Un éminent archéologue censé les rejoindre à Naples s'était excusé par télégramme au dernier moment. Nick nota que si Mrs Hicks se perdait en excuses pour l'absence du grand homme, Coral s'était contentée d'un sourire sans phrase.

En fait, Mr et Mrs Hicks n'étaient jamais aussi adorables que lorsqu'on les avait pour soi seul. En compagnie, Mr Hicks risquait toujours d'en rajouter sur l'art de l'hospitalité, et Mrs Hicks, espérant embrasser toutes les cultures dans sa conversation, avait tendance à confondre les dates et les noms. Mais, seuls avec Nick, leur vieux compagnon de route, ils resplendissaient de toute leur bonhomie naturelle. Mr Hicks parlait de façon judicieuse d'investissements, pendant que Mrs Hicks évoquait leurs premières années de mariage à Apex City, et le jour où, découvrant sa nouvelle demeure sur Aeschylus Avenue, elle s'était exclamée : « Mais je n'arriverai jamais à faire briller toutes ces vitres ! »

Comme l'avait deviné Nick, la défection de Mr Buttles leur portait un coup redoutable : Mr Beck n'avait pas l'envergure nécessaire pour remplacer Mr Buttles, lequel n'était pas seulement mystérieusement doué pour les langues, mais possédait aussi la faculté presque surhumaine de savoir comment rédiger des lettres à des personnalités et comment les conclure, sans parler du fait qu'il était frotté d'archéologie et disposait d'une vaste culture générale. Mrs Hicks avait donc appris à tabler sur ses connaissances, sa propre mémoire étant, hélas, si pauvre, comparée à l'étendue des domaines qu'elle entendait couvrir.

Peut-être sa fille aurait-elle pu l'aider, mais Miss Hicks n'avait pas pris le pli de traiter ses parents de façon maternelle. Elle était extrêmement gentille avec eux, mais elle les laissait, pour ainsi dire, veiller tant bien que mal à leur propre éducation tandis qu'elle s'occupait en solitaire de sa propre croissance. Cette étrange fille était animée d'une âpre soif de connaissances. Elle ne semblait s'intéresser qu'aux occasions nouvelles d'accroître un stock de données – que peu d'imagination et encore moins de poésie ne venaient faire briller, mais soigneusement cataloguées et proprement archivées dans les vastes rayons de sa froide cervelle, où, à tout moment, elles demeuraient aussi accessibles que les volumes d'une bibliothèque publique régulièrement mise à jour.

Nick trouvait en un sens reposante la clarté tranchante de ces appétits intellectuels. Il brûlait de prendre ses distances à l'égard de l'émotivité, de la séduction, des états d'âme, des impulsions et des contradictions fulgurantes qui caractérisaient Susy. Susy lisait peu, savait peu de choses et avait grandi parmi des gens qui vivaient dans la terreur des idées, n'y voyant qu'une sorte de maladie contagieuse. Mais, surtout dans les premiers temps, lorsque Nick lui plaçait un livre entre les mains ou lui lisait un poème, sa vive intelligence jetait immédiatement une lueur nouvelle sur le sujet, en pénétrait les profondeurs pour en extraire le butin qui convenait à sa propre personnalité. Quel dommage que la vie l'eût contrainte à consacrer l'essentiel de cette exquise pénétration et de cette perspicacité intuitive à lire et à exploiter les pensées d'êtres vulgaires, et à se pencher vainement sur les ignobles complexités de la « gestion » !

Dans le forme domaine de la beauté visible, elle était d'une sensibilité sans pareille ! Il ne s'en était guère douté, ou plutôt, il n'en avait pas eu la certitude, jusqu'au jour où, de passage à Paris, il l'avait emmenée au Louvre. Leurs pas les avaient portés devant la petite *Crucifixion* de Mantegna. Il n'avait pas regardé le tableau, ni pris le soin d'observer la réaction de Susy. Son humeur du moment le rapprochait plutôt du Corrège et de Fragonard, du rire de la *Leçon de musique* et des franches impudences païennes de l'*Antiope.* Soudain, il s'était rendu compte qu'elle n'était plus à ses côtés. Quand il l'avait retrouvée, oublieuse de lui, oublieuse de tout, il avait vu l'éclat de ce ciel tragique sur son visage, sa lèvre tremblante, les larmes sur ses cils. Cela, c'était Susy...

Fermant son livre, il glissa un regard sur le profil de Coral adossée aux coussins de la chaise longue voisine. Il y avait quelque chose de rude et de revigorant dans son aspect primitif et mal dégrossi, dans la façon dont ses noirs sourcils dessinaient une sorte de pont sur l'épaisseur de son nez à la romaine, et dans le léger duvet noir qui lui ombrait la lèvre supérieure. Un miracle de volonté, combiné à tous les artifices accessibles à l'opulence, avait transformé la grosse fille au teint jaunâtre dont il avait gardé le souvenir en cette imposante jeune femme, presque belle – par moments indéniablement belle –, dans le style autoritaire et monumental. Observant un peu plus les lignes altières du profil qui se découpait sur les flots d'azur, il se rappela, non sans un frisson de vanité, comment, par deux fois – sous le dôme des Scalzi et dans les rues de Gênes –, il avait vu ces traits s'adoucir à son approche, se féminiser, acquérir une sorte d'humilité implorante. Cela, c'était Coral...

Soudain, elle dit, sans se tourner vers lui : « Vous n'avez reçu aucun courrier depuis que vous êtes à bord. »

Il la considéra avec surprise. « Non, Dieu merci ! répondit-il en riant.

— Et vous n'en avez pas expédié non plus, poursuivit-elle de son ton dur et statistique.

— Effectivement, acquiesça-t-il, renouvelant son rire.

— Cela signifie que vous êtes vraiment libre.

— Libre ! » Il vit la joue tournée vers lui rougir. « Je veux dire, vraiment en vacances, sans attaches. »

Après une pause, il répliqua : « Non, je n'ai pas d'attaches particulières.

— Et votre livre ?

— Oh, mon livre ! » Il prit le temps de réfléchir. Il avait fourré « La Marche d'Alexandre » dans son sac de voyage le soir où il avait fui Venise, mais, depuis, il n'y avait pas jeté un œil. Trop de souvenirs, trop d'illusions se pressaient entre les s de ce manuscrit et il savait précisément à quel endroit il en était lorsqu'il avait senti Ellie Vanderlyn se pencher sur lui, lorsqu'il avait humé son parfum et qu'il l'avait entendue souffler : « Je tenais à te remercier. »

« Ce livre est dans les limbes ! », dit-il impatiemment, irrité par le manque de tact de la demoiselle. En voilà une qui ne sortait jamais ses antennes !

« C'est bien ce que je pensais », reprit-elle posément. Il lui jeta un regard surpris. Et qu'est-ce qu'elle pensait encore, bon Dieu ? se demanda-t-il. Il ne l'avait jamais supposée capable de sortir de l'épaisse carapace de sa compétence personnelle au point de pénétrer dans les sentiments de quiconque.

« À vrai dire, poursuivit-il avec gêne, j'y ai trop bûché, trop systématiquement. Sans doute est-ce la raison pour laquelle j'ai éprouvé le besoin de changer d'air. Je ne suis qu'un débutant, voyez-vous. »

Elle poursuivit son enquête.

« Mais plus tard, vous le reprendrez, bien sûr ?

— Qui sait ? » Il marqua un temps, balaya du regard le pont

qui brillait comme un sou neuf, puis les eaux étincelantes. « Je suis un rêveur, j'ai nourri bien des rêves, voyez-vous. J'incline à penser que je vais devoir le laisser tomber au profit d'un travail plus rémunérateur. Pour s'offrir le genre de littérature auquel je m'adonne, mieux vaut disposer d'une bonne rente. »

Il s'irrita aussitôt des paroles qu'il venait de prononcer. Dans ses relations avec les Hicks, il avait soigneusement omis jusque-là les allusions qui l'eussent mis en position de sentir s'appesantir sur lui la main de leur lourde bienfaisance. Mais ces semaines de temporisation et d'oisiveté l'avaient affaibli et réduit au besoin de formuler ses vagues intentions. Les mettre en forme pouvait l'aider à les préciser.

Il constata avec soulagement que Miss Hicks ne s'empressait pas de répondre. Lorsqu'elle parla, ce fut d'une voix plus douce, avec une hésitation dont elle était peu coutumière.

« Dommage que, doué comme vous êtes, vous ne trouviez pas un emploi qui vous laisserait assez de loisirs pour mener à bien votre vrai travail... »

Il haussa les épaules.

« Nous sommes un bon paquet à chasser ce genre d'emploi. »

Elle prit son ton d'homme d'affaires. « Je sais que c'est difficile à trouver – presque impossible, mais je me demande si vous l'accepteriez au cas où on vous le proposerait. »

Elle tourna légèrement la tête et leurs yeux se croisèrent un instant. La terreur pure et simple s'abattit sur lui, mais avant qu'il eût trouvé le temps d'y faire face, elle reprit de la même voix égale.

« Je fais allusion à la place de Mr Buttles. Mes parents ont absolument besoin de quelqu'un de confiance. Vous savez à quel point la tâche est facile... Je pense que le salaire vous donnerait satisfaction. »

Nick eut un profond soupir de soulagement. Un instant les yeux de la jeune fille avaient revêtu la même nuance qu'aux Scalzi – et il avait trop d'affection pour elle pour ne pas répugner à réveiller ce regard. Le poste de Mr Buttles, pourquoi pas ?

« Pauvre Buttles ! murmura-t-il pour gagner du temps.

— Oh, dit-elle, vous n'aurez pas les mêmes raisons que lui pour démissionner ! Il s'est sacrifié sur l'autel de ses convictions artistiques. »

Il lui jeta à la dérobée un regard songeur. Après tout, elle ignorait tout de sa rencontre avec Mr Buttles à Gênes et des confidences qu'il lui avait faites. Peut-être ignorait-elle aussi la passion sans espoir de l'employé de son père. En tout cas, ses traits n'avaient pas frémi.

« Pourquoi ne pas l'envisager – au moins pour quelques mois, jusqu'à la fin de notre expédition en Mésopotamie ? insista-t-elle, le souffle un peu court.

— C'est terriblement gentil à vous, mais j'hésite. » Elle se leva avec sa brusquerie habituelle. « Inutile de décider tout de suite. Prenez votre temps. Réfléchissez. Père tenait à ce que je vous pose la question. »

Il fut sensible au caractère inadéquat de sa propre réponse. « C'est une tentation fantastique, bien entendu, mais j'attends du courrier. À vrai dire, il va falloir que j'envoie un télégramme de Rhodes pour qu'on me le fasse suivre. J'ai tout largué, même les lettres, pour quelques semaines.

— Ah, vous êtes vraiment fatigué ! » souffla-t-elle en le toisant avant de lui tourner le dos.

De Rhodes, Nick Lansing télégraphia à son agence parisienne pour qu'on fît suivre son courrier à Candie. Lorsque l'*Ibis* y parvint et qu'on eût monté la poste à bord, l'épaisse enveloppe qu'on lui transmit ne contenait pas de lettre de Susy. Pourquoi en aurait-elle contenu, puisqu'il ne lui avait pas écrit ?

Non, bien sûr. Il ne lui avait pas écrit, mais en fournissant son adresse à la banque, il savait qu'il lui avait laissé l'occasion de le joindre si elle le souhaitait. Or, elle n'avait pas donné signe de vie.

Plus tard dans l'après-midi, regagnant le yacht après leur première sortie archéologique, il trouva une liasse de journaux sur la table du rouf. Il souleva un périodique londonien et parcourut d'un œil distrait le carnet mondain.

Il lut :

> Parmi les visiteurs attendus la semaine prochaine au château de Ruan (loué pour la saison à Mr Frederick J. Gillow, de New York) figurent le prince Altineri, de Rome, le comte d'Altringham, et Mrs Nicholas Lansing, arrivée à Londres la semaine dernière, en provenance de Paris.

Nick jeta le journal. Cela faisait juste un mois qu'il avait quitté le palais Vanderlyn pour se précipiter dans l'express de nuit de Milan. Tout un mois – et Susy n'avait pas écrit. Rien qu'un mois – et Susy et Strefford étaient déjà ensemble !

[illegible]

[illegible] prochaine [illegible] Frédéric [illegible]

[illegible]

V

Susy avait décidé d'attendre Strefford à Londres.

Le nouveau lord Altringham séjournait avec sa famille dans le Nord et, bien qu'elle eût trouvé un télégramme spécifiant qu'il la rejoindrait en ville la semaine suivante, il lui restait un laps de plusieurs jours à remplir.

Dans le désert de Londres, la pluie ne désarmait pas. Susy s'installa seule dans sa minable pension de famille – la meilleure parmi ce qu'elle pouvait s'offrir, même en morte saison. Enfin seule, face à elle-même.

Depuis que Violet Melrose avait constaté l'échec de son dispositif concernant les petits Fulmer, son intérêt pour Susy avait encore décru. Bien des fois, dans le passé, Susy Branch avait senti un brusque refroidissement dans l'attitude de son hôtesse du moment, et souvent – oh, si souvent ! – elle avait cédé et rendu le service demandé plutôt que de s'exposer aux conséquences d'un éloignement excessif. À ce genre d'humiliation du moins, elle n'aurait plus à se soumettre, Dieu merci.

Mais, au moment où elle faisait en hâte ses valises à Versailles, ratissait ses poches à la recherche d'un pourboire convenable pour Mrs Match et saluait Violet (saisie de tendresse démonstrative lorsqu'elle vit sa visiteuse prendre paisiblement le chemin de la gare), Susy, accomplissant les rites convenus et usés des adieux forcés, avait senti monter en elle un dégoût si profond pour les manigances et les compromissions dont sa vie était tissée qu'à cet instant, si Nick avait réapparu et lui avait tendu les bras, elle n'était pas sûre qu'elle aurait eu le courage de s'y jeter.

La solitude londonienne aviva l'intransigeance de son désir d'autonomie. D'une autonomie dorée, bien sûr. Son amour de la beauté n'était décidément qu'une passion inutile et haïssable. Ah, la malédiction qu'il représentait depuis toujours, la bénédiction qu'il aurait pu être, si seulement elle avait eu les moyens matériels de le satisfaire et de l'exprimer ! Au lieu de quoi, il ne lui inspirait qu'une horreur morbide pour cette hideuse chambre d'hôtel noyée dans ses lueurs de pluie jaunâtre, pour l'odeur de suie et de chou qui parvenait par la fenêtre, pour le papier peint cloqué, les bouquets de cire poussiéreux sous leur globe de verre et l'installation électrique combinée de telle sorte que, lorsqu'on allumait le globe blafard de la suspension, l'ampoule encore plus chlorotique du lit s'éteignait !

Dans quel monde d'imposture avaient-ils vécu – elle et Nick – pendant les rares mois de leur vie commune ! À quel titre avaient-ils joui, l'un comme l'autre, de ce cadre exquis, de cette vie de loisirs, de la longue maison blanche cachée dans les camélias et les cyprès au-dessus du lac, des grandes pièces qui donnaient sur la Giudecca, des reflets du canal projetés sur le plafond peint à fresque ? Elle avait pourtant fini par croire que ces endroits leur appartenaient vraiment et qu'ils pourraient y vivre à jamais, tendrement, à l'abri de tout reproche, par la grâce de la fortune d'autrui... Encore cette malédiction de l'amour de la beauté, sa manie de s'y adonner comme si ce qu'elle aimait lui appartenait.

Ma foi, le réveil était inéluctable. Peut-être devait-elle se féliciter qu'il se fût produit si tôt. D'ailleurs, à quoi bon laisser ses pensées hanter les ruines de leur paradis illusoire ? Mais, assise à compter les jours qui la séparaient de l'arrivée de Strefford, à quoi d'autre aurait-elle pu penser ?

À son avenir ?

À celui de Strefford ?

Elle le connaissait déjà par cœur, cet avenir. Elle n'avait pas passé sa vie dans le grand monde sans avoir appris dans le détail de quels oripeaux s'y affuble le mariage. Elle avait dressé par anticipation l'inventaire des robes de soirée, de tenues d'après-midi et des lingeries de dentelle qui viendraient grossir la garde-robe de la future comtesse d'Altringham. Elle avait même élu le fourreur qui confectionnerait sa cape de chinchilla, car elle avait bien l'intention d'en avoir une, et jusqu'aux pieds, et plus douce et plus volumineuse et plus somptueusement extravagante que celles de Violet ou d'Ursula... sans parler des renards argentés et des zibelines... et sans songer encore aux bijoux d'Altringham.

Elle connaissait tout cela par cœur. Elle l'avait toujours su. Cela faisait partie intégrante du monde de l'élégance. Rien de neuf là-dedans. Elle n'avait connu d'autre nouveauté que l'entracte de sa vie avec Nick – une vie irréelle par son décor, mais tellement réelle au niveau le plus fondamental. La seule réalité qu'il lui eût jamais été donné de vivre. Les yeux du souvenir lui disaient qu'elle lui devait bien plus que l'éclat doré de son bonheur et de la joie sensuelle qui avaient inondé son cœur et son corps. Oui, elle lui devait aussi la floraison dans la douleur, l'enfantement, de quelque chose de plus grave, de plus fort, de plus riche en promesses de puissance, quelque chose à quoi elle avait à peine prêté attention dans la griserie de ses premières extases, mais qui était toujours revenu et qui possédait encore son âme soudain sereine lorsque se dissipait l'ivresse. La perception troublante de quelque chose que Nick et l'amour lui avaient enseigné mais dont les racines plongeaient bien au-delà de l'amour, bien au-delà de Nick...

Les nerfs torturés par le chuintement ininterrompu de la pluie sur les vitres sales et les remugles de chou et de charbon qui se glissaient sous la porte dès qu'elle fermait la fenêtre, elle se sentait au bout du rouleau. Cet avant-goût nauséabond du repas qu'elle descendrait bientôt prendre lui levait le cœur. Elle se voyait déjà dans l'humide salle à manger parée d'un tapis de Smyrne crasseux, éclairée par un soupirail pluvieux, au milieu des mornes serveuses qui distribuaient des aliments que l'on aurait pu croire imprégnés de pluie... Laisser cette misère aggraver sa dépression confinait au scandale...

Elle bondit, mit son chapeau et sa veste, héla un taxi et gagna le Nouveau Luxe – Londres. Treize heures venaient de sonner. Elle était sûre de pouvoir se faire inviter, car si Londres était vide, ce grand établissement ne désemplissait pas. Dans le hall tapissé de velours taciturnes, dans la grande salle à manger ornée de parfums et de fleurs, s'agitait sans cesse la foule de ces riches désœuvrés, qui, n'ayant rien à faire, s'affairent inexorablement d'un bout à l'autre de la terre.

Ah, la monotonie de ces visages ! Des visages qu'on connaissait toujours, même si l'on ne connaissait pas ceux qui les portaient. Ce spectacle raviva son dégoût. Elle hésita avant de tourner les talons pour s'enfuir. Mais, sur le seuil, une silhouette encore plus familière venait à sa rencontre : celle d'une femme noyée sous une quantité exorbitante de perles et de zibelines, qui descendait d'une automobile excessive comme on en voit dans les réclames, une de ces arches babyloniennes où des beautés couvertes de bijoux et des jeunes gens aux corps élancés contemplent à loisir les cimes enneigées du haut d'un promontoire alpin.

C'était Ursula Gillow – cette bonne vieille Ursula, en route vers l'Écosse. Elles se sautèrent au cou. Ursula, retenue à Londres par le retard d'une couturière, avait, elle aussi, du temps à perdre et à tuer, si bien qu'elles se retrouvèrent bientôt à échanger des sourires par-dessus les préliminaires exquis d'un lunch dont le maître d'hôtel avait, d'un ton autoritaire, prié Mrs Gillow de bien vouloir lui confier le soin, comme d'habitude.

Chose rare, Ursula était de bonne humeur. Dans ces cas-là, son obligeance était sans limites.

À l'instar de Mrs Melrose, à l'instar de toute sa caste, elle était tellement absorbée par ses préoccupations qu'elle ne pouvait s'attacher qu'un instant à celles des autres. Mais elle était ravie qu'elle se fussent rencontrées – les déracinés de cette sorte le sont toujours lorsqu'ils rencontrent des membres de leur confrérie nomade, à moins que la rencontre ne barre la voie de plaisirs autrement raffinés. Ne pas être seule, telle était l'urgence, et Ursula, qui venait de passer quarante-huit heures seule à Londres, s'empressa d'extorquer à son amie la promesse qu'elles ne se quitteraient plus de la journée. Mais sitôt le marché conclu, son esprit revint à ses propres affaires et les confidences coulèrent à flots pendant que se succédaient des plats qui manifestaient à quel point le maître d'hôtel avait saisi l'essence de la situation.

Les confidences d'Ursula revenaient toujours au même, bien qu'elle parlât – comme souvent – de différentes personnes. Elle démolissait et rebâtissait leur vie sentimentale avec autant de promptitude et d'impétuosité qu'elle changeait de couturière, redécorait ses salons, commandait de nouvelles voitures, modifiait la monture de ses bijoux et renouvelait, plus généralement, le décor de sa vie. Susy savait d'avance ce que serait son récit, mais l'écouter en dégustant un café parfait, une cigarette au goût d'ambre aux lèvres, était plus agréable que de ronger du mouton froid seule dans une salle à manger sentant le moisi. Le contraste était si lénifiant qu'elle finit par porter un intérêt languide à ce périple sentimental.

Le lunch achevé, elles montèrent de concert dans l'auto d'Ursula et entreprirent une tournée systématique des boutiques du West End : fourreurs, joailliers, antiquaires... rien ne pouvait être plus éloigné des interminables hésitations de Violet Melrose devant les choses qu'elle pensait vouloir jusqu'au moment de se décider. Ursula, elle, s'abattait sur les renards argentés et les laques anciens de manière aussi féroce et expéditive que sur les objets de sa sentimentalité luxuriante. Elle savait d'emblée ce qu'elle voulait et y attachait encore plus de valeur quand elle l'avait acquis.

« Et maintenant, tu ne m'aiderais pas à choisir un piano à queue, par hasard ? lança-t-elle pendant que le dernier antiquaire de la liste s'inclinait en refermant la porte sur elles.

— Un piano ?

— Oui, pour Ruan. J'en envoie un à Grace Fulmer. Elle va passer quelques jours chez nous... Je ne te l'ai pas dit ? Je tiens à ce qu'on l'entende. Je veux qu'elle décroche des contrats à Londres. Car c'est un génie, ma chère !

— Un génie, Grace ? » Susy avait le souffle coupé. « Je pensais que c'était Nat...

— Nat ? Nat Fulmer ! » Ursula eut un rire sarcastique. « Ah, bien sûr – tu as séjourné chez cette imbécile de Violet ! La pauvre, quel délire, Nat lui est monté à la tête, une pitié, vraiment ! Bien entendu qu'il a du talent ; *moi*, je m'en suis aperçue des siècles avant que son nom ne parvienne aux oreilles de cette pauvre fille. Sais-tu, au vernissage de l'Exposition des artistes américains, l'hiver dernier, je suis tombée en arrêt devant sa *Tempête de neige au printemps* que personne n'avait jamais remarquée, et j'ai dit au prince, qui m'escortait : « Cet homme a du talent. » Mais du génie, enfin ! C'est sa femme qui a du génie ! L'as-tu jamais entendue jouer du violon ? Pauvre Violet, comme d'habitude, elle est sur une fausse piste ! J'ai confié à Fulmer la réfection de mon jardin d'hiver – je parie que Violet te l'a dit – parce que je tenais à l'aider, mais ma découverte à moi, c'est Grace, et je suis décidée à la rendre célèbre, que tout le monde comprenne bien que des deux, c'est *elle* le génie. J'ai insisté pour qu'elle vienne à Ruan avec le meilleur accompagnateur de son choix. Tu sais, le pauvre Nerone s'ennuie mortellement à la chasse, même si, bien sûr, il suit le mouvement, et si nous n'avions pas un peu d'art, le soir... Oh, Susy, tu ne vas pas me dire que tu ne sais pas choisir un piano ! Je te croyais folle de musique !

— J'adore, mais je n'y connais rien – à la manière dont nous sommes tous entichés des choses qui comptent vraiment dans notre milieu idiot ! ajouta-t-elle *in petto*, tant il était évidemment inutile de communiquer ce genre de réflexions à Ursula.

« Mais es-tu certaine que Grace viendra ? demanda-t-elle à voix haute.

— Tout à fait sûre. Pourquoi ne le ferait-elle pas ? Je lui ai envoyé un télégramme hier. Mille dollars, plus les frais. »

Ce n'est que lorsqu'elles furent installées dans un salon de thé de Piccadilly que Mrs Gillow commença à s'intéresser tant soit peu aux projets de sa compagne. Subitement l'idée de perdre Susy lui était devenue intolérable. Le prince, qui ne voyait pas pourquoi on lui demanderait de traîner à Londres pendant la morte-saison, s'était déjà replié sur Ruan et il n'était pas question pour Ursula d'affronter seule la soirée et toute la journée du lendemain.

« Mais que fais-tu en ville, chérie, je ne me rappelle pas te l'avoir demandé ? » dit-elle en appuyant ses coudes vigoureux sur la table pour allumer sa cigarette à celle de Susy.

Susy hésita. Elle avait prévu que le temps arriverait où elle serait obligée de parler de ses mésaventures, ne fût-ce que vaguement, alors pourquoi ne pas commencer par Ursula ?

Mais pour lui dire quoi ?

Mrs Gillow parut lire un reproche dans son silence et reprit d'un ton gêné : « Et Nick ? Nick t'accompagne ? Comment va-t-il ? Je vous croyais encore à Venise, avec Ellie Vanderlyn.

— Nous y sommes restés quelques semaines. » Susy raffermit sa voix. « Un délice, mais nos chemins se sont momentanément séparés. »

Mrs Gillow lui jeta un regard plus perçant. « Ah, tu es donc venue seule, tout à fait seule ?

— Oui. Nick est en croisière avec des amis en Méditerranée. »

Le regard superficiel d'Ursula se chargea d'une profondeur singulière. « Mais, mon amour, si tu es seule et désœuvrée pour l'instant... »

Susy sourit. « Ma foi, je ne sais pas trop...

— D'accord, mais à supposer, ma chérie – est-ce que tu viendrais à Ruan ? Je sais que Fred t'a invitée, non ? et il m'a dit que toi et Nick vous aviez tous les deux refusé. Il était horriblement froissé de votre défection mais je suppose que c'est parce que Nick avait d'autres projets. Impossible de l'inviter maintenant, plus un fusil de disponible ! mais puisqu'il est parti et que toi, tu es libre, tu sais, ma chérie, nous serions tellement ravis de t'avoir ! Fred serait aux anges ! Ça ne lui ferait que trop plaisir, à vrai dire ! Cela ne te gênerait pas que Fred te fasse un brin de cour, n'est-ce pas ? Et moi, tu me serais d'un tel secours – si du moins cela constitue un argument – avec cette immense maison pleine d'hommes et ces gens qui rappliquent tous les soirs pour dîner, et Fred obnubilé par la chasse, et Nerone qui déteste ça, et qui s'en moque à tout bout de champ, et pas une minute à moi pour essayer de le maintenir de bonne humeur... Oh, Susy chérie ! ne dis pas non, laisse-moi réserver tout de suite une place dans le train de demain soir ! »

Susy s'adossa à son fauteuil, laissant s'allonger la cendre de sa cigarette. Ah, qu'elles lui étaient abominablement familières ces sollicitations ! Ursula éprouvait le besoin urgent de fournir à Fred un flirt de quelques semaines... et le sort lui présentait la candidate idéale. Susy frissonna. Il n'avait jamais été dans ses intentions de se rendre à Ruan, même si elle avait utilisé la lande comme prétexte au moment où elle avait cru que Violet Melrose lui indiquait discrètement la direction de la porte. Plutôt que de se plier au désir d'Ursula, elle emprunterait quelques centaines de livres à Strefford, comme il le lui avait proposé, et elle trouverait du travail jusqu'à ce que...

Jusqu'à ce qu'elle devienne Lady Altringham ? Ma foi, peut-être. En tout cas, elle ne reprendrait pas le chemin de la servitude sous la coupe d'Ursula.

Elle secoua la tête et eut l'ombre d'un sourire. « Je suis navrée. Bien sûr, j'ai terriblement envie de te rendre service... »

Le regard appuyé de Mrs Gillow se teinta de reproche. « J'aime à le croire », murmura-t-elle. Susy, croisant son regard, y discerna l'interminable perspective des faveurs accordées et comprit qu'Ursula n'était pas femme à oublier de quel côté se situaient les dettes.

Elle hésita, se rappelant les semaines d'extase que lui avaient values le chèque de mariage des Gillow. Paraître ingrate la peinait.

« Si je pouvais, Ursula... mais vraiment... je ne suis pas libre pour l'instant. » Un instant de pause lui suffit à prendre sa décision. « À la vérité, je suis venue voir Strefford. »

— Strefford ! Lord Altringham ! » Ursula ouvrit de grands yeux. « Ah, oui ! Je me rappelle, cela marchait très fort entre vous, n'est-ce pas ? » Son attention vagabonde se concentra. Si Susy attendait le comte d'Altringham, l'un des hommes les plus riches d'Angleterre... Elle ouvrit brusquement son sac maillé d'or et en sortit un agenda miniature.

« Une seconde – oui, c'est bien la semaine prochaine ! Je le savais, c'est la semaine prochaine qu'il doit venir à Ruan ! Mais, mon amour, tout s'arrange ! Tu lui expédies un câble tout de suite et tu m'accompagnes demain. Tu le verras là-bas. C'est plus agréable que cet horrible désert bourbeux ! Oh, Susy ! si tu savais combien j'ai la vie rude, en Écosse, entre le prince et Fred, tu n'envisagerais même pas de refuser ! »

Susy hésitait encore ; mais après tout, si Strefford devait se rendre à Ruan, pourquoi ne pas l'y voir à loisir, dans des conditions plaisantes, au lieu de passer une journée sinistre à errer de concert dans les rues humides de Londres ou à forcer la voix pour couvrir le vacarme d'un orchestre de restaurant ? Il était peu probable qu'il reportât sa visite à Ruan pour s'attarder à Londres avec elle. Ce genre de concession n'avait jamais été dans son style et avait moins de chance que jamais de le devenir, maintenant qu'il pouvait agir selon son bon plaisir.

Pour la première fois, elle comprit pleinement à quel point il avait changé de destin. Maintenant, bien sûr, tous ses jours, toutes ses heures étaient ordonnées d'avance. Il était assailli d'invitations ; on lui offrait sans cesse de nouvelles ouvertures ; il n'avait qu'à choisir. Et les femmes ! Elle n'y avait jamais songé ! Toutes les filles d'Angleterre désiraient l'épouser, sans parler de ses compatriotes, plus entreprenantes, et puis il y avait les plus redoutables de toutes, les femmes mariées ! Streff pouvait, dans un premier temps, éviter le mariage, même s'il ne fallait pas sous-estimer le poids de la religion, des pressions familiales, la convergence de toutes les influences traditionnelles qu'il avait si souvent brocardées mais jamais totalement répudiées, elle était bien placée pour le savoir... Oui, ces femmes invisibles et silencieuses, à Altringham. La veuve de son oncle, sa mère, ses vieilles filles de sœurs... Il n'était pas impossible qu'à force de tact et de patience (et les femmes les plus stupides peuvent en manifester dans ce genre de situations...) elles finissent par le persuader que là était son devoir, et rien ne les empêchait de pousser la beauté idoine sur son chemin... Pour l'instant, l'urgence, c'étaient les femmes mariées ! Ah, elles n'attendraient pas, *elles* ! Elles s'activaient déjà à poser leurs lacets ! Susy renâcla devant cette idée. Elle ne savait que trop comment s'effectue ce genre de manœuvres. Elle n'avait suivi que trop souvent les sinuosités de ces marches d'approche. Encore qu'elles fussent moins sinueuses au jour d'aujourd'hui ! Le plus souvent, cela se résumait à fondre sur sa proie au moment opportun. Mais elle connaissait tous les artifices et les ruses qui préparent l'assaut final. Elle les connaissait, oh oui, elle les connaissait ! Certes, avec Streff, Dieu merci, elle n'avait jamais eu à les pratiquer. Il lui avait toujours offert son amour sur un plateau. Il aurait fallu être idiote pour faire la fine bouche.

Peut-être. Sur ce point, ses hésitations ne s'étaient pas dissipées. En tout cas, il était clair que, décidément, mieux valait céder à la pression d'Ursula et le rencontrer dans un cadre sympathique à Ruan. Là, elle aurait le temps de poser ses jalons, de voir quels risques il courait et de déterminer s'il était de sa vocation de le sauver des autres femmes.

« Eh bien, c'est comme tu voudras, Ursula.

— Oh, quel ange tu fais ! Je suis tellement contente ! Nous allons filer à la poste la plus proche pour expédier le télégramme nous-mêmes ! »

Au moment où elles se glissaient dans l'automobile, Mrs Gillow prit le bras de Susy et y exerça une pression persuasive.

« Et tu laisseras Fred te faire un petit brin de cour, n'est-ce pas, mon amour ? »

VI

« Mais vraiment, cela me dépasse, s'emporta Ellie Vanderlyn, que tu n'annonces pas tes fiançailles sans attendre ton divorce. Cela commence à se faire, je t'assure – et c'est tellement moins risqué. »

Mrs Vanderlyn, qui avait quitté Saint-Moritz pour l'Angleterre, faisait halte à Paris pour renouveler la garde-robe désormais famélique qui, à peine deux mois plus tôt, remplissait à craquer tant de malles. D'autres dames, accourues de tous les points du globe avec les mêmes visées, lui disputaient les suites Louis XVI du Nouveau Luxe, les tables parées de bougies roses du restaurant, les heures d'essayage chez les grands couturiers ; par la simple vertu de leur nombre et de leurs luttes passionnées pour obtenir les mêmes choses au même moment, elles se trouvaient ravies, enfiévrées et heureuses. C'était le moment décisif de l'année, le temps fort de la saison des couturiers.

Le hasard avait poussé Mrs Vanderlyn dans les bras de Susy Lansing rue de la Paix, à une présentation où plusieurs rangées de dames blêmes de chaleur et d'émotion, attentives jusqu'à l'extase, suivaient depuis des heures les évolutions d'apparitions fantomatiques follement attifées qui titubaient inlassablement devant elles dans leurs escarpins douloureux.

Distraite des splendeurs princières d'une cape de chinchilla par le sentiment qu'une autre la lui disputait du regard,

Mrs Vanderlyn s'était retournée et avait reconnu avec surprise Susy qui examinait d'un œil critique la fourrure en question.

« Susy, jamais je n'aurais cru te rencontrer ici ! J'avais vu dans le journal que tu étais chez les Gillow ! » Après les embrassades habituelles, Mrs Vanderlyn, les yeux fixés sur l'incomparable pelisse qui se volatilisait au fond de l'interminable perspective de mannequins, glissa d'une voix acidulée : « Tu fais les emplettes d'Ursula ? Si tu as l'intention de lui commander cette cape, tu seras gentille de me tenir au courant... »

Susy sourit et marqua un temps avant de répondre. Elle profita de cette pause pour admirer dans les moindres détails l'intarissable jeunesse d'Ellie Vanderlyn, depuis sa tête couronnée de plumes jusqu'à la cambrure parfaite de ses souliers vernis. Elle finit par répondre posément : « Non ! Aujourd'hui, c'est pour moi que j'achète.

— Pour toi ! Toi ? répéta Mrs Vanderlyn avec un regard incrédule.

— Ma foi, oui, ça change un peu ! reconnut sereinement Susy.

— Mais le manteau, je veux dire le chinchilla doublé d'hermine...

— Une splendeur, n'est-ce pas, mais je me propose de voir ailleurs avant de me décider. »

Ah ! que de fois elle avait entendu ses amies utiliser la formule, et qu'il était drôle de voir la stupeur d'Ellie l'entendant lancer ces quelques mots sur le ton de satiété dédaigneuse dont elle était elle-même coutumière ! Susy goûtait de plus en plus ce genre de divertissements, sans lesquels ses journées, si surchargées fussent-elles, se seraient pesamment traînées. Cela la distrayait encore de fréquenter les grands couturiers, de regarder les mannequins évoluer comme des cygnes, et de passer à la loupe sous les yeux ébahis de ses amies les tenues les plus onéreuses du défilé. Elle savait que la double rumeur de son divorce avec Nick et des attentions de Lord Altringham était désormais en marche. Elle s'était bien gardée de confirmer ou d'infirmer la nouvelle, préférant se laisser porter avec délice sur cette vague confortable. Mais, bien que cela fît maintenant trois mois que Nick avait quitté le palazzo Vanderlyn, elle ne lui avait pas encore écrit, pas plus qu'il n'avait écrit.

Malgré tout ce qu'elle parvenait à enfourner dans ses journées, celles-ci semblaient marquer le pas et les divertissements escomptés ne l'excitaient plus guère. Strefford était à elle. Elle savait qu'il l'épouserait dès qu'elle serait libre. Ils avaient passé dix jours à Ruan. Après quoi, ils avaient gagné le Sud en voiture, s'arrêtant en chemin pour voir Altringham qu'avait déserté pour le moment sa famille en deuil.

À Altringham, ils s'étaient séparés et, après avoir encore rendu visite à deux ou trois personnes en Angleterre, elle avait choisi de regagner Paris où il était censé la rejoindre sous peu. Quelques heures à Altringham avaient suffi pour lui faire comprendre qu'il l'attendrait aussi longtemps que nécessaire. La peur des « autres femmes » avait cessé de la troubler. Mais, peut-être pour cette raison même, l'avenir semblait moins affriolant qu'elle n'avait espéré. Parfois elle se disait que c'était le spectacle de la demeure des Altringham qui l'avait anéantie : trop vaste, trop vénérable, trop semblable à un gigantesque concentré de traditions et de contraintes patrimoniales séculaires. Peut-être trop de femmes austères et consciencieuses y avaient-elles vécu trop longtemps. Quelque chose lui interdisait de s'imaginer la maison livrée au bridge, aux dettes et à l'adultère. C'était pourtant inéluctable... Elle parvenait à peine à imaginer Strefford ou elle-même y prolongeant la tradition des lourdes responsabilités rurales, des réceptions mornes, des obligations laborieuses, des services religieux hebdomadaires et des comités locaux à présider. Quel dommage qu'ils ne pussent la vendre pour s'acheter une maisonnette sur les bords de la Tamise !

Néanmoins, elle ne regrettait pas de faire savoir qu'Altringham lui reviendrait dès qu'elle choisirait de s'en emparer. Il lui arrivait de se demander si Nick savait... si les rumeurs étaient parvenues jusqu'à lui. Si oui, il n'avait à en remercier que sa propre lettre. Il lui avait indiqué le cap à prendre et elle n'en démordait pas.

La rencontre d'Ellie Vanderlyn l'avait d'abord contrariée. Elle avait espéré ne jamais revoir sa bienfaitrice, mais ce face-à-face lui permit bientôt de constater combien sa sensibilité s'était déjà émoussée. Elle s'était très vite réaccoutumée à Ellie, comme aux autres et à tout le reste de la vieille existence à laquelle elle était retournée. Pourquoi faire tant d'histoires autour d'affaires sans importance ? Elles quittèrent le couturier de concert et, après une séance passionnante chez une modiste qui venait d'ouvrir, décidèrent de prendre le thé dans le salon particulier dont disposait Ellie au Nouveau Luxe.

Avec son obstination d'enfant gâtée, Ellie commença par revenir sur la question du chinchilla. C'était le seul qui l'eût tant soit peu emballée, et comme elle n'avait plus une fourrure décente à se mettre, elle était naturellement un peu pressée... mais, bien entendu, si Susy avait été en train de choisir ce modèle pour une amie...

Susy, s'adossant aux coussins, examina à travers des paupières demi-closes le petit visage délicatement restauré de Mrs Vanderlyn, qui portait la même expression d'avidité enfantine que lorsqu'elle brodait sur le jeune Davenant du moment. Une fois de plus, Susy nota que, dans l'existence mouvementée d'Ellie, tous les sujets dignes d'intérêt semblaient se situer exactement sur le même plan.

« Pauvre petit mignon tremblant de froid, répondit-elle en riant. Bien sûr qu'il aura un joli manteau d'hiver bien chaud et que moi j'en choisirai un autre.

— Oh, quel amour tu fais ! Si seulement tu acceptais ! Entre nous, celle pour qui tu passais commande n'a pas vraiment besoin de savoir !

— Hélas, je ne suis pas en mesure de te rassurer sur ce point. Comme je te l'ai déjà dit, c'est pour moi que je voulais le commander. » Susy prit le temps de savourer à fond l'ahurissement qu'exprimait le visage d'Ellie. Mais son plaisir se heurta bientôt à un changement indéfinissable dans l'expression de son amie.

« Oh, ma chérie – sérieusement ? Je ne savais pas qu'il y avait... quelqu'un ! »

Susy rougit jusqu'à la racine des cheveux. Une épouvantable humiliation la submergea. L'horreur ! Qu'Ellie eût l'effronterie de penser cela d'elle, que quiconque pût oser le penser !

« Quelqu'un qui m'offrirait des manteaux de chinchilla ? Merci ! lança-t-elle, furibonde. Je suppose que je devrais me réjouir que l'idée ne te soit pas venue tout de suite. Du moins y a-t-il eu un intervalle de doute honorable. » Elle se leva, lança un nouveau rire et se mit à arpenter la pièce. Dans le miroir qui surmontait la cheminée, elle entrevit son propre visage rouge de fureur et le regard déconcerté de Mrs Vanderlyn. Elle se tourna vers elle.

« Je suppose que tout le monde se ralliera à cette idée, si tu le fais. Dans ce cas, j'ai tout intérêt à m'expliquer. » Elle marqua un temps et prit une brève inspiration. « Nick et moi avons l'intention de nous séparer – en fait, nous sommes séparés. Il a décidé que notre histoire était une erreur. Il se remariera sans doute bientôt – et moi aussi. »

Elle avait lancé son aveu d'un souffle court, craignant, dans sa nervosité, de laisser Ellie Vanderlyn penser un instant de plus qu'une autre explication était concevable. Elle n'avait pas prévu d'être aussi explicite, mais elle ne fut cependant pas vraiment désolée d'avoir prononcé ces mots. Les gens ne tarderaient pas à se demander, comme de juste, pourquoi elle parcourait de nouveau le monde en solitaire. Puisque c'était Nick qui l'avait décidé, pourquoi ne pas le dire ? Se rappelant l'angoisse brûlante des dernières heures qu'elle avait passées à Venise, elle se demanda quelle considération elle devait à l'homme qui l'avait humiliée de la sorte.

Ellie Vanderlyn lui jeta un bref regard de stupeur.

« Toi ! Toi et Nick – vous allez vous séparer ! » Une lueur parut surgir dans son esprit : « Ah – c'est donc pour cela qu'il m'a renvoyé mon épingle de cravate, je suppose.

— Ton épingle de cravate ? demanda Susy, qui n'en retrouva pas aussitôt le souvenir.

— La petite bricole de rien du tout que je lui ai offerte avant de quitter Venise, il me l'a renvoyée presque aussitôt avec une note incompréhensible. Simplement : *Je ne l'ai pas vraiment méritée.* Je me suis creusé la tête pour comprendre ce qu'il lui reprochait, mais maintenant, j'imagine que c'est parce que vous vous étiez disputés, encore que vraiment, même dans ce cas-là, je ne vois pas pourquoi c'est à moi qu'il devrait en vouloir ! »

Le sang vif de Susy monta. Nick avait renvoyé l'épingle – la fatidique épingle ! – alors qu'elle, elle avait gardé le bracelet – soigneusement enfermé à l'abri des regards, barricadé dans un petit paquet dont elle s'écartait chaque fois que sa main le frôlait, lorsqu'elle faisait ou défaisait ses malles – mais jamais elle n'avait songé à le renvoyer, non, pas une seule fois ! Lequel des deux, se demanda-t-elle, avait eu raison ? N'était-ce pas un affront indirect pour elle que Nick eût renvoyé le cadeau à la pauvre Ellie qui n'y comprenait rien ? N'était-ce pas, au contraire, une preuve supplémentaire de sa délicatesse, de sa supériorité morale ? Comment savoir, dans ce monde déroutant qui était le leur ?

« Ce n'est pas parce que nous nous sommes querellés. Nous ne nous sommes pas querellés », dit-elle lentement, soudain désireuse de défendre sa vie privée et celle de Nick, de cacher aux yeux de tous la dernière heure amère qu'ils avaient passée ensemble. « Nous avons simplement décidé que notre expérience n'était pas viable – pour des pauvres. »

— Ah. Eh bien – ma foi, nous avons tous eu ce sentiment à l'époque. Et maintenant, quelqu'un d'autre veut t'épouser, et c'est pour ton propre *trousseau* que tu choisissais ce manteau ? s'écria Ellie, à la fois extasiée et incrédule, avant de jeter ses bras autour des épaules crispées de Susy. « Quelle chance tu as ! quelle chance, ma petite ! Et quelle habileté, ma chérie ! Mais qui diable cela peut-il être ? »

C'est alors que Susy avait prononcé pour la première fois le nom de Lord Altringham.

— Streff – Streff ! Notre bon vieux Streff ? Tu veux dire qu'il veut t'*épouser* ! » Le temps que la nouvelle imprègne son esprit, Ellie devint dithyrambique. « Mais, ma chérie, quelle chance ! C'est un miracle ! J'ai toujours su qu'il avait le béguin pour toi ! Fred Davenant le disait, je me rappelle... Même Nelson, qui est tellement stupide dans ce genre d'affaires, l'avait remarqué à Venise... Mais c'était très différent à l'époque. Personne ne se serait jamais mis en tête de l'épouser, tandis que maintenant, bien sûr, toutes les femmes tentent leur chance. Oh, Susy ! Quoi que tu fasses, ne laisse pas passer cette aubaine. Tu n'imagines pas la foule d'intrigues et de machinations qui vont surgir de tous côtés, et même du côté qu'on suspecte le moins. Tu ne sais pas de quelles horreurs les femmes sont capables pour le coincer – même les jeunes filles ! » Un frisson la parcourut à cette idée et elle saisit les poignets de Susy de ses doigts véhéments. « Mais je ne comprends pas pourquoi tu n'annonces pas tes fiançailles tout de suite, ma chérie : cela commence à se faire, je t'assure, et c'est tellement plus sûr. »

Susy la considéra d'un air songeur. Pas un mot de condoléances pour l'effondrement de son bref bonheur, pas même un brin de curiosité sur la cause de ce désastre. Sans aucun doute, Ellie Vanderlyn, comme toutes les autres amies de Susy, avaient depuis longtemps « évalué » la brièveté de son rêve. Peut-être en avaient-elles conçu la suite avant qu'elle-même n'en ait vu la gloire pâlir ? Elle et Nick avaient passé la plus grande partie des quelques semaines de leur vie commune sous le toit d'Ellie Vanderlyn, mais pour Ellie, le fait n'avait pas plus de signification que sa propre escapade à la même époque avec le successeur du jeune Davenant – le petit goujat dont Strefford n'avait jamais pris la peine de préciser le nom. La seule idée d'Ellie était que Susy devait à tout prix mettre la main sur son gros lot – son incroyable gros lot ; et sur ce point, elle retrouvait le désintéressement impassible qui l'élevait au-dessus de la perfidie souriante de la majorité de sa caste. Du moins son conseil était-il sincère. Peut-être était-il sage, d'ailleurs. Pourquoi Susy ne proclamerait-elle pas l'intention d'épouser Strefford dès que les « formalités » auraient été accomplies ?

Elle ne répondit pas immédiatement à la question de Mrs Vanderlyn, qui la répéta, ajoutant avec impatience : « Je ne te comprends pas. Si Nick est d'accord !

— Oh, il est d'accord !

— Alors, que veux-tu de plus ? Susy, Susy, si seulement tu acceptais de suivre mon exemple !

— Ton exemple ? » Susy marqua un temps, soupesa le mot, fut frappée par un mélange de gêne, d'impudence et de contrition dans l'expression de son amie. Comme si elle avait tenté de se faire pardonner. « Ton exemple ? répéta-t-elle. Mais que veux-tu dire, Ellie ? Tu ne vas quand même pas te séparer de ce pauvre Nelson ? »

Mrs Vanderlyn opposa à ses yeux lourds de reproche un regard d'une transparence cristalline. « Je ne le désire pas ; pauvre cher Nelson ! Je t'assure que ça me déplaît souverainement. Il a toujours été adorable avec Clarissa... et puis nous sommes habitués l'un à l'autre, mais que veux-tu que je fasse ? Algie est tellement riche, d'une richesse tellement consternante, qu'il faut que je monte perpétuellement la garde pour tenir en respect les autres femmes et ça m'épuise, vois-tu.

— Algie ? »

Les délicieux sourcils de Mrs Vanderlyn se haussèrent. « Algie : Algie Bockheimer, tu ne savais pas ? Je crois qu'il m'a dit que tu avais dîné chez ses parents. Il n'y a pas plus riches au monde que les Bockheimer, et Algie est leur fils unique. Oui, c'est avec lui... que j'ai été si terriblement heureuse au printemps dernier... et maintenant je vis dans la terreur de le perdre. Et je te jure, il n'y a pas d'autre moyen de les garder quand ils sont aussi horriblement riches que cela. »

Susy se leva d'un bond. Un frisson la parcourut. Elle se rappelait avoir vu le petit Bockheimer à l'une des premières réceptions données par ses parents dans leur palais de marbre récemment inauguré sur la Cinquième Avenue. Elle se rappelait aussi ses habits excessivement impeccables et l'expression furtive de son petit visage vernissé. Elle jeta à Ellie Vanderlyn un regard de soudain mépris.

« Je te trouve abominable ! » s'exclama-t-elle.

Le céleste visage de son interlocutrice s'effondra.

« A-bo-mi-nable, a-bo-minable ? Susy !

— Oui... avec Nelson... et Clarissa... tout ce que vous avez vécu ensemble... et tout l'argent dont on peut rêver... et ce type ! Abominable. »

Ellie se dressa, tremblante. Elle n'était pas habituée à des scènes qui brouillaient ses pensées autant que son teint.

« Te voilà bien cruelle, Susy – si cruelle, si terrible, que je sais à peine comment te répondre, bégaya-t-elle. Mais tu ne sais tout simplement pas de quoi tu parles. Comme si on pouvait jamais avoir tout l'argent dont on rêve ! » D'un mouchoir prudent, elle essuya ses yeux cerclés de noir, se mira rapidement dans la glace et ajouta, magnanime : « Mais j'essaierai d'oublier ce que tu m'as dit. »

[illegible]

[illegible] s'étendre

[illegible] habitable [illegible]

[illegible] avec [illegible] quoique [illegible] et

vaste ensemble [illegible] ont pu retrouver [illegible] ce type [illegible]

Ambazonie [illegible]

[illegible]

VII

Le cœur de Susy Lansing brûlait exactement de la même révolte que du temps de son adolescence. Elle éprouvait la même révulsion à l'égard des règles et des valeurs de son entourage. Elle retrouvait l'écœurement qui l'avait précipitée dans la folie de son mariage avec Nick.

Comment pourrait-elle jamais retourner dans cet univers, s'aligner sur sa conception de la vie et s'incliner devant ses jugements ? Hélas, elle ne pouvait échapper à ce genre de sujétion qu'en se mariant suivant les normes mêmes de cet univers. Peut-être était-ce la même idée qui avait motivé Nick ? Peut-être avait-il compris avant elle que pour accéder à la liberté morale, ils devaient commencer par se libérer l'un comme l'autre des contingences matérielles ? Peut-être...

Susy avait retiré de sa discussion avec Ellie Vanderlyn un tel sentiment d'oppression et d'humiliation qu'elle répugnait presque à rejoindre Altringham le lendemain. Elle savait qu'il venait à Paris chercher une réponse définitive. Il ne rechignerait pas à attendre, pourvu qu'elle consentît à engager la procédure de divorce. Installée dans un modeste hôtel du faubourg Saint-Germain, elle avait une fois de plus décliné sa proposition de déjeuner au Nouveau Luxe ou dans un restaurant à la mode des Boulevards. Comme précédemment, elle avait insisté pour aller dans une gargote peu fréquentée du Luxembourg, où les prix était suffisamment modérés pour sa propre bourse.

« Je ne comprends pas, objecta Strefford en quittant l'hôtel où il était venu la prendre pour gagner cet obscur repaire, pourquoi tu tiens à mal me nourrir et à me priver de la satisfaction d'être vu avec toi. Pourquoi devrions-nous jouer les clandestins ! Les gens ne savent-ils pas, à l'heure qu'il est, que nous allons nous marier ? »

Susy broncha, se demandant si le mot coulerait toujours aussi mal des lèvres de son futur époux.

« Non ! répliqua-t-elle en riant. Pour l'instant, ils se contentent de croire que tu me couvres de perles et de chinchillas ! »

Il plissa les sourcils avec bonne humeur. « Eh bien, avec joie – quand tu veux. Tu aurais intérêt à sauter sur l'occasion, non ? Je ne voudrais pas insister, mais je prévois que je suis bien trop riche pour ne pas devenir avare ! »

Elle haussa légèrement les épaules. « Pour l'instant, il n'y a rien que j'abomine autant que les perles, le chinchilla, les objets hors de prix et les choses enviables ! »

Elle s'interrompit, rougissante. Elle venait de tenir exactement le genre de propos que lui tiendraient inévitablement la masse des femmes qui tentaient de lui mettre le grappin dessus (hormis la toute petite minorité des plus intelligentes). Il allait la soupçonner d'avoir essayé la comédie classique du désintéressement, qui n'était susceptible ni de le leurrer ni de le flatter.

Les yeux pétillants de son ami jouaient avec curiosité sur son visage. Affrontant son regard avec un sourire, elle reprit : « Mais ne va pas t'imaginer que si je devais... me décider... ce serait entièrement *pour tes beaux yeux* ! »

Il eut un rire qu'elle jugea un peu sec. « Diable ! Je ne suis pas près de retomber dans ce panneau-là !

— Oh, Streff ! » soupira-t-elle d'un ton repentant. Étrange. Autrefois, elle savait quoi dire à l'homme du moment, quel qu'il fût et quel que fût le genre de conversation dont il avait besoin. Dans les périodes difficiles d'avant son mariage, il lui était même arrivé de débiter avec brio les banalités sentimentales et pétillantes qui suffisaient à envoyer au septième ciel le pauvre Fred Gillow. Mais, depuis qu'elle avait parlé le langage de l'amour vrai, vu avec son regard, caressé de ses mains, l'art du faux-semblant lui faisait défaut. Elle avait le sentiment de viser à côté et de tâtonner comme une débutante sous le regard malicieux de Strefford.

Ils avaient atteint l'antre de son choix. Il ouvrit la porte et y jeta un coup d'œil. « C'est plein comme trois œufs ! Pas une table ! On va étouffer ! Où aller ? Crois-tu qu'ils nous donneraient un cabinet particulier ? »

Elle acquiesça et on les fit monter le long d'un escalier en colimaçon vers un cagibi bas de plafond pourvu d'un vitrage dont les pans inférieurs diffusaient une vague clarté sur l'étage du dessous. Strefford ouvrit la croisée et Susy, après avoir balancé son manteau sur la banquette, attendit, appuyée au garde-corps, qu'il eût passé commande.

Somme toute, elle se réjouissait de ce tête-à-tête. Elle eût trouvé mesquin de le tenir plus longtemps dans l'incertitude pour la simple raison qu'elle était absolument sûre de lui. Le moment était venu d'une discussion décisive, qui n'aurait pas été possible dans les salles bondées du bas.

Après que le garçon eut apporté les hors-d'œuvre et se fut retiré, Strefford, loin de revenir à des problèmes personnels, se tourna vers son sujet de prédilection, les humeurs et les ironies de la comédie humaine telle qu'elle se jouait dans son petit cénacle. Sa vision du monde quasi fielleuse amusait Susy, à cause des éclairs judicieux que sa philosophie jetait sur les galipettes sociales qu'ils avaient si souvent observées de concert. Il était la seule personne de sa connaissance (à l'exception de Nick) à savoir s'exclure de la parade sans pourtant s'en extraire. Mais elle fut surprise de constater, au fur et à mesure que progressait la conversation, que ces lambeaux de ragots ne lui inspiraient que tristesse et ennui.

Haussant intérieurement les épaules, elle se dit avec découragement que, probablement, rien ne l'amuserait plus jamais. Puis, prêtant l'oreille, elle commença à comprendre l'origine de sa déception : en fait, Strefford ne pouvait se passer de ces gens qu'il transperçait de son regard et qu'il dénigrait. Les scandales sans envergure qu'il relatait l'intéressaient autant que les remarques savoureuses dont il les émaillait. Elle fut prise de terreur. Au cœur de son existence somptueuse, la vie de la comtesse d'Altringham serait peut-être aussi minable et basse de plafond que le réduit où ils se tenaient coude à coude et pourtant séparés par un gouffre infranchissable !

Strefford ne pouvait pas vivre sans ces gens-là. On pouvait certes en dire autant d'elle et de Nick, mais pour des raisons oh combien différentes ! S'ils avaient disposé des mêmes possibilités que lui, quel monde ne se seraient-ils pas bâti ? Mais quoi de plus vain que ces songeries ? Elle s'en retira pour se concentrer sur le présent. Après tout, en tant que Lady Altringham, n'aurait-elle pas le pouvoir de créer le monde dont ils avaient rêvé... sauf qu'elle devrait le créer seule ? Sans doute était-ce la loi. Le bonheur des hommes est soumis à mille restrictions. Le sien serait forcément de nature solitaire, puisque les biens matériels n'y suffisaient pas, même si elle en restait dépendante, contrairement à Grace Fulmer, par exemple. Et encore... Grace Fulmer elle-même avait plié devant les offres d'Ursula et débarqué à Ruan, la veille du départ de Susy, renonçant à accompagner en Espagne son mari et Violet Melrose. Mais Grace accomplissait ce sacrifice pour ses enfants et donnait mystérieusement l'impression qu'en abdiquant sa liberté elle ne lâchait pas une once de sa personnalité. Toute la différence était là...

« Comme je t'ennuie ! » entendit-elle Strefford s'exclamer. Elle se rendit compte qu'elle avait cessé de l'écouter. Des échos vagabonds de noms, de lieux et de gens – Violet Melrose, Ursula, le prince Altineri, d'autres de leur clan ou de leur secte – avaient vainement heurté les palissades de son cerveau. Qu'est-ce que Strefford pouvait bien lui avoir raconté à leur propos ? Elle se tourna vers lui et leurs regards se rencontrèrent. Ses yeux débordaient d'une ironie mélancolique.

« Susy, ma vieille ! Qu'est-ce qui ne va pas ? »

Elle se ressaisit. « Je réfléchissais, Streff, à l'instant où... où je t'ai dit que je haïssais le nom même des perles et du chinchilla – impossible que tu me croies. Quelle gaffe incroyable, mon cher ! »

Il sourit : « Parce que tant de femmes m'auraient sorti la même banalité ? »

Elle eut un rire de pure joie devant tant d'intuition. « Cela sera plus facile que je ne l'imaginais », pensa-t-elle et, à voix haute, elle dit : « Oh, Streff ! Tu verras toujours si clair en moi, où pourrai-je jamais échapper à ton regard ? »

— Où ? » Son rire lui fit écho et il posa légèrement sa main sur la sienne. « Au fond de mon cœur, je le crains ! »

Quelque chose dans son rire ébranla Susy, un accent qui privait sa réplique de toute ironie. Le « Allons, tu ne vas pas me chanter une romance » s'arrêta sur ses lèvres et elle comprit soudain qu'elle partageait sa peur. Mais c'était une peur mêlée d'émotion, et elle se demanda non sans jubilation si aucune autre femme avait jamais saisi cette inflexion d'une profondeur insolite dans la voix stridente de son ami. Jamais il ne lui avait paru aussi *aimable*, et elle se dit, avec l'étrange détachement de qui s'essouffle à observer les tergiversations de quelqu'un qu'on ose à peine espérer persuader, « maintenant, *maintenant* – s'il parle, oui, je lui répondrai *oui* ! »

Au lieu de quoi, de façon aussi surprenante pour elle que s'il venait de tomber d'une planète dont les habitants avaient d'autres méthodes pour exprimer leur sympathie, il glissa son bras autour de ses épaules et inclina vers elle son visage disgracieux, à la fois contracté et fondu de tendresse...

Ce fut le plus léger des frôlements. L'instant d'après, elle avait recouvré sa liberté. Mais quelque chose en elle continua de haleter et de résister bien longtemps après que son bras et ses lèvres se furent éloignés et qu'il se fut mis, avec une aisance trop étudiée, à allumer une cigarette et à sucrer son café.

Il l'avait embrassée... Ma foi, quoi de plus naturel ? Enfin, pourquoi pas ? Elle n'en était pas à son premier baiser. Il est vrai qu'en général on n'associait pas Streff avec ce genre de démonstration, mais elle n'avait pas cette excuse pour être surprise car, à Venise déjà, elle avait remarqué qu'il la regardait d'un œil différent et qu'il évitait sa main, lui, autrefois si friand de contacts.

Non – elle n'avait pas lieu d'être surprise, et un baiser n'aurait pas dû la troubler à ce point. La carrière de Susy Branch était ponctuée de pareils incidents : dans un passé désormais relégué très loin, elle avait notamment eu droit aux généreuses et maladroites embrassades de Fred Gillow. En fait, rien de tout cela n'avait semblé peser plus lourd qu'une feuille tombant dans une allée forestière. Ce n'était que la partie la plus épidermique et la plus éphémère du fonctionnement banal et accepté de la comédie du grand monde. Mais le baiser de Strefford correspondait à celui de Nick autrefois, sous les pins du New Hampshire, le jour où s'était scellé leur destin. C'était un baiser lourd d'avenir, comme une bague enfilée sur son âme. Au cours de la pause terrifiante qui s'ensuivit – pendant que Strefford manipulait nerveusement son étui à cigarettes et faisait tinter sa petite cuiller dans sa tasse –, Susy se rappela ce qu'elle avait discerné, à travers le cercle du baiser de Nick, les incommensurables bleuités où se confondaient le paysage étendu à leurs pieds et l'avenir qui se répandait dans leurs âmes.

Peut-être était-ce là ce que discernait maintenant le regard froncé et mordant de Strefford. Peut-être ses yeux se perdaient-ils dans les immensités dont elle s'était à jamais détournée. Peut-être se disait-il, comme elle se l'était dit lorsque ses lèvres s'étaient séparées de celles de Nick : « Chaque fois que nous échangerons un baiser, nous reverrons tout cela ! » alors que le contact de Strefford ne lui avait inspiré, pour sa part, qu'une répulsion à lui couper le souffle et avait rendu encore plus douloureusement intense sa vision de la pièce sordide où ils étaient attablés et de leurs deux êtres plus distants l'un de l'autre que si cet enlacement les avait brutalement écartés.

L'instant s'éternisa. Ils étaient comme engourdis. Depuis combien de temps cela durait-il ? Combien de temps s'était-il écoulé depuis qu'elle s'était dit : « cela sera plus facile que je ne l'imaginais » ? Soudain, elle sentit peser sur elle l'étrange sourire de Strefford et elle décela dans son regard non pas du reproche ou de la déception, mais une tolérance aussi profonde qu'angoissée. Il n'était pas en colère. Il n'était pas blessé. Il avait vu. Il avait compris. Il avait de la peine pour elle.

Impulsivement, elle glissa sa main sous la sienne. Ils restèrent silencieux, puis il se leva et ramassa le manteau qu'elle avait jeté en travers de la banquette. « Si l'on partait ? J'ai des cartons pour la présentation privée de l'exposition Reynolds au Petit-Palais. Certains des portraits proviennent d'Altringham, cela te divertira peut-être. »

Dans le taxi, la menue monnaie de leur conversation lui laissa le temps de se remettre et de retrouver l'impression de bien-être amical qu'elle éprouvait habituellement en sa compagnie. Il s'était montré d'une délicatesse étonnante pour un homme qui ne se cachait pas de toujours chercher, avant tout, et en toutes choses, sa propre satisfaction. Peut-être fallait-il interpréter cette délicatesse comme une façon indirecte de parvenir à ses fins ? Cela n'en prouvait pas moins à quel point il tenait à elle, combien elle était devenue indispensable à son bonheur. Elle en conçut un sentiment de puissance qui n'était pas sans charme. Plus agréable encore était le sentiment que quelqu'un avait vraiment besoin d'elle, que le bonheur de l'homme qui la côtoyait dépendait de son *oui* ou de son *non*. Elle s'abandonna à ce frisson, oubliant l'intermède exécrable de sa caresse, ou plutôt se disant qu'elle finirait par l'oublier avec le temps, qu'elle n'allait pas monter sur ses grands chevaux parce qu'elle s'était fait embrasser par un homme pour qui elle nourrissait tant d'affection...

Elle avait compris d'emblée pourquoi il l'emmenait voir les Reynolds. Le Tout-Paris artistique et mondain venait de découvrir l'art anglais du XVIIIe siècle. Les principales collections d'Angleterre avaient prêté leurs meilleurs spécimens des œuvres du génial portraitiste et la présentation privée du Petit-Palais constituerait l'événement de l'après-midi. Tout le monde – le monde de Strefford et de Susy – y serait à coup sûr, et elle savait que ce genre de situations ranimait l'attention erratique de Strefford pour les beaux-arts. Les expositions l'attiraient autant que les courses, pourvu qu'il y eût autant de monde à voir. Avec Nick, il en serait allé tout autrement ! Nick détestait les inaugurations, les vernissages et les mondanités artistiques en général. Il aurait attendu le reflux de la vogue pour s'y faufiler avec Susy un matin où ils auraient été sûrs d'avoir le musée pour eux seuls.

Mais Susy subodorait que la suggestion de Strefford répondait à d'autres motifs : elle ne s'était jamais montrée à ses côtés devant les gens de leur monde. Il avait résolu qu'il était temps et elle en savait la raison : elle l'avait humilié. Il avait compris et lui avait pardonné, mais elle continuait de le traiter comme le Strefford d'autrefois, Charlie, ce vieux traîne-savates de Streff, et il tenait à lui montrer, ne fût-ce qu'en passant et par stratagème, que l'homme qui l'avait demandée en mariage n'était plus Strefford mais Lord Altringham.

Dès le seuil, l'accueil de son ambassadeur marqua la différence. De tous côtés montaient les exclamations de bienvenue des grands de leur petit monde. Tous ceux qui étaient suffisamment riches, suffisamment titrés, suffisamment intelligents ou suffisamment stupides pour s'être frayés un chemin jusqu'au cœur de la citadelle sociale étaient là, agitant bras et bannières du haut des remparts. Pour tous, Lord Altringham avait pris l'envergure d'une notabilité. Pendant qu'ils franchissaient la foule dont l'importance rehaussait l'enjeu de la mêlée qui menait aux tableaux, il ne la quitta pas une seconde et prit soin de lui faire sentir qu'elle faisait partie de sa marche triomphale. Elle entendit son nom mille fois prononcé. « Lansing ? – une certaine Mrs Lansing ! une Américaine !... Susy Lansing, mais oui, bien sûr, vous vous la rappelez ? à Newport ?... à Saint-Moritz ?... exactement... Déjà divorcée ? Paraît-il... Susy *darling*, je ne t'imaginais pas ici... et Lord Altringham ! Vous avez oublié jusqu'à mon existence, Lord Altringham... c'est cela, l'an dernier au Caire... à Newport... en Écosse... Susy, mon amour, quand m'amèneras-tu Lord Altringham à dîner ?... Quand vous voudrez, dès que vous êtes libres tous les deux, je me débrouillerai pour l'être... »

« Tous les deux... ! » Ils étaient déjà « tous les deux » !

« Ah, en voici un – mon arrière-grand-mère », expliqua Strefford, en donnant une dernière bourrade pour accéder au premier rang devant un portrait en pied que la simple majesté de son immense cadre aux bords sculptés aurait suffi à faire trôner au-dessus des autres tableaux.

Susy déchiffra le rouleau. *L'Hon*^{ble} *Diana Lefanu, quinzième comtesse d'Altringham*, et entendit Strefford dire : « Tu te souviens, tu as remarqué l'espace vide au-dessus de la cheminée dans la salle des Van Dyke. On dit que Reynolds a exigé qu'on l'accroche à côté des Van Dyke. »

Jamais elle ne l'avait entendu parler de ses biens, ancestraux ou purement matériels, sur ce ton de plénitude satisfaite, d'une voix de nabab. Ainsi donc, il subissait déjà l'influence de son milieu ; il était heureux que le portrait d'une comtesse d'Altringham occupât la place centrale de la salle principale de l'exposition, que la foule s'y montrât plus dense que devant aucun autre tableau... heureux d'être là avec Susy et de lui faire sentir, et de laisser deviner à tout leur entourage, qu'il ne dépendait que d'elle de porter le même nom que l'ancêtre portraiturée par le grand maître.

Tandis qu'il la raccompagnait à son hôtel, il se garda de toute allusion à leur avenir. Ils bavardèrent en vieux camarades, chacun dans leur coin du taxi, mais, au moment où le véhicule s'arrêta devant la porte, il dit :

« Je suis attendu en Angleterre après-demain, pas de chance ! Pourquoi ne pas dîner avec moi ce soir au Nouveau Luxe ? Je dois régaler l'ambassadeur et Lady Ascot, leur fille cadette, plus ma vieille tante Dunes, tu sais, la duchesse douairière venue à Paris pour fuir ses créanciers. Mais j'essaierai de trouver deux ou trois hommes amusants pour faire monter le soufflé. Après, nous pourrions aller au caf'conce si tu t'ennuies trop, à moins que tu ne soies d'humeur à danser... »

Elle comprit qu'il avait résolu de hâter son départ plutôt que de lanterner. Elle se rappela aussi avoir entendu décrire la plus jeune des Ascot, Lady Joan Senechal, comme l'une des plus jolies filles de la saison. Elle se rappela enfin la chaleur presque outrancière du salut que lui avait adressé l'ambassadeur à l'exposition.

« Mais bien sûr que je viendrai, mon cher Streff ! » s'écria-t-elle avec un effort de gaieté que ses oreilles inquiètes perçurent comme réussi et dont l'allant se refléta dans la soudaine illumination du visage de son compagnon.

Sur le seuil, elle lui fit signe de la main et se dit, en suivant le taxi du regard : « Ce soir, il me ramènera chez lui et je lui dirai oui, et il m'embrassera encore. Mais cette fois, ce sera loin d'être aussi désagréable. »

Elle tourna les talons pour pénétrer dans l'hôtel, jeta un regard machinal sur le casier à lettres vide sous le crochet de sa clé, et grimpa en filant la même série d'images : « Oui, cette nuit, je dirai *oui* ! répéta-t-elle fermement, la main sur la poignée. C'est-à-dire, à moins qu'ils n'aient monté une lettre... » Elle ne regagnait jamais son hôtel sans imaginer que la lettre qui lui faisait faux bond à l'accueil l'attendait dans sa chambre.

Elle ouvrit la porte, alluma et courut jusqu'à la table où parfois l'attendait sa correspondance.

Pas de lettre. Rien que les journaux du matin, qu'elle n'avait pas pris le temps de lire. Jetant un regard distrait sur la page mondaine, elle lut :

> Après une longue croisière en mer Égée et sur la mer Noire à bord de leur yacht à vapeur, l'*Ibis*, Mr et Mrs Mortimer Hicks sont descendus, en compagnie de leur fille, au Nouveau Luxe de Rome. Il ont eu récemment l'honneur de recevoir à dîner le prince régnant de Teutoburg-Waldhain et sa mère, la princesse douairière, ainsi que leur suite. Parmi les invités qui se pressaient pour rencontrer leurs Altesses Sérénissimes, figuraient les ambassadeurs de France et d'Espagne, la duchesse de Vichy, le prince et la princesse Bagnidilucca, Lady Penelope Pantiles...

L'œil de Susy survola impatiemment l'interminable liste des gens titrés :

> ... et Mr Nicholas Lansing de New York, qui séjourne depuis plusieurs mois avec Mr et Mrs Hicks sur l'*Ibis*.

VIII

Les Hicks étaient à Rome, non pas comme autrefois dans une des hostelleries de la piazza di Spagna ou de la porta del Popolo où ils avaient jadis si gaiement défié la malaria et s'étaient gorgés de couleur locale, mais étalés avec toute l'ostentation des philistins milliardaires sous les caissons du *piano nobile* d'un des palaces haut perchés où Mrs Hicks se félicita sans pudeur de disposer enfin d'« une plomberie digne de ce nom » tout en « jouissant d'une vue plongeante sur les jardins de la Reine mère. »

C'est ce discours, tenu avec un aplomb rayonnant à un dîner qu'honorait la noblesse cosmopolite de la Ville éternelle, qui avait brutalement révélé à Lansing le changement de mentalité dont les Hicks étaient affectés.

Jetant un regard sur les quatre mois qui le séparaient du jour où il avait, de manière si inattendue, grossi les effectifs de l'*Ibis* à Gênes, il constata que cette métamorphose, imperceptible et insidieuse à l'origine, datait du jour funeste où leur route avait croisé les pérégrinations d'un prince régnant.

Jusque-là, ils s'étaient crus immunisés contre ce genre de périls. Mr Hicks et son épouse aimaient à proclamer que l'aristocratie de l'intellect était la seule qui les attirât. En l'occurrence, le prince se trouvait détenir un intellect, en plus de quelques kilomètres carrés de territoire et de l'un des plus somptueux uniformes de maréchal qui eussent jamais abrité la personne d'un combattant royal. Le prince, les épaules voûtées et l'air pacifique derrière ses besicles, n'avait pourtant rien d'un guerrier. L'existence de son grand uniforme n'avait été révélée à Mrs Hicks que par le don d'une photographie d'apparat, entourée d'un cadre, en provenance de Bond Street, barrée à hauteur des jambes d'un prénom en cursive : *Anastasius*. Le prince – détail qui devait consommer la perte des Hicks – était archéologue, un archéologue solide, fureteur, passionné, scrupuleux. Une santé délicate (insinuait sa suite) le contraignait une partie de l'année à s'exiler de sa principauté froide et brumeuse pour arpenter les rives méditerranéennes, en compagnie de la très dynamique princesse douairière, sa mère, et participer avec elle, tantôt à l'exhumation d'une momie ptolémaïque, tantôt à la mise à jour d'un des temples de Delphes, quand ils ne poussaient pas jusqu'aux basiliques d'Afrique du Nord. Le début de l'hiver les menait généralement à Rome ou à Nice, à moins qu'ils ne fussent requis par quelque contrainte familiale à Berlin, Vienne ou Madrid, car une distante parenté avec la plupart des maisons royales d'Europe leur faisait obligation, suivant la formule de la Princesse mère, de passer leur vie à enterrer ou marier tel ou tel de leurs cousins. D'autres périodes les arrachaient à l'atmosphère glaciale des cours princières, leur préférence allant à des palaces d'un type plus moderne, comme celui où les Hicks se trouvaient présentement logés.

Oui, le prince et sa mère (ils l'avouaient de bon cœur) adoraient festoyer dans des palaces et, ne pouvant s'offrir le luxe d'y séjourner, ils aimaient y répondre à l'invitation de leurs amis aussi fréquemment que possible – « ne serait-ce qu'à prendre le thé, mon cher, avouait la princesse en riant, car je nourris un amour immodéré pour les scones au beurre et c'est tout juste si Anastasius m'alimente dans le désert ! »

Lansing venait de comprendre que la rencontre avec Leurs Altesses ambulantes avait été fatale aux principes de Mrs Hicks. Celle-ci avait connu bien des archéologues, mais jamais d'aussi délectables que le prince, et aucun qui eût déserté un trône pour camper en plein désert et fureter dans des hypogées libyens. Il lui semblait infiniment émouvant que ces deux êtres talentueux qui partaient en bougonnant – devoir oblige – « marier un cousin » à Saint-James ou au palais royal de Madrid pussent se hâter de regagner, le souffle court, le trou perdu où – métaphoriquement parlant – la pioche et la pelle étaient tombées de leur royales mains. N'était-il pas pathétique que ces héritiers des siècles ne fussent pas en mesure de jouir des conforts d'un hôtel moderne et prissent un plaisir « enfantin » à se laisser inviter dans ce nouveau genre de palais pour se gorger de scones et regarder danser le tango ?

Ces privations lui parurent tout simplement insupportables. Mr Hicks, qui trouvait le prince plus démocrate que les citoyens d'Apex City et qui était absolument émerveillé par le fait que leurs lunettes venaient du même opticien, ne tarda pas à se rallier à son point de vue.

Mais c'étaient surtout les penchants artistiques du prince et de sa mère qui avaient conquis les Hicks. Il y avait quelque chose de fascinant à penser que, dans la tourbe des personnes royales insignifiantes et incultes qui sillonnaient l'Europe de casinos en dancings et se faisaient entretenir par des plébéiens aussi vulgaires qu'eux de Biarritz à l'Engadine, le sort eût désigné les Hicks, si dignes et si discrets, pour rencontrer ce couple cultivé qui se joignait à eux lorsqu'il s'agissait de tourner gentiment en dérision leurs frivoles parents, et dont les goûts coïncidaient si étonnamment avec ceux des excentriques imprévisibles, et parfois tapeurs, en qui les Hicks avaient vu jusqu'alors l'incarnation de la grande vie.

Mrs Hicks avait enfin entrevu la possibilité de camper à la fois dans les arts et le luxe, de s'adonner aux joies simultanées de la plomberie moderne et des conversations de haut niveau. « Si la pauvre chère princesse *veut* dîner au Nouveau Luxe, pourquoi ne lui ferions-nous pas ce plaisir ? demandait-elle avec un sourire. Quant à ce qu'elle appelle sa passion enfantine pour les scones au beurre, n'est-ce pas là son trait le plus adorable ? »

Sans faire chorus, Coral Hicks semblait accepter avec

l'étrange équanimité qui la caractérisait la transformation du style de vie de ses parents, et, pour la première fois (nota Nick), elle accepta de s'occuper de la toilette de sa mère, avec ce résultat que la silhouette de Mrs Hicks devint plus ferme et qu'elle afficha des tenues d'une tonalité plus sobre dans des tissus plus fins, au point que, si quelqu'un avait eu l'infortune de détecter la ressemblance entre la fille et la mère, la confrontation se serait peut-être avérée moins perturbante.

Ce genre de précautions s'imposait (Lansing ne put s'empêcher de le remarquer) en raison de la finesse des critères de la société dans laquelle les Hicks évoluaient désormais. Curieusement, en effet, l'admission dans l'intimité du prince et de sa mère – qui n'arrêtaient pas de se décrire comme les parias, les bannis, les bohémiens, des têtes couronnées – contraignait ces malheureux non seulement à vivre dans des palaces, mais aussi à se mêler à la faune propre à ce genre de lieux. L'aide de camp du prince – un jeune homme délicieux aux manières affables – avait laissé entendre, en souriant, que Leurs Sérénités, pour radicalement démocrates et sans façons qu'elles fussent, avaient toutefois coutume d'inspecter à l'avance la liste des personnes que leurs hôtes souhaitaient inviter avec elles, et Lansing ne manqua pas d'observer que les listes ainsi « soumises » par Mrs Hicks revenaient généralement allongées de nombreux convives riches de fortune ou de titres. Leurs Altesses ne rayaient jamais un nom. Elles accueillaient avec enthousiasme et curiosité les amis les plus extravagants et les plus injustifiés de leurs hôtes. Au plus renvoyaient-elles à des dates ultérieures quelques-unes de ces personnalités, faisant valoir qu'il serait « tellement plus bath » de les rencontrer dans des circonstances plus privées. Mais elles y ajoutaient invariablement une kyrielle de leurs propres amis, avec l'espoir, gracieusement suggéré, que ces derniers (dont le rang ne laissait pourtant rien à désirer) auraient l'« immense privilège » de faire la connaissance des Hicks. Ainsi se fit-il que, les vents d'octobre ayant contraint l'*Ibis* au radoub, les Hicks, retrouvant à Rome les augustes voyageurs dont ils s'étaient séparés le mois précédent à

Athènes, découvrirent également leur liste de visites bonifiée de tout ce que la Ville éternelle contenait de beau linge.

Lansing avait eu maintes fois l'occasion de remarquer que la Princesse mère, animée d'un enthousiasme indifférent que n'entravait aucune convention hiérarchique, englobait dans un même culte l'art préhistorique, la musique russe, Gauguin, Matisse, les perles massives, les engins puissants, le thé aux épices, la plomberie moderne, les cigarettes parfumées et les potins mondains. Quant à son fils, apparemment moins sensible à ces formes de luxe, il lui vouait tant d'affection qu'il était aux anges de satisfaire ses inclinations sans bourse délier – « ma pauvre maman, disait-il, montre tant de courage lorsque nous trimons dans le désert. »

L'aide de camp avenant qui fournit ces explications à Lansing ajouta, avec un sourire plus intense, que le prince et sa mère étaient tenus à des obligations d'ordre social ou familial au sens large à l'égard de la plupart des personnes titrées qu'ils priaient Mrs Hicks d'inviter, « et Leurs Sérénités, ajouta-t-il, ne voient pas façon plus flatteuse de payer de retour l'hospitalité de leurs amis que de leur ouvrir ce genre de perspective intellectuelle ».

La tablée à laquelle les amis de Leurs Altesses avaient pris place le soir en question représentait, numériquement, l'une des plus vastes perspectives intellectuelles qui leur eussent été accordées. Trente convives étaient groupés autour de la table ornée de guirlandes de fleurs, dont s'étaient vu exclure Eldorada et Mr Beck, car la princesse affectionnait les rencontres intimes et s'en remettait à ses hôtes pour ne jamais inviter plus de trente personnes à la fois. Telle, du moins, avait été la raison alléguée par Mrs Hicks auprès de ses fidèles. Lansing avait toutefois observé que, ces derniers temps, la main qui remodelait prestement le cercle des Hicks s'arrangeait souvent pour en bannir la présence timide des deux secrétaires. Leur exil lui était d'autant plus désagréable qu'il tenait depuis trois mois la place de Mr Buttles, ce qui le rangeait parmi leurs compagnons de salaire. Mais, puisqu'il avait accepté ce poste, son devoir évident n'était-il pas de le remplir conformément aux exigences de ses employeurs, d'autant que même Eldorada et Mr Beck avaient noté que, pour reprendre la formule sans rancœur d'Eldorada, « il témoignait en un sens des mêmes dons pour la vie en société que Mr Buttles » ?

Durant leur croisière, sa tâche ne l'avait pas rebuté. Il s'était réjoui d'exercer une charge précise, si insignifiante fût-elle. Il se sentait plus indépendant dans le rôle de secrétaire des Hicks que dans celui de l'hôte dorloté, et le chèque respectable que Mr Hicks lui tendait le premier du mois ravivait régulièrement son amour-propre moribond.

Il se considérait absurdement surpayé, certes, mais c'était l'affaire de ses patrons et il ne voyait rien d'humiliant à être au service de gens qu'il aimait et respectait. La fatidique rencontre avec les princes errants avait pourtant modifié sa situation autant que celle de ses maîtres. Du statut d'auxiliaire estimable et utile, au même titre qu'Eldorada et Mr Beck, il était passé à celui d'atout social inespéré, dont la capacité à affronter les mystères de l'étiquette étrangère valait celle de Mr Buttles, qu'il surpassait toutefois dans l'art de la séduction personnelle. Les Hicks avaient constaté que Nick Lansing connaissait la plupart des ploutocrates et des aristocrates amis de la Princesse mère. Nombre d'entre eux saluaient avec ardeur « ce bon vieux Nick », qui se repérait presque aussi aisément que l'aide de camp de Son Altesse dans les ramifications secrètes des liens d'amour et de haine qui font de l'art de recevoir une science tellement plus complexe à Rome qu'à Apex City.

Mrs Hicks avait commencé par s'enliser désespérément dans ce labyrinthe de potins, de rivalités et de jalousies souterraines. Découvrant la main de Lansing à sa portée, elle s'y était raccrochée avec une ténacité pathétique. Mais si la valeur du jeune homme s'était accrue aux yeux de ses employeurs, elle s'était détériorée à ses propres yeux. Nick se trouvait condamné à jouer un rôle qu'il n'avait pas négocié et qu'il lui semblait plus dégradant de voir rémunérer en billets de banque qu'en bons repas ou en hébergements luxueux. La première fois que le joyeux aide de camp avait saisi son regard au moment où Mrs Hicks commettait une gaffe, il avait rougi jusqu'aux oreilles et était parti se coucher, jurant de rendre son tablier pas plus tard que demain.

Deux mois avaient passé. Il était toujours secrétaire appointé. Il s'était arrangé pour faire sentir qu'il manquait trop d'humour pour mériter les échanges de regards complices de l'aide de camp, mais cela n'avait pas suffi à lui rendre le sentiment de sa dignité et, le soir en question, parcourant des yeux la longue tablée, il se jura pour la centième fois de démissionner « pas plus tard que demain ».

Mais où dénicher une solution de rechange ? Il n'y en avait apparemment pas d'autre que Coral Hicks. Il inspecta le chapelet d'invités, à commencer par ce grand échalas de Princesse mère dont les petits yeux inquisiteurs étaient perchés haut comme des œils-de-bœuf sous leur chaume frisotté et leur fronton de diamants mal briqués, passa sur les masques vides, trop nourris ou trop scrupuleusement émaciés de ses dames de rang, avant d'entrevoir au loin, parmi les orchidées, Miss Hicks.

Contrairement aux autres, pensa-t-il, elle donnait une impression de noblesse surprenante. La gravité de son ample figure lui conférait l'aspect d'une antique demeure égarée dans une rue de palaces et il s'émerveilla de la loi mystérieuse qui avait fait surgir d'Apex City ce visage archaïque au moment même où elle donnait à la vieille société d'Europe une allure de modernité si bâtarde.

Lansing s'aperçut que l'aide de camp, qui se trouvait à ses côtés, la dévisageait également d'un air méditatif, voire songeur, mais leurs yeux s'étant croisés, ce dernier s'empressa de rajuster son sourire officiel.

« J'admirais la fille de notre hôtesse. Son absence de joyaux est – euh – exaltante ! remarqua-t-il sur le ton confidentiel que Lansing avait fini par tant appréhender.

— Oh, Miss Hicks est exaltante à bien des égards ! », répliqua-t-il sèchement. L'aide de camp s'inclina avec une expression admirative, comme si les occasions de s'exalter étaient plus rares que les perles, ce dont nul n'aurait su douter dans son milieu. « Elle serait à la hauteur de toutes les situations, j'en jurerais », reprit-il, avant d'abandonner le sujet à l'aide de l'une de ses transitions automatiques.

Après dîner, dans l'embrasure d'une fenêtre du salon, il surprit Nick en revenant à la charge sans même juger utile, cette fois, de rajuster son sourire. Il ne se départit pas de son sérieux, encore que sa manière affichât la décontraction la plus rigoureuse.

« J'admirais l'immense faculté d'adaptation de Miss Hicks. Cela doit permettre à ses amis d'envisager pour elle le plus sublime des avenirs. »

Lansing hésita avant de maîtriser son agacement. Mais il tenait à savoir ce qui trottait dans la tête de son compagnon.

« Que voulez-vous dire par “sublime” ? interrogea-t-il avec un sourire amusé.

— Eh bien... je visais son éblouissante capacité à briller en public ! »

Lansing ne renonça pas à sourire. « La question est de savoir, je suppose, si son désir de briller égale sa capacité ? » L'aide de camp ouvrit de grands yeux.

« Laisseriez-vous entendre qu'elle manque d'ambition ?

— Au contraire, je la crois dotée d'une ambition incommensurable !

— In-com-men-surable ! » L'aide de camp sembla essayer de la mesurer. « Mais certainement pas au-delà – *pas au delà de ce que nous pouvons offrir ? »* Ses yeux achevèrent sa phrase et ce fut autour de Lansing de le fixer d'un œil rond. L'aide de camp soutint son regard. « *Si !* » conclurent ses yeux en un éclair pendant que ses lèvres laissaient tomber : « La Princesse mère nourrit une admiration sans bornes à son égard. » Au même instant, un signe de l'éventail de Mrs Hicks les fit sortir précipitamment de leur embrasure.

« Le professeur Darchivio a promis de nous expliquer les différences entre les motifs sassanides et byzantins dans l'art carolingien, mais le directeur m'apprend que de nouveaux danseurs créoles sont arrivés de Paris et Sa Sérénité aimerait faire un saut dans la salle de bal pour les observer un instant... Elle est sûre que le professeur comprendra...

— et nous escortera, bien entendu... » ne put s'empêcher d'ajouter la princesse d'un air irrésistible.

Ce bref colloque dans l'embrasure du Nouveau Luxe avait dessillé les yeux de Nicholas Lansing. D'innombrables recoins de sa mémoire s'étaient illuminés sous le bref regard de l'aide de camp. Des propos mal entendus, des sous-entendus négligés, des sourires, des insinuations, des cordialités, des rumeurs sur l'improbabilité de voir le prince fonder une famille, des allusions à la nécessité urgente de regarnir le trésor des Teutoburg...

Contrainte d'accompagner ses parents et leurs hôtes princiers dans la salle de bal, Coral Hicks, indifférente à la danse comme au spectacle de ceux qui s'y adonnent, se lança dans un aparté d'ordre archéologique avec le savant, désarçonné mais souriant, qui était venu dans l'espoir de jeter des lumières sur la différence entre les ornementations sassanide et byzantine.

Lansing, non moins distant, avait élu un poste d'observation d'où il pouvait voir la jeune fille. Il la voyait d'un œil différent depuis qu'il la savait au cœur de tout cet essaim d'intrigues. Oui, décidément, elle embellissait. À moins qu'elle n'eût appris à mettre en valeur ses traits massifs au lieu de les camoufler. La voyant braquer négligemment son miroir de poche sur les danseurs, il fut frappé par l'ample beauté de son bras et l'assurance négligée de son geste. Elle ignorait la nervosité et les chichis. Non, rien d'étonnant à ce qu'au moins sur le plan plastique, la Princesse mère eût discerné ses potentialités.

Nick Lansing passa une nuit blanche, l'œil sur son avenir. Il connaissait suffisamment la société vers laquelle dérivaient les Hicks pour deviner que la suggestion de l'aide de camp prendrait bientôt la forme d'une proposition directe. Lansing, étant le seul membre de l'entourage des Hicks avec qui l'on pût établir une communication intelligible, se verrait sans doute confier l'étape suivante des négociations. On l'inviterait, suivant la formule de l'aide de camp, à « tâter le terrain ». Car la politique de la maison des Teutoburg imposait manifestement à Leurs Altesses d'offrir à Miss Hicks, avec la main du souverain, l'occasion de regarnir leur trésor.

Que déciderait-elle ? Lansing n'en avait pas la moindre idée. Mais il soupçonnait qu'elle ferait dépendre son attitude pour une large part de celle qu'il adopterait. Il se sentait aussi désorienté à cet égard que le soir où, quatre mois auparavant, il avait quitté en coup de vent la chambre de sa femme à Venise pour sauter dans le train de nuit pour Gênes.

Tout son passé et sa propension, dont il se faisait gloire naguère, à vivre au présent et à cueillir les roses de la vie, lui rendaient maintenant l'action plus difficile. Il commençait à comprendre que jamais, même dans ses relations les plus intimes, il n'avait regardé plus loin que sa satisfaction immédiate. Il avait toujours jugé salutaire sa capacité à se consacrer si intensément à la plénitude de l'instant, au lieu de se ruer sur l'instant suivant, en quête de quelque chose de plus, de quelque chose d'autre, à la manière des gens trop scrupuleux ou trop peu imaginatifs qu'il englobait dans une égale commisération. Ce n'est qu'après avoir lié son sort à celui de Susy qu'il avait commencé à sentir le besoin de s'enraciner, de maîtriser son avenir pour s'y ancrer et y façonner ses besoins ou ses projets, jusqu'au moment où, de manière imperceptible, cet avenir s'était substitué à la plénitude de l'instant.

De ce présent, il ne restait que ruines, et le pouvoir de le rebâtir lui faisait défaut. Jamais il n'avait eu à en recoller les morceaux. Il se sentait comme un homme dont la maison a été démolie par un tremblement de terre et qui, faute de main-d'œuvre spécialisée, se voit contraint, pour la première fois, à manier la truelle et à porter des briques. Il ne savait tout simplement pas comment s'y prendre.

Il avait compris que la volonté n'était pas un instrument dont on pouvait soudain s'arroger la maîtrise, mais une vertu qui se bâtissait par touches imperceptibles, laborieusement, en une succession de minuscules efforts visant des objectifs précis, en affrontant les difficultés quotidiennes au lieu de les éluder avec astuce ou d'en déplacer le fardeau sur autrui. Fabriquer cette substance qu'on nomme le caractère constituait un processus à peu près aussi lent et ardu que la construction des pyramides, et l'ouvrage lui-même, à l'instar de ces imposants édifices, avait surtout mission de loger les générations à venir lorsqu'à leur tour elles seraient devenues poussière. C'était pourtant l'instinct pyramidal qui avait bâti le monde, construit l'homme et permis à ses joies fugitives de durer, comme les fresques pâlissantes s'attardent sur nos murailles impérissables...

IX

Après le dîner au Nouveau Luxe, les événements avaient suivi le cours prévu par Susy. Elle s'était engagée à consulter pour son divorce et Strefford l'avait embrassée. La promesse avait été plus facile à faire et le baiser moins difficile à recevoir.

Elle s'était rendue à ce repas avant que se fût effacée la mortification d'apprendre que son mari n'avait pas quitté les Hicks. Bien qu'elle en eût la certitude intérieure, cette confirmation l'avait secouée et elle avait mesuré pour la première fois l'abîme entre craindre et savoir. Rien d'étonnant à ce qu'il n'eût pas écrit – l'époux moderne n'y est nullement contraint. Le temps et la presse lui suffiraient à faire connaître ses intentions. Susy l'imaginait disant, comme naguère, lorsqu'elle lui rappelait une lettre en instance : « Mais il y a des tas de façons de répondre à une lettre – et il se trouve qu'écrire n'est pas la mienne. »

Eh bien, il avait répondu à sa façon, et elle l'avait reçue, sa réponse. Reposant le journal, un instant submergée de ténèbres, elle avait cru plonger à nouveau dans la détresse sans fond de sa terrible nuit blanche au palazzo Vanderlyn. Mais elle était lasse de l'angoisse. Son corps et ses nerfs, instinctivement avides de santé, s'y refusaient. La vague était épuisée et elle eut l'impression de repartir irrésistiblement à l'assaut de la lumière, de la jeunesse et de la vie. Il ne voulait pas d'elle ? Soit. Elle essaierait de ne pas vouloir de lui. Les expédients ne manquaient pas : le rouge pour ses lèvres trop blanches, l'atropine pour ses yeux trop flous, la robe neuve étalée sur son lit, l'image de Strefford et de ses invités qui attendaient son arrivée, les conclusions que les clients du Nouveau Luxe tireraient à les voir ensemble. Personne, Dieu merci, ne s'écrierait : « Pauvre vieille Susy – saviez-vous que Nick l'a larguée... » Ils diraient tous : « Pauvre vieux Nick ! Oui, bien sûr, elle a eu de la peine à s'en défaire, mais Altringham est fou d'elle, et il tient à l'épouser, alors, elle n'avait pas le choix ! »

Une fois de plus, les événements avaient suivi le cours prévu. L'apercevant à la table de Lord Altringham avec les Ascot et la vieille duchesse de Dunes, les intéressés ne purent s'empêcher de considérer ce dîner comme la confirmation des rumeurs concernant son mariage. Ellie avait raison. Les gens n'attendaient plus d'être parvenus au terme de leurs fastidieuses procédures de divorce pour annoncer leurs « fiançailles ». Au restaurant, Ellie avait d'ailleurs fait une entrée tardive de cygne languissant, couverte d'une profusion de perles et d'hermines, halant dans son sillage Algie Bockheimer avec qui elle s'était spectaculairement assise en tête à tête. Et elle avait tenu à manifester à Susy sa sympathie et son approbation. En fait, l'approbation fusait de tous les yeux, qui semblaient dire « Ah, voir Susy Lansing décrocher le pompon, quel spectacle ! »

Le dîner achevé, au moment où le groupe passait du restaurant au salon, elle saisit dans les sourires et les pressions de mains qui proliféraient autour d'elle un fumet à peine réprimé de congratulations officielles ; de son bras blême cerclé de jade, Violet Melrose, cantonnée dans un coin avec Fulmer, lui enjoignit de s'asseoir à sa table pour lui murmurer tendrement : « Terriblement astucieux, chérie, cette absence totale de bijoux ! »

Dans les yeux de toutes les femmes, Susy voyait étinceler l'éclat des joyaux qu'elle arborerait dès qu'elle le souhaiterait. C'était comme si leur scintillement lui était parvenu depuis la banque lointaine où ils reposaient dans les coffres des Altringham. Quelle idiote elle avait été de croire un instant que Strefford pourrait penser qu'elle s'en moquait !

L'ambassadrice, une perpendiculaire au visage désert, s'était montrée un peu moins affable que Susy l'eût souhaité, mais cela s'expliquait : sa fille, Lady Joan, était jolie, dangereusement jolie... tout le monde dans la pièce l'avait probablement compris. En revanche, la vieille duchesse de Dunes s'était montrée adorable ! On eût dit Strefford paré d'une perruque et de perles en toc, aussi fausses que ses dents, Susy en aurait juré. La vieille dame lui manifesta une cordialité qu'elle trouva plus inexplicable que la froideur de Lady Ascot, jusqu'au moment où, gagnant le hall, elle l'entendit chuinter à son neveu : « Streff, mon petit, lorsque tu auras une seconde pour me déposer à ma misérable petite pension, tu en profiteras pour m'expliquer en deux mots ce que je dois faire pour calmer ces épouvantables usuriers... et tu m'amèneras ta délicieuse Américaine, n'est-ce pas ?... Non, vois-tu, Joan Senechal est trop blonde... un peu insipide... »

Le palais de Susy recouvrait la saveur de cette vie délectable. Quelques jours plus tard, elle en était à se demander par quel processus l'image des caresses de Strefford avait pu l'inquiéter à ce point. D'abord, il n'en était pas prodigue. Mais surtout, leurs contacts, même lorsqu'il l'embrassait, étaient dénués d'importance. Une sorte d'anesthésie semblait avoir charitablement succédé à l'effarouchement de ses nerfs.

Ainsi se déroulerait le reste de sa nouvelle vie. Faute de réactions vives – de peine ou de plaisir –, l'absence de sensations tiendrait lieu de paix. En attendant, elle savourait ce qu'elle soupçonnait être la béatitude suprême aux yeux de la plupart des femmes de sa connaissance : des journées saturées de rendez-vous, l'exubérance des foules à la mode, le frisson de mettre le grappin sur le bijou, le bibelot ou le nouveau « modèle » que convoite votre meilleure amie, la jouissance de se voir inviter à une représentation privée ou à un spectacle exclusif auquel celle-ci n'aura pas accès. Il n'y avait rien qu'elle ne pût s'offrir. Toutes les portes lui étaient ouvertes. Elle n'avait qu'à choisir et clamer ses triomphes. Ces effervescences lui donnèrent un instant l'illusion de la joie.

Comme elle s'y attendait, Strefford reporta la date de son retour en Angleterre. Cela faisait maintenant près de trois semaines qu'ils menaient une relation pratiquement officielle. Elle s'était imaginé que la partie la plus facile consisterait, somme toute, à être avec Strefford. Qu'ils s'appuieraient sur leur amitié éprouvée pour gommer leur sentiment d'étrangeté. Mais, bien qu'elle se fût si vite habituée à ses caresses, son comportement lui semblait insolite. À certains moments, elle se demandait si c'était bien à ce bon vieux Strefford qu'elle avait affaire. Non que son point de vue eût changé, mais il avait de nouvelles occupations pour lesquelles il paraissait se passionner. Il tirait une satisfaction presque puérile de tous les petits côtés de sa promotion et, s'il se gaussait aussi bien de ses privilèges que de ses devoirs, c'était maintenant d'un rire jaloux.

C'est ainsi qu'il jubilait de se voir courtiser par tous ses détracteurs d'autrefois et qu'il s'amusait à regrouper à la même table des gens qui devaient ne pas s'offusquer d'être invités ensemble, sous peine de ne pas l'être du tout. Il prenait un plaisir fou à prodiguer au hasard la manne de ses faveurs à des êtres insipides et mal fagotés, au grand dam des brillants anticonformistes qui espéraient capter son attention. Il s'enchanta, par exemple, d'inviter conjointement la vieille duchesse de Dunes, Violet Melrose et le pasteur d'Altringham qui allait prendre un mois de vacances en Suisse et d'observer le visage de la femme du pasteur pendant que la duchesse racontait ses derniers démêlés avec ses bookmakers et ses prêteurs sur gages, tandis que Violet proclamait haut et fort qu'il était grand temps de restituer à l'Amour et au Génie les privilèges traditionnellement réservés aux Insipides Respectables.

Susy voulait bien admettre que ses propres divertissements ne relevaient pas d'un ordre nettement plus élevé, mais si elle s'y pliait, c'était faute de mieux, alors que Strefford, qui aurait pu agir selon son bon plaisir, se montrait ravi de ce genre d'exploits.

Mystérieusement, malgré les honneurs et les possibilités qui s'offraient à lui, il semblait avoir rétréci. Nul doute, le Strefford d'autrefois était d'une autre envergure, et elle se demanda si la prospérité matérielle marquait toujours le début d'une ossification. Strefford était infiniment plus drôle du temps qu'il vivait d'expédients. Maintenant, lorsqu'il se risquait à parler politique ou à émettre un avis péremptoire sur une question d'intérêt public, elle était frappée par ses limites. Lui qui, autrefois, quand il se sentait en terrain douteux, contournait la difficulté en multipliant les propos sans queue ni tête, ou les salves d'ironie facile, voilà qu'il devenait terne, sinon pompeux. Elle eut aussi l'occasion de constater qu'il ne s'y retrouvait pas toujours dans les conversations à plusieurs, ou au théâtre. Il n'arrêtait pas de répéter : « Untel parle-t-il indistinctement ou est-ce moi qui deviens sourd, je me demande ? », ce qui l'irritait, tant elle craignait d'y voir le reflet d'une infirmité mentale analogue.

Ces pensées ne la troublaient pas sans relâche. Le flot des passe-temps sur lequel ils glissaient tous les deux constituait leur élément naturel, et jamais son courant n'avait été aussi rapide, jamais ses vagues aussi porteuses. Avec Susy, il se montrait d'un tact et d'une déférence irréprochables. Elle comprit qu'il avait gardé souvenance de l'échange de regards apeurés qui avait suivi leur premier baiser, et le sentiment que cette source de compréhension continuait de sourdre en lui suffisait parfois à apaiser la soif qui la rongeait.

De façon quelque peu masculine, elle avait toujours mis son point d'honneur à tenir parole. Lui ayant promis d'entreprendre les démarches nécessaires à son divorce, elle s'y était promptement attelée. Une réticence soudaine l'empêcha de prendre langue auprès d'amies comme Ellie Vanderlyn, qu'elle savait plongée dans des négociations semblables, et la seule personne qu'elle jugeât, possible de consulter fut un jeune avocat américain établi à Paris, avec qui elle avait le sentiment qu'elle pourrait parler d'autant plus aisément qu'il n'était pas de New York et qu'il ignorait sans doute tout des aléas de sa carrière.

Elle était si profane en la matière qu'elle fut à la fois surprise et soulagée de sa discrétion, mais quel choc d'apprendre qu'une requête en divorce ne pouvait se fonder, ni à New York ni à Paris, sur l'interruption de la vie commune ou l'incompatibilité d'humeurs !

« Je croyais qu'aujourd'hui... quand les gens préféraient se séparer... on pouvait toujours s'arranger ! » balbutia-t-elle, stupéfaite que sa propre ignorance eût survécu au spectacle de tant de ruptures conjugales.

Le jeune avocat sourit et rougit légèrement, intimidé qu'il était par la grâce et plus encore par l'inexpérience de sa charmante cliente.

« En général, oui, reconnut-il, et particulièrement si... comme je crois le deviner... votre époux aspire également à...

— Oh, tout à fait ! s'écria-t-elle, soudain humiliée d'avoir à l'admettre.

— Eh bien, le mieux pour activer l'affaire serait peut-être que vous lui écriviez. »

Elle eut un léger recul. L'idée ne l'avait pas effleurée que les hommes de loi n'« arrangeraient » pas l'affaire sans qu'elle eût à intervenir.

« Lui écrire ?... mais à quel propos ?

— Eh bien, pour lui dire que vous désirez... retrouver votre liberté... Le reste, je suppose, peut être laissé à ses soins. »

Elle ne savait pas exactement ce qu'il voulait dire et était trop perturbée à l'idée d'avoir à communiquer avec Nick pour s'intéresser à une autre question. Comment pourrait-elle écrire pareille lettre ? mais comment avouer à l'avocat qu'elle n'avait pas le cœur de le faire ? Il l'inviterait *illico* à rentrer chez elle se réconcilier avec Nick. Elle réfléchit un instant, perplexe.

« Ne vaudrait-il pas mieux, suggéra-t-elle, que la lettre émanât de... de votre bureau ? »

Il envisagea poliment cette perspective : « *Grosso modo*, non ! Si, comme je le suppose, un arrangement à l'amiable est nécessaire pour établir la matérialité des faits, alors, un mot de vous proposant une rencontre me semble plus judicieux.

— Une rencontre ? La rencontre est-elle indispensable ? »

Elle avait honte de trahir son émoi devant ce jeune homme au sourire circonspect que devait surprendre son incompréhension puérile, mais sa voix se brisa de manière incontrôlable.

« Je vous en prie, écrivez-lui ! Cela m'est impossible, et le revoir est au-dessus de mes forces ! Ne pourriez-vous pas régler cela pour moi ? » supplia-t-elle.

Elle se rendit compte qu'elle avait imaginé le divorce comme un objet qu'on sort acheter – ou qu'on envoie chercher – dans une boutique, quelque chose de concret et de transportable dont l'argent de Strefford couvrirait les frais mais qui ne nécessiterait pas la moindre intervention personnelle. L'avocat devait la prendre pour une idiote ! Se raidissant, elle quitta son fauteuil.

« Ni mon mari ni moi ne souhaitons nous revoir... Je suis convaincue que ce serait inutile... et fort douloureux.

— Vous en êtes juge, bien entendu, mais, quoi qu'il en soit, une lettre amicale de votre part semble tout indiquée... compte tenu de la légèreté actuelle du dossier...

— Fort bien. S'il en est ainsi, j'écrirai », consentit-elle, avant de fuir si vite qu'elle entendit à peine l'injonction qu'il lui lançait de garder un double de sa lettre.

Elle écrivit le soir même. Peut-être eût-elle reculé au dernier moment si, au théâtre, le petit Breckenridge n'avait fait irruption dans sa loge. Il débarquait de Rome où il avait dîné avec les Hicks (« Un spectacle *du tonnerre* – ils sont *lancés*, faut voir... tu ne les reconnaîtrais pas ! ») et avait rencontré Lansing, qui, d'après lui, se proposait d'épouser Coral « dès que les choses seraient arrangées. » « Tu avais sacrément raison, hein..., ricana-t-il, la nuit de son départ, à Venise, l'an dernier. Nous, on croyait tous que tu plaisantais en parlant de leurs fiançailles ! Dommage, quand même, que tu aies bousillé notre visite-surprise chez les Hicks et envoyé Streff nous récupérer juste au moment où nous allions forcer leur porte ! Tu te rappelles ? »

Il avait jeté le « Streff » de son air léger et présomptueux d'autrefois, en glissant un petit regard de côté vers son hôte. Lord Altringham, se penchant vers Susy, demanda froidement « Breckenridge parlait de moi ? Je n'ai pas bien saisi ce qu'il disait ? Parle-t-il indistinctement – ou est-ce moi qui deviens sourd, je me demande ? »

Après cela, Susy trouva relativement facile, Strefford l'ayant déposée à son hôtel, de monter dans sa chambre pour rédiger la lettre. D'une plume véloce, elle inscrivit la date et son adresse, puis s'arrêta. Le souvenir du gloussement de Breckenridge lui revint et un flot de paroles s'échappa de sa plume.

Cher Nick, c'est en juillet que tu m'as quittée, à Venise, et je n'ai pas reçu un mot de toi depuis la note où tu disais que tu partais quelques jours et que j'aurais bientôt de tes nouvelles.

Tu n'as toujours pas écrit, et cela fait cinq mois que tu m'as quittée. Cela signifie, je suppose, que tu entends reprendre ta liberté et me rendre la mienne. Ne serait-il pas plus généreux de m'en informer, dans ce cas ? Rien ne saurait être pire que de continuer comme cela. Je ne sais comment dire – mais puisque tu sembles ne pas souhaiter m'écrire, peut-être préféreras-tu envoyer ta réponse à Mr Frederic Spearman, l'avocat américain de Paris. Son adresse, 100, boulevard Haussmann. J'espère...

Elle broncha sur ce mot. Espérer ! Qu'espérait-elle, pour lui, pour elle ? Lui souhaiter bien du bonheur aurait des allures de sarcasme – et elle préférait impartir à sa lettre un parfum d'amertume plutôt que de brutalité. Surtout, elle brûlait d'en finir. Avoir à réécrire ne serait-ce que ces quelques lignes serait une torture. Elle laissa donc : *j'espère*, et se contenta d'ajouter : *apprendre sous peu ta décision.* »

Elle relut sa missive et frissonna. Pas un mot du passé. Pas une seule allusion au mystérieux entrelacement de leurs vies qui les avait enclos l'un dans l'autre comme la fleur dans son fourreau. Quelle place revêtaient de tels souvenirs dans une correspondance de cet ordre ? C'était un peu comme si elle avait voulu cacher cet autre Nick dans son sein et, avec lui, l'autre Susy, la Susy dont il s'était formé l'image... La présente affaire ne les concernait ni l'un ni l'autre.

La lettre achevée, elle fixa d'un œil rond l'enveloppe scellée, dont la présence lui devint bientôt intolérable. Elle comprit qu'elle devait soit la déchirer, soit la poster séance tenante. Elle descendit dans le hall de l'hôtel assoupi et soudoya le portier de nuit pour qu'il la mît à la poste la plus proche, malgré ses protestations : à cette heure, cela ne gagnerait pas de temps. « Je tiens à que cette lettre parte tout de suite », insista-t-elle, et, farouche, elle attendit avec un visage de marbre, près du bureau, en robe de chambre, qu'il eût rempli sa mission.

En rentrant dans sa chambre, elle fut frappée par le désordre qui régnait sur sa table et se rappela l'injonction de l'avocat. Garder un double de sa lettre ! Un double pour le dossier *Lansing contre Lansing !* Elle éclata de rire. De quoi étaient faits les hommes de loi, se demanda-t-elle ? L'homme n'avait-il pas deviné, à voir son regard, à entendre sa voix, que jamais de sa vie, elle n'en oublierait un seul mot – que, nuit après nuit, elle resterait des heures, comme aujourd'hui, les yeux écarquillés dans les ténèbres, pendant qu'une voix monotone martèlerait dans son crâne : « Cher Nick, c'est en juillet que tu m'as quittée... », et ainsi de suite, mot après mot, jusqu'aux ultimes syllabes dont dépendait son destin.

X

Strefford partait pour l'Angleterre.

Sitôt assuré que Susy avait entamé les démarches indispensables à sa libération, il la considéra franchement comme sa promise et ne vit plus de raison d'en faire mystère. Elle comprenait son impatience à arrêter leurs plans. Cela le protégerait de la formidable menace qui pèse sur les hommes à marier et inciterait les gens, comme il disait, à cesser de fourrer leur nez dans ses affaires. Maintenant que s'élimait la nouveauté de sa situation, son indolence naturelle reprenait le dessus et sa pire terreur était d'avoir à se méfier des innombrables plans que n'arrêtaient pas de concocter pour lui des gens qui lui voulaient du bien. Susy se demandait parfois si, en l'épousant, il ne se contentait pas de suivre la ligne de moindre résistance.

« M'épouser est la solution la plus facile pour ne pas épouser toutes les autres », lui dit-elle en riant, alors que, dans une allée tranquille du bois de Boulogne, il insistait pour régler divers préliminaires. « Je crois que je te sers surtout de bouclier. »

Une étrange lueur filtra dans ses yeux, et elle devina aussitôt qu'il pensait : « Et que suis-je d'autre pour toi ? »

Elle blêmit et il répliqua, en riant lui aussi : « En tout cas, tu me sers au moins à cela, Dieu merci ! »

Elle réfléchit avant de lui demander : « Mais en attendant, comment vas-tu te protéger un an de plus ?

— Ah, ce sera à toi d'y veiller ! Il va falloir que tu prennes une bicoque à Londres. Tu vas avoir à t'occuper de moi, sais-tu ? »

La réplique qu'elle avait sur le bout de la langue faillit lui échapper : « Bah, si c'est ta seule préoccupation ! » Mais c'était précisément le souci qu'elle tenait, si possible, à bannir de leur conversation et de leurs pensées. Elle ne pouvait pas lui demander à quel point il se souciait d'elle sans s'exposer à la même question grosse de terreurs. En fait, bien que Strefford ne fût pas le plus fougueux des soupirants – par tact, par tempérament ou tout simplement parce que sa longue pratique du dénigrement le poussait à démanteler tout ce qui relevait du sentiment ou de la conviction –, elle savait qu'il se souciait d'elle autant qu'il était capable de se soucier de quiconque. L'habitude entrait certes pour une large part dans cette affection. Il l'aimait surtout parce qu'il la connaissait par cœur – ses opinions, ses petits plaisirs, ses tolérances – et parce qu'il savait qu'avec elle, il ne risquait jamais de s'ennuyer, qu'elle risquait même souvent de l'amuser ; et, en somme, ces ingrédients, sans être d'une ardeur extrême, étaient sans doute les plus susceptibles de maintenir sa tendresse à une température agréable. Elle avait tâté des tropiques et il lui fallait un climat plus amène. Mais l'idée d'avoir à attiser délicatement sa flamme l'espace d'une année lui paraissait indiciblement déprimante. Voilà précisément ce qu'elle n'aurait su lui dire. La longue période probatoire durant laquelle elle devrait le distraire, le protéger, le garder et tenir les autres femmes en respect, était un élément intrinsèque de leur situation. Elle ne doutait pas de sa capacité à « décrocher le pompon », comme disait le petit Breckenridge, mais elle préférait ne pas y penser. L'idéal eût été de pouvoir partir n'importe où, et de ne revoir Strefford qu'au lendemain de leurs noces, mais cela non plus, elle n'osait pas le lui dire.

« Une bicoque à Londres ? » L'idée la surprenait.

« Tu as forcément besoin d'un toit, non ? »

Il prit place sur le banc où elle s'était assise. « Si tu m'aimes assez pour vivre à Altringham un jour, tu accepteras bien, en attendant, que je te fournisse un lieu plus petit et plus commode. »

Elle hésitait encore. L'autre branche de l'alternative, elle le savait, consisterait à vivre aux crochets d'Ursula Gillow, de Violet Melrose ou d'une autre de ses riches amies, qui ne seraient que trop heureuses de prodiguer l'hospitalité la plus libérale à la future Lady Altringham. À la longue, ce genre d'arrangement ne serait pas moins humiliant pour son orgueil, ni moins destructeur pour son indépendance, que le petit pied-à-terre que lui proposait Altringham. Elle choisit néanmoins de temporiser : « J'irai à Londres en décembre, je descendrai chez des amis ; ensuite, nous aviserons.

— Très bien, comme tu voudras ! » Visiblement, il jugeait ses tergiversations ridicules, mais il était tellement ravi qu'elle eût entamé la procédure de divorce que sa dérobade n'était pas de nature à le refroidir.

« Et maintenant, écoute, ma chère ! Est-ce que je ne pourrais pas t'offrir une sorte de bague ?

— Une bague ? » La suggestion la fit rougir. « Mais pour quoi faire, mon cher Streff ? Avec tous ces bijoux qui sont sous clé à Londres ?

— Oh, tu risques de les trouver très vieux jeu et puis, bon Dieu, pourquoi ne t'offrirais-je pas du neuf ? J'ai croisé Ellie et Bockheimer hier, rue de la Paix, qui choisissaient des saphirs. Qu'est-ce que tu préfères, les saphirs ou les émeraudes ? Un simple diamant ? J'en ai vu un du tonnerre ! J'aimerais qu'il te revienne. »

« Ellie et Bockheimer ! » Comme elle haïssait la conjonction de ces deux noms ! Leur histoire lui donnait toujours l'impression de caricaturer la sienne et elle éprouvait une rancœur irraisonnée contre Ellie, qui avait élu la même saison qu'elle pour se désaccoupler et se réaccoupler.

« Cela m'ennuie que tu me parles de ces deux-là, Streff... comme s'ils nous ressemblaient ! Je supporte à peine d'être assise dans la même pièce qu'Ellie Vanderlyn.

— Oh, là là ! Que se passe-t-il ? Tu veux dire parce qu'elle a abandonné Clarissa ?

— Pas seulement... Tu ne sais pas... Je ne peux pas te raconter... » Elle frissonna à ce souvenir et se dressa tout agitée.

Strefford haussa les épaules avec son insouciance habituelle. « Allons, ma chère, tu peux difficilement me demander de t'approuver. Après tout, c'est à Ellie que je dois la chance d'avoir passé tant de temps à Venise avec toi. Si elle et Algie n'avaient pas prolongé leur lune de miel à la villa... »

Il s'interrompit brusquement pour la regarder. Elle sentit toutes les gouttes de son sang déserter son visage puis refluer de son cœur et la quitter comme s'il lui avait tranché les artères, jusqu'au moment où elle eut l'impression qu'il ne restait de vivant en elle qu'un point de douleur irréductible.

« Ellie – dans ta villa ! Que veux-tu dire ? C'étaient Ellie et Bockheimer qui... »

Strefford, sidéré, la dévisagea : « Tu veux dire que tu ne savais pas ?

— ... qui ont pris notre suite, à Nick et à moi ? insista-t-elle.

— Mais enfin, pourquoi crois-tu que je vous aurais mis à la porte sans cela ? Cette petite canaille de Bockheimer m'a noyé dans le Pactole. En tout cas, je n'aurai plus jamais besoin de louer la villa, c'est toujours ça de pris. Je l'aime bien, cette baraque, et de temps en temps, on pourrait y passer un jour ou deux, non ?... Susy, qu'est-ce qui t'arrive ? »

Elle lui rendit son regard de stupeur, mais sans le voir. Tout tournait et dansait devant ses yeux. « C'est donc *là* qu'elle était pendant que je postais toutes ces lettres à sa place !

— Ses lettres ? quelles lettres ? Tu as l'air toute chamboulée. »

Elle poursuivit sur sa lancée, comme s'il n'avait rien dit. « Elle et Algie Bockheimer y sont arrivés le jour de notre départ à Nick et à moi ?

— Je suppose. Je croyais qu'elle te l'avait dit. Ellie raconte toujours tout à tout le monde !

— Elle aurait bien aimé, mais je ne l'ai pas laissée faire.

— Eh bien, ma chère, je n'y suis pour rien... encore que je ne voie vraiment pas... »

Mais Susy, encore aveugle à tout sauf à la danse des étincelles soûles qui lui emplissaient les yeux, poursuivit comme si elle ne l'avait pas entendu. « Alors, c'est dans leur auto que nous avons gagné Milan ! C'était l'auto d'Algie Bockheimer ! » Elle ne savait pas pourquoi, mais elle voyait là le détail le plus humiliant de cette détestable affaire. Elle se rappela la répugnance de Nick à utiliser cette automobile. Elle se rappela son regard lorsqu'elle s'était vantée de s'être « débrouillée ». Elle eut un haut-le-cœur.

Strefford éclata de rire : « Ben, dis donc ! Vous avez emprunté leur auto sans savoir à qui elle appartenait ?

— Comment l'aurais-je su ? J'ai graissé la patte au chauffeur... juste un petit pourboire... histoire d'économiser le billet de train jusqu'à Milan... Les surplus de bagages coûtent un prix fou en Italie.

— Cette bonne vieille Susy ! Bien joué ! Je te vois en train de le convaincre !

— C'est horrible ! oh, c'est horrible ! gémit-elle.

— Horrible ? qu'y a-t-il là d'horrible ?

— Mais que tu ne voies pas... que tu ne sentes pas... » commença-t-elle impétueusement avant de s'arrêter net. Comment lui expliquer que sa révulsion ne venait pas tant du fait qu'il eût confié la petite maison, dès que Nick et elle eurent tourné le dos, précisément à ces deux-là entre mille autres – encore que la vision de ce faux couple dans cet adorable refuge sous les platanes de la terrasse laissât comme un sillage de bave sur leurs heures dorées –, mais surtout de l'idée que Strefford, jouissant de l'hospitalité luxueuse de Nelson Vanderlyn, eût au même moment favorisé en secret les amours clandestines d'Ellie Vanderlyn et lui eût permis – contre une coquette somme – de les abriter sous son toit ? Le reproche tremblait sur ses lèvres, mais elle se rappelait son propre rôle dans cette pitoyable péripétie, l'impossibilité de l'avouer à Strefford et de lui révéler que c'était cet incident qui était à l'origine du départ de Nick. Elle ne craignait pas que cette révélation la diminuât aux yeux de Strefford : il était imperméable aux problèmes moraux et capable de dissoudre son aveu dans un ricanement en se gaussant de « Nick dans son nouveau rôle de moraliste ». Mais c'était précisément ce qu'elle ne pouvait supporter. Que quelqu'un jetât un doute sur l'authenticité des exigences de Nick ou sût combien elle avait failli à les satisfaire.

Elle garda le silence. Quelques instants après, Strefford la fit asseoir doucement sur le banc à ses côtés. « Susy, franchement, je ne comprends pas où tu veux en venir ! Après qui en as-tu ? Après moi ou après toi ? Et qu'est-ce que c'est que toute cette histoire ? Cela te dégoûte que j'aie prêté la villa à un couple adultère ? Mais, bon Dieu, ils étaient prêts à payer des fortunes et il fallait bien que je gagne ma vie d'une façon ou d'une autre ! On ne tombe pas sur des jeunes mariés tous les jours ! »

Elle leva les yeux vers son visage dérouté, incrédule. Pauvre Streff ! Non, elle ne lui en voulait pas. À quel titre, d'ailleurs ? Même cette confidence malencontreuse ne lui avait rien appris de neuf sur sa personnalité. Elle n'avait fait que remettre en lumière, une fois de plus, le point de vue réel du milieu où ils évoluaient, l'un comme l'autre, soulignant à quel point la différence était superficielle : il sentait comme eux, jugeait comme eux, était aveugle comme eux – comme on exigerait qu'elle soit lorsqu'elle aurait repris sa place parmi eux. À quoi bon être placé par la fortune au-dessus de ce genre de manigances et de veuleries, si, au fond de son cœur, on continuait de pactiser avec elles ? Et elle y serait forcément contrainte, elle apprendrait à chanter au diapason de la meute, à devenir aussi blasée que les autres, et, petit à petit, elle finirait par s'étonner de sa propre révolte, comme Strefford s'en trouvait honnêtement estomaqué aujourd'hui. Elle avait l'impression d'être sur le point de perdre un trésor à peine découvert, un trésor qui n'avait de prix que pour elle, mais à côté duquel tout ce qu'il lui offrait n'était rien. La revanche de son orgueil blessé, rien, l'assurance d'un avenir sans épines, rien...

« Enfin, quoi, Susy ? » souffla-t-il avec la même douceur désorientée.

Ah, quelle solitude ! Jamais elle ne pourrait lui faire comprendre. Sa solitude avait été immense lorsque le glaive flamboyant de l'indignation de Nick l'avait expulsée de leur paradis, mais dans cette douleur courait encore le fil d'une impitoyable jouissance. Nick ne lui avait pas révélé des vérités nouvelles. Il avait réveillé en son âme quelque chose qui y gisait inconsciemment, sous les alluvions de décennies d'indifférence. Cette conscience resurgie ne l'avait pas quittée depuis. C'est même elle qui l'avait en un sens préservée de la solitude absolue, dans la mesure où il s'agissait d'un secret partagé avec Nick, d'un don qu'elle lui devait, et qu'il n'aurait su lui reprendre en partant. Elle eut soudain l'impression que c'était presque comme s'il l'avait laissée enceinte.

« Ma chère petite, murmura Strefford, avec un regard résigné à sa montre, tu sais que nous dînons à l'ambassade... »

L'ambassade ! Elle le considéra d'un œil flou avant de se rappeler. Oui, ils étaient attendus à dîner chez les Ascot, avec le cousin de Strefford, le duc de Dunes, et son épouse, la belle, jeune et irréprochable duchesse, plus la duchesse douairière, cette joueuse impénitente que son fils et sa belle-fille étaient venus voir de l'autre côté de la Manche, sans parler des autres invités, anglais ou français, de rang et de condition tout aussi honorables. Elle savait que son inclusion dans ce genre de dîner ne pouvait signifier qu'une chose : sa reconnaissance définitive en tant que future épouse d'Altringham. Elle était « la petite Américaine » qu'il fallait bien inviter avec lui, même dans des circonstances solennelles. La famille l'avait acceptée. L'ambassade ne pouvait qu'emboîter le pas.

« Il se fait tard, ma chérie, et j'ai encore quelqu'un à voir pour affaires, lui rappela Strefford patiemment.

— Oh, Streff ! – je ne peux pas, je ne peux pas ! » Les mots lui échappaient sans qu'elle pût les comprendre.

« Je ne peux pas t'accompagner ! Je ne peux pas aller à l'ambassade ! Je ne peux pas continuer ! »

Elle chercha à croiser son regard en une prière désespérée. « Comprends, je t'en supplie, comprends-moi ! » gémit-elle tout en sachant qu'elle demandait l'impossible.

Le visage de Strefford avait pâli puis durci. De jaunâtre, il était passé à un blanc lugubre et des lignes de résistance obstinée s'étaient creusées entre ses sourcils ironiques comme autour de sa bouche badine et désarmée.

« Comprendre ? Qu'est ce que tu veux que je comprenne ? » Il rit. « Que tu essaies déjà de me larguer ? »

Elle se raidit sous le sarcasme du *déjà !* mais se rappela aussitôt qu'elle aurait dû s'y attendre, puisque c'était précisément parce qu'il ne pouvait pas comprendre qu'elle le fuyait.

« Oh, Streff ! si je savais comment t'expliquer !

— Peu importe le comment. Est-ce cela que tu essaies de m'expliquer ? »

Elle baissa la tête. Les rafales du vent d'hiver dissipèrent dans l'allée l'amas des feuilles mortes entassées à ses pieds.

« Pour moi, reprit-il en s'éclaircissant la voix avec un sourire crispé, la raison compte moins que le fait. »

Elle demeura muette, crucifiée par la douleur qui le torturait. « Pourtant, se dit-elle, il s'est rappelé le dîner à l'ambassade » ; et cette idée lui donna le courage de continuer.

« Ça ne collerait pas, Streff ! je ne suis pas du tout le genre de personne qui te rendrait heureux !

— Oh, laisse-moi en décider, veux-tu ?

— Non, impossible. Parce que, moi aussi, je serais malheureuse... »

Il décocha un coup de pied aux tourbillons de feuilles mortes.

« Il t'en a fallu du temps pour t'en apercevoir ! » C'était donc la certitude nouvelle d'être de ceux qui comptent qui le faisait souffrir, plus que son affection blessée. Elle puisa dans cette idée un regain de courage.

« Si j'ai mis du temps, raison de plus pour ne pas traîner. L'erreur que j'aurais commise, c'est toi qui en aurais pâti.

— Merci pour ton extrême sollicitude ! » grinça-t-il.

Elle lui jeta un regard mêlé d'impuissance et de désespoir,

avec la conviction qu'ils étaient désormais inaccessibles l'un à l'autre. Puis elle se rappela qu'au cours de leur dernière discussion, Nick lui avait paru tout aussi inaccessible, et elle se demanda si, lorsque des âmes tentent de s'approcher trop près l'une de l'autre, elles ne deviennent pas, inévitablement, de simples taches floues dans l'œil de l'autre. Elle eût aimé pouvoir le dire à Streff, mais cela non plus, il ne l'aurait pas compris. Le sentiment de sa solitude l'enveloppa, une fois de plus. Elle chercha en vain une parole capable de l'atteindre.

« Laisse-moi rentrer seule, tu veux bien ? pria-t-elle.

— Seule ? »

Elle acquiesça. « Demain... demain... »

Il essaya vaillamment de sourire.

« Au diable demain ! Ce n'est pas parce que tout déraille que je ne vais pas te raccompagner ! » Il jeta un regard au taxi qui les attendait à l'extrémité de l'allée déserte.

« Non, merci ! tu es pressé. Prends le taxi. J'ai un besoin fou d'une longue, longue marche solitaire... les rues... les lampadaires qui s'allument. »

Il lui posa la main sur le bras « Dis voir, chérie, tu n'es pas malade ?

— Non, je ne suis pas malade, mais ce sera une bonne raison à leur donner, ce soir à l'ambassade. »

Il la lâcha et recula d'un pas.

« Soit ! » répliqua-t-il froidement, et à l'entendre, elle comprit que le nœud était tranché et qu'il s'en fallait de peu qu'il ne la haïsse. Elle se détourna, fila le long de l'allée déserte, le fuyant et sachant dans sa fuite qu'il était toujours là, debout, immobile, fixant sur elle un regard où se mêlaient stupeur, souffrance, humiliation et incompréhension. Ce n'était pas leur faute, ni à lui, ni à elle...

XI

Fuyant vers les lumières de la ville, elle eut le sentiment qu'un souffle de liberté courait sur son visage.

L'épuisant fardeau des hypocrisies accumulées ces derniers mois venait de se détacher d'elle. Elle était redevenue elle-même, la Susy de Nick et de personne d'autre. Elle accéléra le pas, fixant de ses grands yeux étonnés et fiévreux les façades imposantes du quartier de la Muette, les rangées d'arbres dénudés, l'éclat naissant des vitrines qui déployaient sous son regard toutes les choses qu'elle ne serait plus en mesure d'acheter.

Dans une avenue commerçante, elle s'arrêta devant une boutique de modiste et se dit : « Pourquoi ne gagnerais-je pas ma vie à orner des chapeaux ? » Elle croisa des midinettes qui sortaient d'une porte cochère et s'égaillaient en direction des tramways et des omnibus. Elle regarda avec un intérêt nouveau leurs visages fatigués mais indépendants. « Pourquoi ne gagnerais-je pas ma vie aussi bien qu'elles ? » pensa-t-elle encore. Un peu plus loin, elle dépassa une sœur de charité qui trottinait doucement, le regard anonyme et serein, les mains enfouies dans ses vastes manches. Susy la dévisagea et songea : « Rien ne m'empêche d'entrer dans les ordres. Je n'aurais pas de soucis d'argent, et je trotterais de-ci de-là, sous ma cornette blanche, courant à l'aide des pauvres gens. »

Tous ces inconnus qu'elle gratifiait d'un sourire en passant et sur qui elle posait un regard d'envie ignoraient les besoins dont elle était l'esclave, et seraient tombés des nues si elle leur avait dit qu'il lui fallait tant pour ses robes, tant pour ses cigarettes, tant pour le bridge, les taxis, les pourboires et les extras de tout genre, et qu'en ce moment même elle était censée rentrer en hâte pour dîner à l'ambassade de Grande-Bretagne où ses titres permanents à cette sorte de luxe devaient être solennellement reconnus et ratifiés.

L'aspect artificiel et irréel de sa vie la submergea, pour ainsi dire, de ses étouffantes exhalaisons. Elle s'arrêta à un carrefour, respirant à grandes lampées, comme si elle avait couru. Puis, lentement, au hasard, elle se mit à déambuler le long d'une rue qui conduisait à l'avenue du Bois, bordée de maisonnettes enfouies dans des jardins humides. Enfin, elle s'assit sur un banc. Non loin, l'Arc de Triomphe dressait son auguste carrure et, par-delà, un fleuve de lumière s'écoulait vers Paris. L'émoi du cœur de la cité troubla brièvement le calme de son sein. Tout se passait comme si elle avait vu tout cela depuis l'autre côté de la tombe. Elle se leva et descendit les Champs-Élysées à demi déserts aux heures creuses qui séparent la tombée de la nuit de l'heure du dîner, et elle eut l'impression que l'avenue scintillante engloutie de silence méritait enfin sa dénomination spectrale. Comme si Susy n'avait plus été qu'une ombre parmi les ombres.

À mi-chemin de chez elle, frappée d'esseulement, elle s'assit sous les platanes, aux abords du Rond-Point. Des files d'autos et d'équipages commençaient d'animer les avenues convergentes, sur plusieurs rangs, se croisant, embobinant et débobinant les fils de leur pelote dans un enchevêtrement que précipitait la quête du plaisir. Elle vit la lumière ricocher sur les bijoux, les plastrons et les yeux de rocaille ennuyés que révélait le ressac des flots indécis de fourrures ou de velours. Elle crut distinguer les propos échangés par ces couples. Elle se figura les salons, les restaurants, les dancings vers lesquels ils se ruaient, portés par le courant de la routine au souffle court, gobés par les aspirateurs du temps avec la poussière des roues de leurs véhicules. Et, une fois encore, la solitude s'évanouit, la laissant délivrée, heureuse.

Au coin de la place de la Concorde, elle marqua le pas, reconnaissant un homme en tenue de soirée qui hélait un taxi. Leurs yeux se croisèrent et Nelson Vanderlyn s'avança. Il était la dernière personne qu'elle tînt à rencontrer. Aussi eut-elle un mouvement de recul involontaire. Que savait-il ? Qu'avait-il deviné de sa connivence avec son épouse adultère ? Ellie lui avait sans doute déjà révélé les dessous de l'histoire. Cette pie était tout à fait de taille à confier ses petites affaires à son mari comme à n'importe qui d'autre, maintenant qu'elle avait décroché son Bockheimer.

« Eh bien, eh bien, je t'y prends ! Heureux de te voir, ma petite Susy ! » Elle trouva sa main cordialement pressée dans celle de Vanderlyn, dont le visage rond et rose s'inclinait vers elle avec son urbanité traditionnelle. Rien n'avait donc d'importance dans le monde qu'elle fuyait ? Personne n'éprouvait ni amour ni haine dans cet univers sans mémoire ?

« Je ne t'imaginais pas à Paris ! Je viens juste d'y débarquer ! » poursuivait Vanderlyn, visiblement ravi de la rencontre. « Tu ne serais pas au chômage ce soir, par hasard. Je crains que ça ne te dise rien de venir réconforter un vieux célibataire délaissé, hein ? Si ? Vraiment ? Eh bien, je suis verni, pour une fois ! Alors, où va-t-on ? Un de ces endroits où l'on danse, je présume ! Oui, il m'arrive encore de gambiller de temps à autre. Faut bien courir avec son époque ! Hep, taxi ! Voilà – je te raccompagne d'abord et j'attendrai que tu sautes dans tes frusques. Rien ne presse ! » Pendant qu'il l'escortait vers le véhicule, elle remarqua qu'il boitait à la manière d'un goutteux et qu'il avait du mal à se tenir à son niveau.

« Est-ce que je pourrais venir telle quelle, Nelson ? Je n'ai pas très envie de danser. Si on allait dîner dans un de ces gentils petits restaurants enfumés du côté de la place de la Bourse ? »

Il sembla surpris mais soulagé par sa proposition, et la voiture démarra. Chez Baugé, ils trouvèrent une table de coin tranquille qu'un paravent masquait aux autres clients, et, pendant que Vanderlyn ajustait son lorgnon pour étudier la carte, Susy glissa un long regard sur sa personne. Il était tiré à quatre épingles, avec peut-être encore un peu plus de soin que d'habitude, et elle détecta, dans sa montre-bracelet ultra-plate et ses boutons de gilet discrètement dispendieux, un effort d'élégance tout à fait nouveau. Son visage avait subi une métamorphose analogue. Il avait, pour ainsi dire, repassé son allure familière d'optimisme un peu las, pour l'harmoniser avec sa tenue, comme si une sorte de cosmétique moral l'avait rendu plus rose, plus luisant, plus pimpant, sans vraiment le rajeunir. Il avait tendu un frêle voile d'allégresse sur son visage de la même façon qu'il avait adroitement rabattu les mèches brillantes de ses cheveux sur son crâne dégarni.

« Hep, carte des vins, garçon ! Quelle est ta marque de champagne, Susy ? » Il sélectionna avec un soin maniaque le meilleur choix du caviste en bougonnant contre la cuisine bourgeoise. « Délicieux dans son genre, aucun doute, mais un rien vulgaire, non ? Bon, peu importe... ça me changera heureusement de la cuisine du Luxe. Une nouvelle sensation... Je raffole des sensations nouvelles... pas toi, ma chère ? »

Il remplit leurs coupes, glissa un bras en travers de sa chaise et lui adressa un sourire de bienveillance brumeuse.

Champagne aidant, ses confidences coulèrent à flots.

« Suppose que tu sais pourquoi je suis là – cette histoire de divorce... On voulait faire ça en douce, sans histoires, et, bien entendu, Paris est l'idéal pour ce genre d'opérations... Chacun sa vie, personne ne pose de questions, pas de torchons à scandale comme chez nous, fantastique, la France... Se paient pas d'hypocrisie, ici... ils comprennent la vie ! »

Susy, stupéfaite, le regardait et l'écoutait. Elle se rappelait que les gens étaient convaincus que Nelson ferait un scandale en découvrant le pot aux roses. Il avait toujours eu une propension marquée pour les gaudrioles salaces sur les femmes infidèles, et la formule même de son rite d'interpellation : « Je vous y prends ! hein ! » semblait indiquer qu'il était constamment préoccupé par ce thème. Mais, de toute évidence, à l'instar de tant d'autres, il avait avalé la pilule, comme on dit. Les tourmentes de l'indignation ne l'avaient à aucun momentanément soulevé au-dessus de sa stature normale. Il restait un petit homme parmi les petits hommes, et l'ardeur qu'il apportait à rebâtir sa vie, à grand renfort d'optimisme souriant, la fit songer à la patience industrieuse d'une fourmi reconstruisant sa demeure dévastée.

« Je vais te dire : c'est quelque chose, cette liberté ! Tout change de nos jours. Pourquoi le mariage y échapperait ? Un homme peut se séparer de son associé du jour au lendemain, mais les pasteurs veulent nous passer la corde au cou pour la vie, une corde pour deux, tout cela parce qu'un jour on est entré en flageolant dans une église, et qu'on a dit « oui » à un de leurs collègues. Ah, non, c'est trop facile ! Nous n'en sommes plus *là* ! La science et toutes ces découvertes... Moi je dis, les Dix Commandements ont été faits pour l'homme et pas l'homme pour les Dix Commandements. De toute façon, il n'y a pas un mot dedans sur le divorce. C'est ce que j'arrête pas de répéter à ma pauvre vieille mère qui fonde tout sur sa Bible : vas-y, montre-moi où c'est dit : *En divorce, de requête n'introduiras !* Ça la rend folle, la pauvre femme, parce qu'elle n'y arrive pas, elle n'arrive pas à comprendre comment ils ont fait pour oublier de mettre ça dans la loi ! Moi, ce que je pense, c'est que Moïse n'en a pas causé parce qu'il s'y connaissait plus en nature humaine que ces morveux de pasteurs d'aujourd'hui. Encore que, si on examinait leur vie de près... mais je m'en moque. Chacun sa vie, hein, Susy ? Tout le monde a le droit à ses *affinités* ! J'ai entendu dire que toi-même, tu suis notre exemple ! Magnifique ! Je ne te cacherai pas que je l'ai vu venir, l'été dernier à Venise. Je vous y ai pris, hein, pour ainsi dire ? Le vieux Nelson n'est pas aussi aveugle que les gens s'imaginent. Allez, on s'en débouche une autre à la santé de Streff et de Mrs Streff ! »

Elle intercepta la main qu'il avait levée pour faire signe au sommelier. Ce Nelson en goguette jacassant comme une pie lui paraissait plus poignant qu'une figure héroïque. « Assez de champagne, s'il vous plaît, Nelson ! D'ailleurs, ajouta-t-elle soudain, ce n'est pas vrai ! »

Il en resta pantois.

« Pas vrai que tu vas épouser Altringham ?

— Non.

— Dieu de Dieu – mais alors, pourquoi as-tu largué Nick ? Ce n'est donc pas une histoire d'affinités, ma chère ? »

Elle éclata de rire et secoua la tête.

« Tu veux me dire que c'est Nick le fautif ?

— Je ne sais pas. Si on parlait de vous à la place. Nelson, je suis ravie de vous voir de si bonne humeur. Je craignais... »

Il l'interrompit aussitôt. « Tu croyais que j'allais me donner en spectacle, tirer deux, trois coups de feu... Je sais, les gens s'y attendaient. » Il tortilla sa moustache, tirant une évidente fierté de sa réputation. « Eh bien, peut-être qu'effectivement j'ai vu rouge un jour ou deux – mais ce qui me caractérise, d'abord et avant tout, c'est l'amour de la sagesse et, avant de me lancer dans la banque, j'ai bâti et perdu deux fortunes, là-bas dans l'Ouest. Et sais-tu comment je les ai reconstruites ? Pas en tirant sur X ou Y – même pas sur moi-même. Non, je me suis craché dans les mains et je me suis remis à la tâche à partir de zéro. Voilà comment... et maintenant, pareil... je repars de zéro. » Sa voix chuta de la rodomontade à la mélancolie. La bravade exténuante qui lui lissait les traits tomba comme un masque, et elle entrevit un instant l'homme véritable, vieux, détruit, solitaire, seul. Oui, c'était cela : il était seul, désespérément seul, pataugeant dans un tel océan de solitude que la moindre présence resurgie du passé lui était comme un bout de mât à quoi se raccrocher. Quoi qu'il sût ou devinât du rôle qu'elle avait joué dans son désastre, ce n'était pas par indifférence brutale qu'il l'avait saluée avec une chaleur si généreuse ; ce qui l'y avait incité, c'était le sentiment de sa petitesse, de son insignifiance et de son isolement, celui-là même dont les brumes réfrigérantes flottaient en permanence sur son propre horizon. Soudain, elle aussi se sentit vieille et indiciblement lasse.

« Ça a été chouette de vous voir, Nelson, mais il faut que je rentre. »

Il ne souleva aucune objection, demanda l'addition, retrouva son apparence de morgue pour distribuer des largesses au personnel, et lui emboîta nonchalamment le pas, après avoir appelé un taxi.

Ils roulèrent en silence. Susy pensait : « Et Clarissa ? » sans oser poser la question. Vanderlyn alluma une cigarette et se mit à fredonner un air de danse en regardant par la vitre. Soudain, elle sentit sa main se poser sur la sienne.

« Susy – il t'arrive de la revoir ?

— Ellie ? »

Il acquiesça sans se tourner vers elle.

« Pas souvent... quelquefois.

— Si cela t'arrive, au nom du ciel, dis-lui que je suis heureux... heureux comme un roi... dis-lui que tu l'as vu, de tes yeux vu... que j'étais... » Sa voix se brisa et il reprit son souffle « Je... tu... Dieu me damne si... si elle doit jamais souffrir à cause de moi... si je peux l'éviter. » La cigarette lui tomba des doigts et, avec un sanglot, il se couvrit le visage.

« Pauvre Nelson ! Oh, pauvre Nelson ! » haleta Susy. Le temps que leur taxi traverse à grand fracas la place du Carrousel et franchisse le pont, il resta assis à côté d'elle, le visage caché. Enfin, il sortit un mouchoir parfumé, s'en tamponna les yeux et chercha à tâtons une autre cigarette.

« *Je vais très bien !* Dis-le lui, veux-tu, Susy ? Il y a des bouts de notre passé, je suppose, qui ne sortiront jamais de ma mémoire, mais ils ne m'inspirent pas de colère. Plutôt le désir d'être chic avec elle. Je n'avais pas prévu que cela prendrait cette tournure, mais c'est ainsi... Maintenant que l'affaire est réglée, je me porte comme un charme, et tu peux le lui dire... Écoute, Susy... ! » Il lui saisit le bras au moment où le taxi se garait devant son hôtel. « Dis-lui que je comprends, veux-tu ? J'aimerais assez qu'elle sache que...

— Je n'y manquerai pas, Nelson ! » promit-elle avant de grimper, seule, les escaliers jusqu'à sa chambre sinistre.

Son unique crainte était que Strefford, quand il reviendrait, le lendemain, traitât leur discussion de la nuit précédente comme une de ces « poussées de nerfs » qu'on évacue d'une plaisanterie. Il aurait certes pu éprouver trop de rancune envers son attitude pour accepter de la revoir tout de suite, mais la modernité de sa tolérance en matière de convictions et de comportement semblait exclure cette hypothèse. Sans doute était-ce la façon dont elle l'avait laissé tomber sans cérémonie à l'heure du dîner à l'ambassade qui l'avait le plus tracassé.

Mais, réflexion faite, quelle raison avait-elle de le revoir ? Elle avait eu son content d'explications ces derniers mois ! Suffisamment pour avoir appris qu'elles clarifient rarement quoi que ce soit. Si l'autre ne comprend pas au premier coup d'œil, les élucidations qui suivent ne font qu'aggraver l'obscurité. Surtout, depuis l'heure qu'elle venait de passer avec Nelson Vanderlyn, son objectif prioritaire était de sauvegarder sa liberté, de prendre du recul et de garder la haute main sur son vrai moi, celui qu'elle avait retrouvé de manière si précaire.

Elle s'assit pour écrire à Strefford. La lettre fut à peine moins douloureuse à écrire que celle qu'elle avait expédiée à Nick. Non que ses sentiments fussent engagés de manière comparable, mais parce qu'au fur et à mesure que se raffermissait sa décision de l'abandonner, ne lui revenaient en mémoire que sa bonté, sa tolérance, sa bonne humeur et toutes les qualités qu'elle avait toujours aimées en lui. D'ailleurs, elle avait honte de ces hésitations qui lui causeraient forcément tant de peine et d'humiliation. Oui, surtout d'humiliation. Elle savait que ce qu'elle avait à lui dire le blesserait dans son orgueil, quelle que fût la façon dont elle formulerait sa défection, et sa plume, haïssant sa besogne, hésitait. Puis elle se rappela les paroles de Vanderlyn sur sa femme : « Il y a des bouts de notre passé, je suppose, qui ne sortiront jamais de ma mémoire... » et une formule de Grace Fulmer dont elle n'avait qu'à demi saisi le sens à l'époque : « Tu n'es pas mariée depuis assez longtemps pour comprendre à quel point ces choses paraissent futiles face au poids de nos souvenirs. »

Ces deux êtres avait plongé plus loin qu'elle dans le labyrinthe de la vie conjugale. Ils avaient franchi à grand-peine certains de ses passages les plus épineux, et pourtant, ils témoignaient tous les deux, l'une consciemment, l'autre de manière semi-consciente, de ce fait mystérieux qu'elle commençait à peine à comprendre : l'influence d'un mariage entamé dans la compréhension réciproque est trop profonde pour ne pas se réaffirmer même à l'heure de la fuite et du refus.

« La vraie raison est que tu n'es pas Nick » : voilà ce qu'elle eût dit à Strefford, si elle avait osé le placer devant la vérité toute nue. Et elle savait que, quoi qu'elle écrivît, il était trop fin pour ne pas y déchiffrer ce message.

« Il croira que c'est parce que je suis encore amoureuse de Nick... ce qui n'est peut-être pas si faux. Mais tout compte fait, même si je l'étais, la différence n'est pas là. Il faut la chercher plus profond, dans des choses que nous avons partagées et qui semblent destinées à durer plus longtemps que l'amour, voire à le transformer en quelque chose de différent. » Si elle avait eu la moindre chance de le lui faire comprendre, la lettre aurait été facile à écrire... mais elle savait à quel point l'imagination lui ferait défaut et sur quelles déductions évidentes et superficielles son peu d'imagination s'appuierait.

« Pauvre Streff – pauvre de moi », pensa-t-elle en cachetant la lettre.

À peine l'eut-elle expédiée qu'une sorte de torpeur l'envahit. Elle avait réussi à chasser de son esprit les vaines hésitations, les doutes et les retours sur soi : la vitalité naturelle de son organisme les rejetait. Mais ils laissaient un vide étrange dans lequel ses pensées menaient grand train, « comme quand on vient de mourir, se dit-elle, et qu'on n'est pas encore accoutumé à la mort ». S'accoutumer à la mort, telle semblait être la tâche qui l'attendait dans l'immédiat. Combien elle se sentait novice dans ce domaine ! Elle avait le sentiment d'être si horriblement vivante ! Comment les autres avaient-ils appris à se passer de vivre ? Nelson – ma foi, il était dans les tourments de l'apprentissage et sans doute ne comprendrait-il jamais, sans doute ne serait-il jamais capable de transmettre la leçon lorsqu'il l'aurait apprise. Mais Grace Fulmer ? Elle se rappela soudain que Grace se trouvait à Paris et elle résolut de la retrouver.

[illegible] font [illegible] qui [illegible] comprendre l'influence d'un [illegible] comme dans la [illegible] de [illegible] pour ne pas se [illegible] de la [illegible] et [illegible]. « Le [illegible] » [illegible] Nick [illegible] de [illegible], et elle [illegible] sur le [illegible] devant [illegible] que [illegible] qu'elle [illegible] trop [illegible].

[illegible] encore [illegible] de [illegible] pour [illegible]. Il faut [illegible] et [illegible] [illegible] [illegible] [illegible].

[illegible]

[illegible] Commander [illegible] lorsqu'il [illegible] [illegible] quand [illegible]. Puis elle [illegible] de la [illegible].

XII

Nick Lansing marchait depuis longtemps en pleine campagne. Ses heures étaient rarement à lui, Mr et Mrs Hicks étant de plus en plus enclins à empiéter, de façon soudaine et parfois impérieuse, sur son temps. Mais en l'occurrence, il s'était simplement éclipsé après le déjeuner et avait pris le tramway pour la porta Salaria d'où il avait pris la direction du ponte Nomentano.

Il avait souhaité prendre du recul et réfléchir. Mais sa démarche s'était révélée aussi stérile que toutes celles auxquelles il s'était attelé depuis son départ de Venise. Penser ! Penser à quoi ? Rien ne lui semblait plus dérisoire que son avenir depuis qu'il avait reçu – deux mois déjà – les quelques lignes où Susy lui réclamait sa liberté.

La lettre l'avait secoué – alors qu'il s'y croyait parfaitement préparé. Mais, en un sens, elle l'avait également soulagé : les circonstances qui le contraignaient enfin à lui écrire lui dictaient également le contenu de sa réponse. Il s'était exécuté de manière aussi simple et concise que possible, l'informant qu'il ne dresserait aucun obstacle sur la voie de sa libération, qu'il se tenait à la disposition de son avocat pour toute communication ultérieure, qu'il n'oublierait jamais le temps de leur vie commune et ne cesserait jamais de l'en bénir.

Voilà. Il avait ajouté l'adresse de son banquier à Rome et attendu une autre lettre, mais en vain. Sans doute les mystérieuses « formalités » prenaient-elles plus longtemps qu'il n'avait cru. N'étant pas pressé de recouvrer sa propre liberté, il ne fit rien pour apprendre la cause de ces délais. À partir de ce moment, il se considéra néanmoins comme virtuellement libre et cessa, dans la foulée, de s'intéresser à son propre avenir. Sa vie lui semblait aussi plate que les premiers jours d'un convalescent une fois que la fièvre est tombée.

Sa seule certitude était qu'il ne resterait pas au service des Hicks. Quand ses patrons quitteraient Rome pour l'Asie centrale, il n'était pas dans ses intentions de les accompagner. Jour après jour, l'héritage de Mr Buttles lui devenait de plus en plus insupportable, sans doute pour les raisons mêmes qui avaient rendu ce poste si satisfaisant pour son prédécesseur. Être traité par Mr et Mrs Hicks en oracle stipendié, en objet qu'on exhibe ou chouchoute, le révulsait : jamais il n'aurait imaginé que puissent s'établir avec ces gens généreux des relations aussi déplaisantes. Depuis que leurs aspirations avaient franchement sombré dans la mondanité, sa tâche était plus facile, certes, mais infiniment moins sympathique que pendant les premiers mois qu'il avait passés à leurs côtés. Il préférait expliquer patiemment à Mrs Hicks, pour la centième fois, que Sassanides et Sarrasins n'étaient pas des mots interchangeables, débroussailler à son attention la généalogie de ses invités titrés ou lui rappeler, lorsqu'elle prévoyait son plan de table, que les ducs passent avant les princes. Non, cet emploi était décidément intolérable et il lui faudrait chercher un autre moyen de gagner sa vie. Mais était-ce à ce problème qu'il était parti consacrer des heures de réflexion ? Il savait qu'il ne mourrait jamais de faim. Il avait même repris foi dans son livre. C'était à Susy qu'il voulait penser, ou plutôt, c'était à Susy qu'il ne pouvait s'empêcher de penser quelle que fût la suite d'images qu'il tentât d'enfourcher.

Pour la millième fois, il avait cru conclure un armistice avec son passé. Il croyait avoir fait la paix – par capitulation – avec cet ennemi terriblement doué qu'on appelle le bonheur. De fait, il savait clair et net qu'il ne pourrait jamais revenir au style de vie dans lequel Susy et lui s'étaient embarqués. Le tragique de leur relation venait de ce que l'aimer éveillait en lui des idéaux qu'elle eût été bien en peine de satisfaire. Il était tombé sous le charme de son humour, de son anticonformisme, de son désenchantement. Ne les partageait-il pas ? Or, il ne pouvait persévérer dans son amour que si elle renonçait à ce qu'il avait pris pour des qualités. À ce cercle, il n'y avait pas d'issue, et il y tournait désespérément.

S'il n'avait été assailli de rumeurs persistantes concernant le remariage de Susy avec Lord Altringham, il aurait pu essayer de la revoir, mais, conscient du danger et de l'inutilité radicale d'une telle rencontre, *grosso modo*, il se réjouissait d'avoir une raison de l'éviter. Du moins tel était l'état d'esprit qu'il se prêtait, jusqu'au moment où il était libre – comme en l'occurrence – de laisser sa pensée courir à son terme. Ce terme portait invariablement un nom : Susy. Non pas le mélange de qualités et de défauts que son esprit critique avait distingué en elle, mais le flou de son identité, de sa personne, cette constellation d'yeux, d'allures, de cheveux, de lèvres, de rires, de tics, de paroles et de gestes dont elle avait si exclusivement, si profondément, l'apanage et qui, pourtant, dépendait si peu de ce qu'elle pouvait faire, dire ou penser dans des circonstances cruciales. Il se rappela le jour où elle lui avait dit : « Après tout, tu avais raison de vouloir que je sois ta maîtresse », et le regard scandalisé qu'il lui avait renvoyé ! Pourtant, ici, maintenant, telle était bien l'image palpable dont il ne pouvait se défaire, jusqu'à ce qu'invariablement sa vision bouclât la boucle et que, sentant sa présence sur son sein, il la désirât à l'intérieur de son âme.

Eh bien, ces amours sans limites constituaient la plus précieuse des expériences humaines. D'avoir fait le serment de n'y plus goûter le fit sourire. Quelle présomption ! Ivre de lassitude, il prit d'un pas lourd le chemin du retour dans la pénombre hivernale.

Sur le seuil de l'hôtel, il rencontra l'aide de camp du prince de Teutoburg. Ils ne s'étaient pas vus depuis plusieurs jours et

Nick eut le sentiment que, si les destins matrimoniaux du prince prenaient une forme précise, ce n'était pas lui qui avait été désigné, finalement, pour en être le porte-parole d'élection. Il lui était arrivé de surprendre de la froideur ou de la méfiance dans le regard apparemment cordial de la Princesse mère et il s'était demandé si elle ne le soupçonnait pas de constituer un obstacle aux aspirations de son fils. Il n'avait nullement l'intention d'assumer ce rôle, mais il n'était pas désolé de le faire croire, car son attachement à Coral Hicks était des plus sincères et il lui souhaitait un sort plus humain que de devenir la conjointe du prince Anastasius.

Ce soir-là, néanmoins, il fut frappé par l'exultation de l'aide de camp. Le nuage indécis qui les avait séparés s'était levé. Pour une raison ou pour une autre, le clan des Teutoburg n'entretenait plus ni peur ni suspicion à son égard. Le changement s'exprima par une simple pression de la main suivi d'un bref échange de paroles, car l'aide de camp volait au secours d'une célèbre douairière de l'aristocratie romaine qu'il aida à grimper dans un carrosse armorié qui semblait avoir été extrait d'un musée de véhicules historiques à l'occasion de quelque cérémonie. En un éclair, Lansing comprit que c'était cette dame qui avait été choisie pour déposer l'offre du prince aux pieds de Miss Hicks.

Cette révélation le piqua au vif et, au lieu de se diriger droit vers sa chambre, il monta vers le salon de Miss Hicks.

La pièce était vide, mais les traces d'une cérémonie du thé complexe y régnaient et un immense bouquet de roses compassées trônait sur la table centrale. Il allait s'éloigner lorsque Eldorada Tooker, rougissante et le visage strié de larmes, fit son entrée.

« Oh, Mr Lansing, nous vous cherchons partout !

— Vous me cherchiez ?

— Oui, Coral surtout... Elle aimerait vous voir. Elle veut que vous veniez dans son salon privé ! »

Eldorada le guida dans l'antichambre et le long des couloirs jusqu'à la suite personnelle de Miss Hicks. Sur le seuil, bouleversée, elle lâcha, avec un sanglot : « Vous la trouverez si jolie aujourd'hui... » avant de s'effacer brusquement pour le laisser entrer.

Coral Hicks n'avait jamais été jolie, mais elle avait sans conteste l'air étonnamment belle. Était-ce le long fourreau de velours noir qui, se détachant sur l'abat-jour du lampadaire, amincissait sa forte stature ? Était-ce le rose dont se paraient ses joues ténébreuses ? Elle semblait baigner dans une efflorescence de féminité qu'elle ne s'appliquait pas à masquer. À vrai dire, c'était l'une de ses originalités : elle assumait toujours, avec gravité et courage, la totalité de l'humeur qui la possédait.

« Vous êtes somptueuse ! » s'écria-t-il, avec un sourire.

Elle cambra la nuque et le fixa droit dans les yeux. « Ce sera bientôt mon métier.

— D'avoir l'air superbe ?

— Oui.

— Et de porter couronne ?

— Et de porter couronne... »

Ils se dévisagèrent sans un mot. La pitié et la perplexité se disputaient le cœur serré de Nick.

« Oh, Coral ! ce n'est pas décidé ? »

Elle scruta son visage d'un air pénétrant, puis détourna son regard. « Je ne suis jamais longue à me décider. »

Il hésita, suffoqué par l'élan de ses impulsions contradictoires et craignant d'en formuler aucune, sous peine de la blesser ou de l'induire en erreur.

« Pourquoi ne m'en avez-vous rien dit ? » demanda-t-il maladroitement, aussitôt honteux de cette bourde.

Elle s'assit et leva sur lui des yeux méditatifs. Avait-il jamais remarqué l'épaisseur des cils qui lui donnaient cet air songeur ?

« Cela aurait changé quelque chose ?

— Changé quelque chose ?

— Asseyez-vous près de moi ! ordonna-t-elle. J'ai à vous parler. Vous pouvez me dire maintenant ce que vous aviez à me dire. Je ne suis pas encore mariée. Ma liberté est entière.

— Vous n'avez pas rendu réponse ?

— Et quand bien même je l'aurais fait ! » La réplique l'effraya, lui laissant entrevoir ce qu'elle attendait encore de lui et qu'il était toujours parfaitement incapable de lui donner.

« Cela signifie que vous avez dit oui, reprit-il pour gagner du temps.

— Oui ou non, qu'importe ! Il fallait bien dire quelque chose. Ce que je veux, c'est votre avis.

— À la onzième heure ?

— Ou à la douzième ! » Elle marqua un temps. « Que dois-je faire ? » demanda-t-elle avec un soudain accent d'impuissance.

Il la considéra avec un égal désarroi. Il ne pouvait pas lui dire : « Posez-vous la question. Posez-la à vos parents ! » Elle balaierait d'un mot le frêle échafaudage de ses hypocrisies. « Que dois-je faire ? » signifiait « Qu'est-ce que *vous* êtes prêt à faire ? », et il savait qu'elle le savait.

« Je suis le pire des conseillers en matière conjugale ! commença-t-il avec un sourire contraint. Mais je vous rêvais un avenir tellement différent !

— Quel genre de rêve ? » Elle était implacable.

« Ce qu'on appelle le bonheur, tout simplement, ma chère.

— On ? Vous voyez, vous n'y croyez pas vous-même. Eh bien, moi non plus, du moins pas sous cette forme. »

Il réfléchit. « Je crois à l'effort pour l'atteindre, même si cet effort en constitue la meilleure part.

— Eh bien, j'ai essayé et j'ai échoué. J'ai vingt-deux ans, et je n'ai jamais été jeune, faute d'imagination, je suppose. » Elle inspira profondément : « Maintenant, je veux quelque chose de différent. » Elle semblait chercher le mot juste. « Je veux être une personne en vue. »

— En vue ? »

Elle rougit et son teint s'assombrit.

« Oh, vous souriez, vous vous dites que c'est ridicule, que cela n'en vaut pas la peine. Parce que vous avez toujours joui d'une certaine notoriété. Moi pas. Je sais sur quel terreau mon père a poussé et je veux croître deux fois plus haut que lui. Non, l'imagination n'est pas mon fort. J'ai toujours aimé les *faits*. Et je sais que j'aimerai le fait d'être princesse, de choisir librement mes relations et de me situer largement au-dessus de ces grands d'Europe à qui papa et maman font des courbettes tout en croyant les mépriser... On peut dominer ces grands seigneurs en se contentant d'être soi-même. Vous êtes bien placé pour le savoir. Pour cela, il me faut une plate-forme. Un gratte-ciel. Papa et maman ont trimé pour assurer mon éducation. Pour eux, l'instruction était l'essentiel, mais étant donné que nous avons tous les trois des esprits de second ordre, l'instruction nous a fait atterrir chez les médiocres. Vous imaginez bien que je ne suis pas dupe de cette caricature d'art ou de science, de toutes ces impostures dont nous voici environnés. C'est pourquoi je tiens à m'offrir une place au sommet, où j'aurai le pouvoir de regrouper qui je veux autour de moi, les êtres remarquables, les gens bien. Je pourrai les aider. J'entends promouvoir la culture comme ces femmes de la Renaissance dont vous m'avez rebattu les oreilles. Je veux le faire pour Apex City, comprenez vous, et pour papa, et même pour maman ! Je veux que tous ces titres soient gravés sur ma tombe. Au moins, ce sont des *faits* ! Ne riez pas ! » Elle s'interrompit avec un sourire malhabile et, s'écartant de lui, gagna l'autre bout de la pièce.

Il restait assis à la dévisager, avec un étrange sentiment d'admiration. Son rude positivisme était l'antidote idéal pour le désenchantement où il s'était englué. Il se dit : « Quel gâchis ! »

À voix haute, il lança : « Je n'ai absolument pas envie de me moquer de vous. Vous êtes une grande bonne femme !

— Alors, je serai une grande princesse !

— Oui, mais vous auriez pu être quelque chose de tellement plus grand ! »

Son visage s'enflamma de nouveau. « Ne dites pas cela ! »

Il se leva instinctivement et se rapprocha d'elle.

« Pourquoi pas ?

— Parce que vous êtes le seul avec qui je puisse imaginer vivre cet autre type de grandeur ! »

Un trouble inattendu le gagna. Il alla jusqu'à se dire : « Bon Dieu, si elle ne disposait pas de cette abominable fortune ! » avant de s'abandonner un instant à la vision convaincante de tout ce qu'elle et lui pourraient faire avec la fortune qui lui inspirait tant de terreur. Après tout, il n'y avait rien de mesquin dans les idéaux qu'elle prônait. Leur dureté matérialiste était en harmonie avec le caractère primitif de son imposante personnalité, mais il s'en dégageait aussi une sorte de noblesse austère, et lorsqu'elle parlait de l'« autre type de grandeur », il savait qu'elle comprenait ce dont elle parlait et qu'elle n'entendait ni le séduire ni le contraindre à s'engager. Il n'y avait pas une once de ruse en elle, sauf celle que distillait paradoxalement sa droiture.

L'« autre type de grandeur ? répéta-t-il.

— Allons, n'est-ce pas ainsi que vous avez défini le bonheur ? J'aurais aimé être heureuse... mais on n'a pas le choix ! »

Il fit un pas vers elle. « Personne, non, personne n'a le choix, et comment donnerait-il du bonheur, celui qui n'en jouit pas lui-même ? » Il lui saisit les mains et s'émerveilla de les sentir si fortes, si volontaires, si massives, au moment même qu'elles fondaient dans ses paumes.

« Ma pauvre Coral ! À quoi pourrais-je bien vous servir ? Vous avez besoin d'être aimée ! »

Elle fit un pas en arrière et lui décocha un de ses puissants regards sans détours. « Non ! », dit-elle, d'un air crâne. « D'aimer. »

TROISIÈME PARTIE

I

Seule, à pied, sous la bruine tenace d'une matinée d'hiver parisien, Susy Lansing, retour de l'école où elle venait de déposer quatre des cinq enfants Fulmer, regagnait la villa de Passy qu'elle partageait avec eux depuis deux mois.

Elle portait des bottes de confection, un imperméable délavé et un chapeau vieux d'un an, mais cela ne la dérangeait pas, même si elle n'en tirait aucune fierté particulière. À vrai dire, elle était trop bousculée pour attacher de l'importance à sa tenue. Depuis qu'elle avait accepté de s'occuper des gamins pendant que les Fulmer visiteraient l'Italie, elle avait fait le rude apprentissage de la maternité. Chacun de ses instants était consacré aux tâches immédiates, sans parler de celles qui n'attendraient guère. Cinq enfants, ce n'est pas beaucoup, mais la petite bande ressemblait parfois à une armée en campagne. Tantôt elle donnait l'impression de se multiplier à l'infini, tantôt elle parvenait à se rendre quasi invisible, et l'hydre atteinte de mutisme semblait se réduire à une seule tête ébouriffée sagement penchée sur un livre dans un coin de la maison – la chambre de bonne sous les combles ou le cagibi du sous-sol – où personne ne songerait à venir la chercher, d'où son choix.

Quelques mois plus tôt, ces brusques passages de l'ubiquité à la non-existence l'auraient frappée comme le plus exaspérant de leurs épuisants pouvoirs. Mais son point de vue avait changé du tout au tout : elle s'intéressait de plus en plus aux enfants dont elle avait la charge et le mystère de leur fonctionnement, tribal ou individuel, la fascinait autant qu'une intrigue de roman policier.

Le plus passionnant de cette excitante entreprise était que leur comportement répondait à une méthode. Ces petites créatures, propulsées dans l'univers de l'expérience par les houles tumultueuses de la vie de leurs parents, avaient réussi à se doter d'un système d'auto-gouvernement efficace quoique rudimentaire. L'aînée, Junie (celle qui choisissait déjà les chapeaux de sa mère et tentait de mettre un peu d'ordre dans sa garde-robe), se définissait comme leur présidente incontestée. À douze ans, elle savait bien des choses dont sa mère n'avait encore qu'une connaissance approximative, et dont sa mère par intérim ignorait l'existence : elle tranchait sans hésitation sur tous les problèmes d'importance vitale, de l'huile de ricin aux sous-vêtements de flanelle, en passant par la juste répartition des timbres, des billes et du droit à reprendre du gâteau de riz ou de la confiture.

Son verdict était le plus souvent sans appel. Chacun de ses sujets évoluait pourtant sur une orbite indépendante, selon des lois que Junie reconnaissait et respectait. Le déchiffrage de cette charte ésotérique des droits et des privilèges n'était pas allée sans difficultés pour Susy.

D'autant que les difficultés d'ordre matériel ne manquaient pas. À eux six, sans compter la bonne à bout de souffle qui cuisinait et trimait pour toute la bande, ils ne disposaient que d'un budget de misère et on aurait pu croire, à la vitesse où elles disparaissaient, que les garçons mangeaient leurs chaussures, suivant la forte formule de Junie. Ils mangeaient assurément plein d'autres choses et surtout des aliments aussi nourrissants qu'onéreux. Ils avaient des opinions extrêmement précises sur la quantité et la qualité de leur nourriture et frôlaient la mutinerie concertée lorsque les repas prévus par Susy ne répondaient pas à ces normes. Susy menait donc une vie harassante et affairée, qui, contrairement à sa plus grande crainte, ne l'avait précipitée ni dans l'ennui ni dans la morosité.

Non que la compagnie des petits Fulmer (elle voulait bien l'admettre *in petto*) eût éveillé en elle quelque passion abstraite pour la variété juvénile de la race humaine. Elle savait – elle avait su dès leur premier baiser – quel violent amour elle eût porté à un enfant de Nick. À la pauvre petite Clarissa, elle avait voué une sollicitude aimante, à la fois nostalgique et réservée, mais ces gaillards lui procuraient un véritable plaisir, pour des raisons qui lui paraissaient de plus en plus claires. D'abord parce qu'ils brillaient tous par l'intelligence, une intelligence qui ne s'était abreuvée qu'à des sources dignes d'intérêt. L'éducation dispensée par Grace Fulmer à sa tribu en constante expansion était relativement expéditive mais jamais elle ne les avait soumis à l'ennui ou à la banalité : ils avaient reçu leur ration journalière de bonne musique, de bons livres et de conversations de qualité ; et s'il leur arrivait de taper du pied, de brailler et de tout casser autour d'eux à l'instar de leurs congénères privés de pareils privilèges, à d'autres moments, l'esprit de poésie nimbait leurs visages et ils parlaient avec la voix de la sagesse.

Pour Susy, c'était une révélation : pour la première fois, elle se trouvait parmi des esprits en plein essor qu'on n'avait éveillés qu'au sens de la beauté. Grace et Nat Fulmer avaient réussi à tenir à l'abri des envies mesquines, des admirations vulgaires et des griefs méprisables leur maison étriquée et inconfortable ; surmontant le vacarme, le désordre et la confusion, les grandes images de la beauté y avaient établi leur niche, telles ces statues ancestrales que l'on voyait rangées sur leurs petites étagères dans les plus pauvres des foyers romains.

Non, le métier sur lequel elle s'était rabattue faute de mieux ne lui donnait pas l'impression d'être sa vocation ratée : elle savait que la maternité multiple ne comblerait jamais ses vœux. Par un étrange retour des choses, c'était elle qui avait le sentiment de bénéficier de soins maternels, comme si les enfants l'initiaient peu à peu à la vie des valeurs immatérielles dont la substance commençait à lui paraître tellement plus solide que toutes celles qu'elle avait connues.

Le jour où elle était venue puiser conseil et réconfort auprès de Grace Fulmer, elle était loin d'imaginer qu'ils lui seraient prodigués sous cette forme. Elle avait trouvé l'hurluberlue plus enjouée que jamais, chevauchant les grosses vagues désordonnées de sa vie avec une aisance d'éxubérant amphibie qui ne se soucie pas des éclaboussures. Dans la foule de ses amies, Grace était sans doute la seule qui aurait pu comprendre pourquoi Susy ne pouvait se résoudre à épouser Altringham ; mais elle était trop absorbée par ses propres difficultés pour se pencher sur celles de son amie et c'était elle qui, à son habitude, lui avait immédiatement déballé ses problèmes.

Les espérances qu'elle avait fondées sur le succès de Nat en Europe étaient en passe d'être déçues. Oh, elle était suffisamment artiste pour savoir que les périodes de jachère sont inévitables et que les impressions nouvelles produisent rarement des résultats immédiats. Elle avait même prévu cette évolution. Mais son expérience des humeurs de Nat lui avait également appris à reconnaître les périodes d'assimilation ou de maturation. Pour l'instant, les impressions qu'il avait recueillies en Europe ne fructifiaient guère, il en était aussi conscient qu'elle. Trop de cavalcades, trop d'exaltations successives, trop de flatteries stériles... Mrs Melrose ? Eh bien, oui, bien sûr, pendant un moment... l'excursion en Espagne relevait indiscutablement de l'escapade amoureuse. Grace en parla avec un calme que contredisait la dureté soudaine de ses traits : son départ en Espagne sans elle, elle en avait souffert, horriblement souffert. Mais il y avait les enfants ; comment aurait-elle pu se permettre de laisser passer la forte rémunération qu'Ursula Gillow lui offrait pour passer deux semaines à Ruan ? Son jeu avait d'ailleurs tant ému les personnes présentes qu'elle avait pu conclure, au retour, deux ou trois engagements lucratifs pour des concerts privés à Londres. La société mondaine avait « un peu moussé » autour d'elle, ce qui avait agréablement surpris Nat et l'avait revalorisée à ses yeux. « Il avait un peu tendance à oublier que je ne suis pas qu'une bonne d'enfants, c'est bien qu'on le lui rappelle... mais l'extraordinaire, c'est que j'ai gagné assez pour nous offrir trois mois dans le sud de l'Italie et en Sicile. Tu sais que je me débrouille... Seul avec moi, Nat va se remettre à l'ouvrage : à observer, à ressentir, à engranger des choses vues. C'est cela ou rien. Mrs Melrose veut remettre le couvert, tous frais payés, comme de juste – mais cette fois, pas question. C'est *moi* qui régale. » Le triomphe fit rougir ses joues fanées. « Tu verras quelles merveilles vont en sortir... Sauf qu'il y a le problème des enfants. Junie aussi pense qu'on ne peut pas les emmener... »

Sur quoi elle lui avait dévoilé son plan. Si Susy avait du temps de reste et se trouvait financièrement un peu serrée, pourquoi ne s'occuperait-elle pas des enfants pendant le séjour des parents en Italie ? Trois mois maximum – pas plus, Grace s'y engageait. Le salaire serait forcément médiocre, mais au moins elle serait nourrie et logée. « Et puis, tu sais, cela finira par t'intéresser – j'en suis sûre », conclut la mère dont l'irrépressible optimisme n'était pas atteint par le sourire mi-figue mi-raisin de Susy.

S'occuper de cinq petits Fulmer trois mois durant ! La perspective avait de quoi affoler Susy. Si encore il n'y avait eu que Junie et Geordie, l'aînée et le benjamin du groupe, ses hésitations eussent été moindres. Mais il y avait Nat, le puîné dont la trompe d'auto avait littéralement amené Susy et Nick à prendre le maquis lors de leur mémorable journée américaine, sans parler des jumeaux, Jack et Peggy, dont elle avait gardé un souvenir presque aussi alarmant. Régner sur cette tribu déchaînée exigerait infiniment plus de rigueur et de discipline que la gestion des activités mondaines de Clarissa Vanderlyn ; Susy aurait refusé sur-le-champ, comme la première fois, si les autres perspectives n'avaient semblé encore plus insupportables et si la petite Junie, mandée pour donner son avis, n'avait pas déclaré, de sa voix posée d'adulte simple et compétente : « Oh oui, je suis sûre que Mrs Lansing et moi nous nous débrouillerons très bien pendant votre absence – surtout si elle fait bien la lecture à haute voix. »

La lecture à haute voix ! La stipulation avait enchanté Susy.

C'était la première fois qu'elle rencontrait des enfants qui aimaient les histoires ; elle se rappela avec un frisson d'horreur ses vaines tentatives pour intéresser Clarissa à autre chose que les petits potins ou la grande mode, et le ton sur lequel la fillette avait proclamé, en montrant la breloque de Strefford à son père : « Parce que je lui ai dit je préférais ça plutôt qu'un livre. »

Et voilà des enfants qui acceptaient d'être abandonnés trois mois durant par leurs parents à condition qu'on leur fournît une personne qui fasse bien la lecture.

« Tope là, mais qu'est-ce que je suis censée vous lire ? » avait-elle demandé joyeusement. Et Junie de répondre, après un de ses redoutables instants de réflexion : « Les petits aiment presque tout ; mais Nat et moi, nous tenons surtout à la poésie, parce que, quand on la lit tout seuls, on prononce mal la plupart des mots difficiles et cela sonne horriblement faux.

— J'espère être capable de les prononcer correctement », murmura Susy, soudain intimidée.

Sans doute y était-elle parvenue, car ses séances de lecture remportaient un franc succès. Même les jumeaux et Geordie, passée la période d'accoutumance, semblèrent préférer la musique des rimes de *Henry V* ou les scènes féeriques du *Songe d'une nuit d'été* à la littérature dite pour enfants, à laquelle ils ne renoncèrent cependant pas tout à fait.

Les Fulmer ne pratiquaient guère l'accalmie. Mais Susy trouva leurs rudes cahots moins vides de sens, donc moins exténuants que les menues secousses dont était ponctuée l'existence d'Altringham, Ursula Gillow, Ellie Vanderlyn et consorts. La petite maison de Passy, bruyante et inconfortable, ne tarda pas à prendre pour elle des allures de foyer souriant lorsqu'elle y revenait après avoir accompagné les enfants à l'école. En tout cas, elle avait le sentiment d'œuvrer dans l'utile, voire dans le nécessaire, et de gagner enfin sa vie, si modeste fût son salaire Et lorsque les enfants étaient d'humeur placide et réclamaient des livres ou de la musique (voire, ô surprise, à l'instigation de Junie, une expédition au Louvre, où ils identifièrent les tableaux les plus invraisemblables, et où les deux aînés émirent d'époustouflants commentaires techniques, attirant l'attention de leur grande amie sur des détails qui lui avaient échappé), Susy se croyait ramenée au temps de sa brève vie commune avec Nick, ou même, plus loin et plus profond encore, à cette vision de l'enfance de Nick qui avait disparu sous la poussière banalisante des dernières années.

Elle se surprit à penser que s'ils étaient restés ensemble, si elle avait eu un enfant – l'image la hantait pendant ses heures d'insomnie, quand elle regardait Geordie niché dans son petit lit à côté du sien – leur vie commune eût sans doute présenté bien des analogies avec celle qu'elle menait à présent, une petite vie bien obscure aux yeux du monde extérieur, mais tellement vaste, profonde et diversifiée pour les intéressés !

À ces moments-là, elle était révoltée par l'idée de renoncer à ce rapport presque mystique à la vie qu'elle avait laissé échapper. Ses journées avaient beau être placées sous le signe de la précipitation, de l'épuisement et du surmenage dans un cadre pouilleux rongé par l'inconfort généralisé, les enfants avaient beau se conduire des heures durant en odieux garnements opposant la conjuration de leurs visages hostiles à ses muettes implorations, il n'en restait pas moins qu'elle n'envisageait plus de les quitter, au point qu'elle avait décidé de demander à leurs parents, dès leur retour, de rentrer avec eux aux États-Unis ! Si la réussite de Nat se confirmait, et si Grace était en mesure de travailler sa musique, peut-être une sorte de gouvernante ou de dame de compagnie leur serait-elle nécessaire. C'était de toute façon l'avenir le moins détestable que son imagination parvenait à lui offrir.

Elle n'avait pas transmis à Mr Spearman la réponse de Nick à sa lettre : entre le moment où elle lui avait écrit et celui de cette réponse, elle avait rompu avec Strefford. Elle n'avait donc plus aucune raison de revendiquer sa liberté. Si Nick tenait à reprendre la sienne, il savait qu'il n'avait qu'à le dire. Son silence, semaine après semaine, éveilla en elle une sorte d'espoir qui s'embrasa lorsqu'elle lut dans un quotidien une allusion vague mais visiblement « inspirée » à une éventuelle alliance entre Son Altesse Sérénissime le prince régnant de Teutoburg-Waldhain et Miss Coral Hicks d'Apex City. Cet espoir se réduisit en cendres lorsque, quelques jours plus tard, son œil accrocha le rectificatif par lequel Mr et Mrs Mortimer Hicks « tenaient à préciser » que cette information ne contenait pas une once de vérité.

Sur le sol incertain de ces deux énoncés, Susy échafauda une enfilade de miradors d'espoirs, fragiles bâtisses fébrilement démolies ou rebâties au gré des échos du monde extérieur que le hasard lui faisait parvenir et où le nom de Nick côtoyait celui de ses fortunés patrons. Et comme les jours passaient sans nouvelles ni de son avocat ni de son époux, elle laissa flotter son drapeau au sommet de ces structures branlantes.

Hormis la garde des enfants, rares étaient les distractions de nature à éloigner son esprit de ces ruminations opiniâtres. Elle saluait parfois d'une moue de dégoût la facilité avec laquelle ses amis du beau monde l'avaient perdue de vue. Dans la perpétuelle agitation de leurs journées vibrionnantes, entre l'élaboration fiévreuse de leurs programmes d'hiver, les départs pour la Riviera ou Saint-Moritz, l'Égypte ou New York, où auraient-ils déniché le temps de partir à la recherche des disparus ou d'attendre les lambins ? Avaient-ils appris qu'elle avait rompu ses « fiançailles » (ah, qu'elle détestait ce mot !) avec Strefford ? La rumeur avait-elle établi qu'elle avait retrouvé son statut de pauvre pique-assiette ramassable et oubliable à merci ? Elle l'ignorait, bien qu'elle se plût à croire que l'orgueil ravivé de Strefford l'empêcherait de révéler à quiconque ce qui s'était passé entre eux. Après la fuite soudaine de sa promise, il avait observé un silence de plusieurs jours. De son côté, elle mourait d'envie de lui écrire pour lui demander pardon, mais elle n'était pas arrivée à trouver les mots. Finalement, c'était lui qui avait écrit, d'Altringham : quelques lignes seulement, mais dans le droit-fil de ce qu'il y avait de meilleur chez ce bon vieux Strefford. Il tenait à lui dire qu'il avait regagné son domaine pour réfléchir posément à leur dernière conversation et tenter de comprendre où elle voulait en venir. Or, il n'y était pas parvenu. Peut-être était-ce précisément cette incapacité qui l'avait offensée. Quoi qu'il ait pu faire de contrariant, il en était navré, mais il sollicitait, compte tenu de son invincible ignorance, l'autorisation de ne pas considérer son crime comme punissable de rupture définitive, car cette éventualité le plongeait dans un malheur encore plus vif qu'il ne l'avait imaginé, lui qui, elle le savait, avait toujours placé l'exercice du bonheur au premier plan de ses préoccupations. Aussi l'implorait-il de suspendre sa décision. Il comptait revenir à Paris dans moins de deux mois et lui écrirait à l'avance pour prendre rendez-vous.

La lettre l'émut sans l'ébranler dans sa décision. Elle se contenta de répondre qu'elle était touchée de sa gentillesse et le verrait volontiers à Paris, mais elle tenait à préciser qu'elle ne s'était nullement ravisée et qu'il avait peu de chance de promouvoir la cause de son propre bonheur en essayant de la faire revenir sur sa décision.

L'ayant ainsi contraint au silence, rien ne l'empêchait plus de laisser ses pensées tracer leur ronde sans fin autour de ses espoirs et de ses peurs les plus intimes.

Cet après-midi donc, alors qu'elle rentrait sous la pluie d'un pas lourd après avoir déposé les enfants au « cours », où elle irait les rechercher à dix-huit heures, elle se disait que deux mois, jour pour jour, après que Nick eut appris qu'elle était disposée à lui rendre sa liberté, il était peu probable qu'il entamât les démarches nécessaires. Cette pensée l'emplissait d'un ravissement confus. Quand elle s'était sentie obligée de fixer un terme arbitraire à son angoisse, elle avait opté pour ce délai de deux mois, et, miracle, voici qu'elle avait eu raison. Car que pouvait signifier son silence, sinon que lui aussi... ?

Une enveloppe, tapée à la machine et portant le cachet de Paris, l'attendait sur le guéridon de l'entrée. Elle l'ouvrit machinalement avant de découvrir l'en-tête du bureau de Mr Spearman. Une tornade emporta les mots sous ses yeux. ... *Nous informe qu'il se tient à votre disposition... ne fera pas obstacle à vos désirs... arrivera à Paris... prendre rendez-vous avec ses représentants...*

Nick – c'était de Nick qu'il s'agissait ! C'était le retour de Nick qui était évoqué dans ces termes grotesques ! Elle s'effondra sur la banquette, près du porte-parapluies dégoulinant, l'œil fixé dans le vide. Il était donc tombé – ce coup dont elle comprenait soudain qu'elle n'y avait jamais vraiment cru ! Combien elle avait cru pourtant s'y être préparée, avec quelle impatience elle l'avait attendu, organisant déjà son avenir en prévision de ce désastre – une vie d'abnégation au service des enfants d'une autre – alors qu'en réalité, sous la mince couche de sa résignation, la totalité de ses vieux espoirs n'avait cessé de couver comme braise sous la cendre ! À quoi rimaient la discipline, la philosophie et l'expérience, si dans les bas-fonds de la personnalité se cachait un moi rebelle capable de consumer ses vertus à la vitesse de l'amadou ?

Elle tenta de se ressaisir – de comprendre ce qui s'était passé. Nick venait à Paris – non pas pour la voir, mais pour consulter son homme de loi ! Quoi de plus clair : il entendait reprendre sa liberté, et s'il s'était résolu à accomplir cette démarche fatidique après plus de six mois d'inaction et d'indifférence apparente, la seule hypothèse plausible était que quelque chose d'imprévu et de décisif lui était arrivé. Fiévreusement, elle ressouda les bribes de potins et d'articles de journaux qui lui étaient parvenus ces derniers mois. De toute évidence, le projet de mariage de Miss Hicks avec le prince de Teutoburg-Waldhain avait avorté in extremis, et cela parce que Coral Hicks se proposait de prendre Nick pour époux. La coïncidence entre l'annonce de son arrivée à Paris et la publication du démenti officiel des milliardaires américains concernant les fiançailles de leur fille était trop forte pour laisser place à une autre déduction. Susy tenta d'appréhender tous les éléments de la situation et de se représenter concrètement leurs conséquences effectives. Elle vit Coral Hicks arborant le nom de Mrs Nick Lansing – *son* nom, son nom à elle ! – et faisant avec lui une entrée triomphale dans les salons, où lui feraient fête ceux-là mêmes qui, quelques mois plus tôt, l'avaient accueillie avec autant de chaleur. Malgré la désaffection croissante de Nick pour le beau monde que Coral, de son côté, ne se cachait pas de dominer du haut de sa supériorité intellectuelle, la richesse du nouveau couple les replongerait fatalement dans la société à laquelle Nick était attaché par tant d'habitudes et de relations. Nul doute qu'il trouverait divertissant d'y effectuer sa rentrée sous les espèces de l'hôte après y avoir si longtemps joué le rôle de l'invité ; de même que Susy avait imaginé que cela l'amuserait d'y revenir sous les traits de Lady Altringham... Mais elle avait beau essayer, maintenant que la réalité la talonnait de plus près, elle ne parvenait plus ni à se la figurer ni à la relier à sa propre existence. La simple juxtaposition de ces deux prénoms – Coral, Nick – qu'elle avait si souvent accouplés pour rire, suffisait à lui embuer la cervelle.

Elle resta longtemps assise, désemparée, près du guéridon, les joues ruisselantes de larmes. L'apparition de la bonne la tira de sa torpeur. Le tout petit, Geordie, avait été fiévreux pendant près de quarante-huit heures ; il allait mieux, mais on l'avait condamné à la chambre. Ayant entendu Susy tourner la clé dans la serrure, il ne comprenait pas comment elle pouvait s'être abstenue de monter le voir immédiatement. Il finit par recourir à une épouvantable série de braillements destinés à manifester son indignation. Susy, brutalement arrachée à sa transe, se débarrassa de son manteau et de son parapluie pour grimper l'escalier quatre à quatre.

« Oh, ce morveux ! » gémit-elle.

Sous le toit des Fulmer, on ne disposait ni du temps ni de l'espace nécessaires pour se laisser aller à des chagrins intimes. On était sollicité du matin au soir par des exigences pratiques en tout genre. Susy commençait à comprendre comment le manque de place confère aux enfants, dans les maisons exiguës, un rôle moins romantique certes, mais aussi utile que celui qui leur est dévolu dans les romans, en ne laissant jamais à leurs parents le loisir de s'attarder sur des peines irrémédiables. Pour récente que fût son initiation à la vie de famille, elle avait déjà acquis l'art de la réadaptation mentale instantanée, et le temps pour elle de gagner en courant la *nursery*, ses soucis avaient déjà cédé le pas à toute une série de problèmes de température, de régime alimentaire et de médicaments.

Ces réadaptations ne pouvaient être que momentanées, mais elle avait le sentiment d'y gagner chaque fois en fermeté comme en souplesse de caractère. « Quelle enfant j'étais, il y a seulement six mois ! » pensa-t-elle en s'étonnant que l'influence de Nick et la tragédie de leur séparation eussent moins contribué à la faire mûrir et à la stabiliser que ces quelques semaines dans une maison débordante d'enfants.

Calmer Geordie relevait de l'exploit, car il avait appris à utiliser ses doléances comme autant de prétextes pour contraindre l'offenseur à exécuter ses quatre volontés en le plongeant dans un flot continu d'histoires, de chansons et de jeux. « Fais attention à ne jamais te mettre en tort avec Geordie ! l'avait d'emblée prévenue l'astucieuse Junie. Il possède une mémoire d'éléphant et il ne se rabibochera avec toi qu'après avoir épuisé tout son stock de contes de fées. »

Cette fois, le courroux de Geordie se dissipa pourtant sitôt qu'il l'aperçut. Elle se tenait encore dans l'embrasure de la porte, désolée, pitoyable, torturant déjà sa cervelle embrumée pour se rappeler les histoires préférées du petit, lorsqu'elle vit, à l'expression plus tendre de sa bouche et à la sérénité qui lui envahissait le regard, qu'il allait lui procurer la délicieuse mais inquiétante surprise de jouer les enfants sages.

L'air pensif, il la dévisagea longuement tandis qu'elle s'agenouillait près de son petit lit. Puis il tendit un doigt et le posa sur la joue mouillée de larmes de sa lectrice.

« La pauvre Susy aussi, elle a mal », chuchota-t-il en lui passant les bras autour du cou. Et comme elle le serrait tendrement sur son cœur, il ajouta, philosophe : « Raconte une nouvelle histoire à Geordie, chérie, et hop, pa'ti bobo ! »

II

Nick Lansing arriva à Paris deux jours après que son homme de loi eut annoncé sa venue à Mr Spearman.

Il avait quitté Rome dans la ferme intention de dissoudre les liens qui le rattachaient à Susy et bien qu'il ne se fût pas engagé envers Coral Hicks, il ne lui avait pas caché le but de son voyage. Mais c'était en vain qu'il avait tenté d'éveiller en lui-même le moindre intérêt pour son propre avenir. Au-delà du besoin de clarifier sa relation avec Susy, son imagination ne rencontrait que le vide. Cependant les aveux de Coral l'avaient ému et sa raison lui soufflait qu'ils avaient toutes les chances de trouver ensemble le bonheur, un bonheur tranquille, fondé sur une communauté de goûts et sur la possibilité de les satisfaire. Il se proposait de lui demander sa main dès son retour à Rome, et il savait qu'elle le savait. S'il n'avait pas parlé avant son départ, ce n'était d'ailleurs ni pour se dérober à son destin ni pour la faire languir plus longtemps, mais du fait de l'étrange apathie qui l'avait envahi depuis la réception de la lettre de Susy. Dans les ruminations qui le ramenaient sans cesse à lui-même, il parvenait à parer cette torpeur des dehors de la discrétion : il eût été inconvenant d'engager l'avenir de Coral avant d'avoir recouvré sa propre liberté. Mais à vrai dire, il savait que l'avenir de Coral et le sien étaient scellés : tant qu'il resta à Rome, leur lien lui sembla plus que logique, à la fois réel et inéluctable.

En un clin d'œil, Paris en fit le plus ténu des mirages. Parce que Paris n'était pas Rome, parce que Paris, c'était Paris ; mais surtout parce que, quelque part dans ce vaste labyrinthe d'indifférence, se trouvait dissimulée la partie de son être à demi oubliée dont Susy était l'incarnation... Au fil des semaines ou des mois passés, l'image de Susy avait imprégné tous les méandres de son esprit : jamais elle ne lui avait semblé plus intensément proche que depuis qu'ils s'étaient installés dans la séparation et que s'amenuisaient les chances de retrouvailles. Tout se passait comme si une maladie à incubation lente s'était brusquement déclarée, l'enrobant dans la tunique de Nessus de ses souvenirs. Par moments, sa mémoire ne lui présentait de leurs étreintes physiques qu'une image machinale, superficielle, presque accidentelle, comparée à la netteté et à la profondeur de l'empreinte que l'âme de Susy avait ciselée dans la sienne.

La situation s'était brutalement retournée. Maintenant qu'il se trouvait dans la même cité et risquait à tout moment de la rencontrer, de croiser son regard, d'entendre sa voix, d'avoir à éviter sa main – maintenant que le songe étrange et pénétrant qui l'accompagnait depuis des mois se trouvait aspiré par les ombres d'où il avait surgi, il avait l'impression, pour la première fois depuis leur rupture, de se retrouver en sa présence. Il s'en rendit compte dès le matin de son arrivée en regardant, depuis la fenêtre de son hôtel, la rue qu'elle emprunterait peut-être précisément ce jour-là, et en cherchant dans l'amas illimité des toits celui qui l'abritait à cette heure-là. La brutalité de cette mutation le surprit ; il n'avait pas imaginé que sa simple proximité géographique le bouleverserait à ce point. Que serait-ce si elle entrait dans la pièce ?

Dieu merci, l'hypothèse était sans fondement ! Il en savait assez sur le divorce à la française pour ne pas ignorer que la procédure ne requérait aucune confrontation. Avec un peu de chance et d'adresse, sans doute parviendrait-il à éviter de l'entrevoir. Il n'entendait pas rester à Paris plus de quelques jours, et pendant cette période, il lui serait facile – connaissant les goûts de sa femme et ceux d'Altringham – de passer au large des lieux où il risquait de la rencontrer. Il ignorait son domicile, mais sans doute était-elle hébergée par Mrs Melrose ou quelque autre amie fortunée, à moins qu'elle ne fût descendue, anticipant sur son aisance à venir, au Nouveau Luxe, ou dans un joli pied-à-terre bien à elle. On pouvait lui faire confiance – ah, quel pincement au cœur –, elle était femme à se débrouiller !

Sa première visite fut pour son avocat. Arpentant les rues familières, il crut voir dans chaque visage qui s'approchait, dans chaque silhouette qui s'éloignait, le visage ou la silhouette de Susy. Cette obsession intolérable ne durerait pas, bien sûr, mais en attendant, il se sentait aussi vulnérable qu'un fugitif dans un cauchemar, seule créature visible, encerclée par une nuée d'assaillants invisibles, dans une métropole qui le fixait de son immense regard sans paupières.

Chez l'avocat, il apprit que la première étape de sa liberté consistait à se loger à Paris. Il était déjà averti de cette obligation : il avait escorté de trop nombreux amis devant la chambre des divorces, dans un pays ou un autre, pour n'avoir pas une connaissance sommaire de la procédure. Mais le fait prenait une tout autre envergure dès qu'il tentait de le raccorder à sa propre situation : comme si la personnalité de Susy avait été un prisme à travers lequel sa vie continuait à se teinter d'une autre couleur. Il trouva son « domicile » le jour même : un rez-de-chaussée à l'ameublement vulgaire visiblement destiné à un usage bien différent. Tandis qu'il contemplait d'un œil morose le clinquant qui l'environnait, après que la concierge se fut discrètement retirée avec son trimestre d'avance, il éclata de rire à l'idée de ce que cet endroit ne tarderait pas à signifier aux yeux de la loi : un *foyer*, le domicile conjugal qu'il aurait profané par son inconduite. Le *foyer* où lui et Susy auraient construit leur bonheur éphémère et l'auraient vu s'émietter au contact brutal de son infidélité et de sa cruauté – car on lui avait bien recommandé de se targuer d'avoir été cruel autant qu'infidèle ! Il promena son regard sur les murs couverts de chromos sentimentaux, sur les « nus » de bronze poli, les peaux de bête mitées et le lit couvert d'étoffes criardes – et, une fois de plus, l'irréalité, l'impossibilité de tout ce qui lui arrivait lui envahit les veines comme une drogue.

Pour casser cette torpeur, il se leva, tourna la clé sur ces abominations et repartit voir son avocat. Il savait que, dans l'atmosphère sèche et dure du cabinet juridique, fournir l'adresse de son « domicile » donnerait un semblant de réalité à cette transaction fantomatique. Éberlué, il vit l'homme de loi noter tout naturellement le nom et le numéro de la rue sur l'une des feuilles du dossier grossoyé à son nom en caractères fleuris.

À l'instant de prendre congé, il se dit qu'au fond rien ne lui interdisait de demander l'adresse de Susy. Il s'imagina que l'idée lui était venue soudainement et qu'il s'informait par simple précaution, pour savoir quel quartier de Paris éviter, alors qu'en réalité la question lui brûlait les lèvres depuis qu'il était entré dans le bureau et lui taraudait l'esprit depuis qu'il était sorti de la gare. Ne pas savoir où elle vivait faisait de Paris une ville inintelligible et absurde, aussi inutile à ses yeux qu'une horloge monumentale privée de sa petite aiguille.

Le choix de Passy l'étonna : il l'aurait plutôt située du côté des Champs-Élysées ou de la place de l'Étoile. Sans doute Mrs Melrose ou Ellie Vanderlyn avaient-elles élu domicile à Passy. Bon, il était plutôt rassurant de la savoir si loin. Aucune affaire ne l'appelait dans ces faubourgs, de l'autre côté du Trocadéro, et le risque de la rencontrer était bien moindre que si elle s'était installée au cœur de Paris.

Il passa la journée au hasard des rues, évitant les quartiers chics et les avenues envahies par les voitures particulières dont les cortèges étincelants piaffaient sur cinq files, crachant de temps à autre des silhouettes enveloppées de fourrures et de plumes qui se glissaient d'un mouvement ondoyant dans les salons de thé, les galeries de peinture ou les joailleries. Susy devait figurer dans une de ces saynètes : plus mince, plus fine, plus tranchée que ces ébauches, mais imitant leurs gestes, jacassant leur jargon, coulant les doigts dans les mêmes monceaux de perles et de zibelines. Il franchit énergiquement la Seine, longea le fleuve jusqu'à la Cité, retrouva les ruelles du vieux

Paris, les hautes voûtes grises de Saint-Eustache et les venelles surpeuplées du Marais. Il contempla des monuments, baguenauda devant des vitrines, joua les habitués de squares et traîna sur les quais, regarda la population marchander, discuter, se courtiser, se disputer, s'effaça devant des cohortes d'ouvrières qui se tenaient par la main, entendit des mendiants geindre sur les ponts, vit des vagabonds faire la sieste sous le pâle soleil hivernal, des mères endeuillées pousser leurs enfants vers leur école et des péripatéticiennes battre la semelle devant les terrasses de café.

La journée s'écoula goutte à goutte. À l'approche du soir lui vint la crainte de la solitude et il se demanda s'il n'irait pas dîner au Nouveau Luxe ou dans un restaurant connu où il retrouverait certainement des connaissances susceptibles de l'entraîner au théâtre, dans une *boîte* ou une salle de bal. N'importe quoi, oui, n'importe quoi pour échapper à la ronde démoniaque de ses ruminations. Il ressentit la même peur totale et irraisonnée de la solitude que quelques mois plus tôt à Gênes... Et même s'il se retrouvait nez à nez avec Susy et Altringham, qu'est-ce que cela pouvait bien faire ? Autant en finir. Les gens avaient cessé depuis longtemps de prendre des airs tragiques en matière de divorce : des couples en instance de séparation dînaient de concert en cours de procédure et s'invitaient les uns chez les autres après le jugement, ravis d'explorer les nouveaux lieux de divertissements ouverts par leurs remariages respectifs. Pourtant, la plupart des couples qui prenaient leurs nouveaux accouplements avec tant de philosophie devaient avoir eu leurs heures d'enchantement et de foi en l'immortalité de l'amour ; alors que lui et Susy s'étaient contentés de passer un accord profitable de part et d'autre. Ce détail qui portait à leur paroxysme d'incongruité ses souffrances et ses exaltations le parait à ses propres yeux de la défroque grotesque et surannée d'un héros de feuilleton romantique.

Il quitta le banc où il s'était attardé dans les jardins du Luxembourg pour héler un taxi. Le crépuscule venu, il souhaitait regagner son hôtel et prendre quelques instants de repos avant de sortir dîner. Au lieu de quoi, il donna au chauffeur l'adresse de Susy, s'installa dans la voiture et, les mains soudées sur le pommeau de son parapluie, garda les yeux fixés droit devant lui comme s'il s'apprêtait à s'acquitter d'un devoir harassant avant de pouvoir ramener son esprit vers des choses plus sérieuses.

Il s'entendit conclure : « C'est le plus simple. »

Au coin de la rue – le coin de *sa* rue –, il arrêta le taxi et attendit, immobile, qu'il se fût éloigné dans un grand bruit de ferraille. C'était une rue courte et indécise, bien plus reculée qu'il ne l'avait cru et dont l'extrémité disparaissait dans un flou obscur de palissades à demi voilées par des arbres. Le crachin s'était mis à tomber et la nuit régnait déjà dans ce faubourg insuffisamment éclairé. Lansing longea la chaussée déserte. Les maisons, séparées par des buissons dénudés, n'étaient distantes que de quelques mètres. Des portails et des grilles les protégeaient du trottoir. D'abord incapable de distinguer leurs numéros, il finit par constater, en arrivant à la hauteur d'un réverbère, que la petite façade décrépite saisie dans son halo était précisément celle qu'il cherchait. Il en fut surpris. Il s'était imaginé que, comme souvent dans les quartiers retirés de Passy ou de La Muette, la lugubre ruelle mènerait à un hôtel particulier bâti sur le terrain boisé d'une ancienne « folie ». Ces derniers temps, les riches trouvaient très chic de s'installer à la lisière de Paris, dans ces zones où subsistait de la verdure. Il s'était donc imaginé Susy derrière une entrée à colonnades, dont les lumières se répandraient sur une vaste étendue de pelouse luisante, jusqu'aux montants sculptés du portail. Au lieu de quoi, il découvrait une maison à six fenêtres, recroquevillée parmi ses congénères au milieu de maigres buissons ponctués de lessives familiales agitées par le vent. Le lampadaire jetait une lumière cruelle sur une façade dont les traits épuisés avaient des airs d'ouvrière exténuée. Adossé à la grille d'en face, il s'efforça en vain d'ajuster sa vision de Susy à l'humilité de ce modeste décor.

Le plus probable était que son avocat s'était trompé

d'adresse. Ce devait n'être ni le bon numéro ni la bonne rue. Il sortit son bout de papier et se penchait pour en déchiffrer les caractères sous le faible éclairage, lorsqu'un petit commissionnaire sortit de l'ombre et s'approcha de la maison. Nick fit un bond en arrière. Le garçon, après avoir ouvert la grille, grimpa les marches et tira la sonnette.

La porte s'ouvrit presque aussitôt. Susy était là, en pleine clarté, un bambin aux joues enfiévrées blotti sur son épaule. L'espace derrière eux était sombre, ou si peu éclairé qu'il formait un fond noir sur lequel se détachait sa silhouette lumineuse. Elle accueillit le garçon de courses sans surprise, prit le paquet qu'il lui tendait et, après son départ, resta un moment dans l'embrasure de la porte, embrassant du regard le bout de la rue déserte.

Pour celui qui l'épiait, cet instant parut avoir la rapidité de l'éclair et la durée d'une vie. Elle était là, à un jet de pierre, totalement inconsciente de sa présence : sa Susy, sa chère vieille Susy, et pourtant une Susy toute neuve, étrangement transformée, presque transfigurée par la posture dans laquelle il la découvrait.

Le choc de cette vision fut tel qu'il oublia sa surprise de la trouver en pareil endroit, oublia de se demander chez qui elle vivait et à qui pouvait bien appartenir l'enfant assoupi dans ses bras. Il vit un instant sa silhouette se découper sur l'arrière-plan de ténèbres et, à travers le voile de la nuit hivernale, il perçut l'unique, la vision absolue, l'image éternelle de la femme à l'enfant. En un éclair, il en fut comme transformé, renouvelé de fond en comble. Ses yeux s'attachèrent à digérer le spectacle, retrouvant les courbes familières de son corps impalpable, remarquant la minceur du bras levé qui soutenait le gamin, la courbe lasse de l'épaule sur laquelle il pesait, l'air soucieux avec lequel elle appuyait sa joue contre la sienne même alors que son regard se perdait au loin. Puis elle se retira, le battant de la porte retentit et le quinquet n'éclaira plus que le vide.

« Mais elle est à moi ! » s'écria Nick dans l'exaltation de la reconquête.

Ses yeux étaient si pleins d'elle qu'il les ferma pour sauvegarder la vision qui l'avait envahi.

Il commença par la préserver sous les espèces d'un tableau en bonne et due forme mais, progressivement, elle se morcela en éléments distincts. L'enfant disparut, l'étrange bicoque s'éclipsa. Susy se dressait seule devant lui, sa Susy, rien que sa Susy, changée, certes, usée, assagie – vieillie, même – des ombres plus marquées sous les pommettes, les sourcils froncés, la jointure du poignet plus frêle et plus saillante. Ce n'était pas ainsi que sa mémoire la lui avait présentée, et il se souvint, avec une pointe de remords, que quelque chose dans son apparence, sa robe, son attitude lasse, comme affaissée, évoquait l'univers de la pauvreté ou de la dépendance, à l'unisson de la bâtisse où sa présence avait d'abord semblé si déplacée.

« Mais c'est qu'elle a l'air *pauvre* ! » pensa-t-il, le cœur serré. Et au même moment, il se dit qu'il devait s'agir des petits Fulmer, dont elle assurait la garde pendant que leurs parents visitaient l'Italie. Il avait eu vent de la soudaine ascension de Nat Fulmer et avait entendu dire qu'on avait récemment aperçu le couple à Naples et Palerme. Personne n'ayant mentionné le nom de Susy dans ce contexte, il aurait difficilement pu expliquer comment il était parvenu à cette conclusion, mais n'était-il pas naturel que Susy, dans une passe difficile, se fût rabattue sur son amie de toujours ?

Mais pourquoi des ennuis ? Et quels ennuis ? Quel contretemps imprévu avait pu interrompre sa marche triomphale ?

« Voilà ce que je ne vais pas tarder à savoir ! » s'exclama-t-il, dans le charivari de ses espoirs nouveaux et de ses souvenirs anciens.

D'avoir vu à son épouse un maintien et des manières si éloignés de l'univers dans lequel il la croyait replongée avait modifié en un clin d'œil son rapport à la vie et couvert d'une brume d'irréalité tout ce dont il avait cru faire le plus solide et le plus tangible de ses ancrages. Seuls comptaient désormais les pavés de la rue où il montait le guet, la façade qui lui cachait sa femme, la poignée de la sonnette qu'il se sentait déjà agripper. Il s'avança. Il était à mi-chemin du perron lorsque surgit un véhicule particulier dont les phares déroulèrent jusqu'à la porte de Susy un tapis d'or qui scintillait sur la chaussée humide.

Lansing se rencogna dans l'ombre au moment où la voiture pilait devant le pavillon. Un homme en jaillit, dont la lumière éclaira la silhouette traînante. Strefford ! Avec ce côté dégingandé et cette façon bien à lui de se mouvoir paresseusement, avec sa pelisse de fourrure et tout l'attirail de sa récente opulence.

Immobile, Lansing n'était plus en mesure de détacher son regard de la porte. Strefford sonna et attendit. Susy réapparaîtrait-elle ? Peut-être n'avait-elle paru la première fois que parce qu'elle attendait une visite...

Mais non : un court instant suffit pour que vînt une bonne – la bonne à tout faire, visiblement éreintée, d'une maison trop affairée – qui s'effaça aussitôt devant le visiteur. Lansing était prêt à jurer qu'ils n'avaient pas échangé une parole : Lord Altringham n'avait pas posé de question, la bonne n'avait même pas eu à acquiescer. Aucun doute : il était attendu.

La porte se referma sur lui, et la lumière filtra par le volet de la fenêtre adjacente. La bonne l'avait introduit au salon, où elle avait allumé la lampe. À l'étage, Susy profitait sans doute de ce répit pour passer des doigts exercés dans sa chevelure défaite et enduire de rouge ses lèvres trop pâles. Ah, comme il les connaissait, les multiples étapes de ce rite familier, du plissement du front à la moue boudeuse de la lèvre inférieure ! Une sorte de malaise physique s'empara de lui tandis que ces gestes remémorés défilaient sur ses rétines... Et l'autre ? À l'intérieur de la maison, peut-être, à cet instant précis, l'évocation de la même scène le faisait-elle sourire !

Cette pensée au cœur, Lansing s'enfonça précipitamment dans la nuit.

[illegible] qu'ils [illegible] la Clas-[illegible]

L'attente se concentra [illegible] la voiture s'arrêta devant le pavillon. Un homme en jaillit, dont la lumière [illegible] la silhouette [illegible]. Avec ce côté [illegible] [illegible]

[illegible]

[illegible]

[illegible]

[illegible]

III

Susy et Lord Altringham prirent place au petit salon, séparés l'un de l'autre par un guéridon où une lampe enfumée côtoyait un monceau de manuels scolaires en piteux état.

Dans une demi-heure, la bonne, qu'on avait envoyée attendre les enfants à la sortie de leur cours, ramènerait son cheptel, et à tout moment, les sanglots impérieux de Geordie pouvaient sommer son esclave de se présenter à la nursery. Le temps qui leur était alloué était donc bref. Ils le passèrent assis à se demander ce qu'ils avaient à se dire.

En entrant, Strefford avait embrassé du regard la pièce lugubre, le piano encombré de partitions éculées, le divan bancal jonché de jouets d'enfants, les bouquets d'herbes séchées et les papillons empalés dont était flanquée la pendulette en bronze. Puis il s'était tourné vers Susy et lui avait tout bonnement demandé : « Mais qu'est-ce que tu fais ici, sacredieu ? »

Elle n'avait même pas essayé de répondre. D'emblée, elle avait su qu'il ne comprendrait pas. Et elle n'allait pas avouer son désir secret de retrouver Nick au moment où celui-ci venait de l'informer qu'il faisait le nécessaire pour recouvrer définitivement sa liberté. Craignant que Strefford fût au courant et mentionnât les projets de remariage de Nick, craignant aussi de perdre pied devant la confirmation de ses craintes, elle avait préféré dire, d'une voix qu'elle essayait de rendre indifférente : « La procédure – c'est bien le mot qu'emploient les avocats ? –

est entamée. Pendant qu'ils s'en occupent, j'aime autant rester tout à fait seule... Je ne sais pas pourquoi... »

En réponse, Strefford l'avait fixée d'un long regard pénétrant. « Ah ! » avait-il murmuré tandis que ses lèvres retrouvaient leur vieille crispation narquoise. « À propos de procédure, reprit-il négligemment, où en est celle d'Ellie ? Je l'ai vue ce midi qui déjeunait joyeusement chez Larue, en compagnie de Vanderlyn et de Bockheimer. »

Le front de Susy s'empourpra. Elle se remémora sa triste soirée avec Nelson Vanderlyn, à peine deux mois plus tôt : « Avec le temps, je suppose donc que Nick et moi... », songea-t-elle.

À haute voix, elle lança : « Je n'arrive pas à imaginer comment Nelson et Ellie peuvent avoir envie de se revoir. Et qui plus est de s'afficher dans un restaurant ! »

Strefford n'avait pas quitté son sourire. « Ma chère, tu es d'un démodé incorrigible ! Pourquoi deux personnes qui se sont rendu le meilleur service du monde en se laissant mutuellement le champ libre au moment voulu se conduiraient-elles comme des ennemis jurés jusqu'à la fin de leurs jours ? Ce serait trop absurde, et d'une hypocrisie criante. Notre génération a connu bien des échecs. Mais au moins a-t-elle su en finir avec les faux-semblants. Cela établira ses titres à l'immortalité. J'irai jusqu'à dire que Nelson et Ellie ne se sont jamais autant appréciés qu'aujourd'hui. Il y a vingt ans, ils auraient eu peur de l'avouer, mais pourquoi hésiteraient-ils maintenant ? »

Susy le dévisagea, consciente que, sous ses paroles, perçait la douleur de la déception qu'elle lui avait infligée. Mais il était également évident que cette douleur n'était pas l'émotion mordante et dévastatrice qu'il eût peut-être aimé vivre, mais plutôt un crève-cœur à mille autres pareil, et que la ressentant, il pouvait prévoir le jour où il ne l'éprouverait plus.

Le silence était tombé entre eux. Il le brisa en se levant et en soupirant avec un haussement d'épaules : « Tu vas finir par m'obliger à épouser Joan Senechal. »

Susy sourit. « Pourquoi pas ? Elle est charmante.

— Oui, mais elle m'ennuiera.

— Pauvre Streff ! Moi aussi, j'aurais fini par t'...

— Peut-être. Mais sûrement pas aussi vite, loin de là... » Son sourire prit un pli sarcastique. « J'aurais eu de la marge. » Il semblait attendre une réponse. « Mais enfin, et toi, bon Dieu, qu'est-ce que tu vas faire d'autre ? finit-il par lancer, constatant qu'elle gardait le silence.

— Oh, Streff, je ne pourrais pas t'épouser pour ce genre de raison ! murmura-t-elle au bout d'un moment.

— Épouse-moi d'abord, tu trouveras les raisons ensuite. »

Elle resta muette. Ses lèvres esquissèrent un mouvement de dénégation et elle lui tendit la main en guise d'adieu. Il la serra avant de s'écarter, mais il s'arrêta sur le pas de la porte et plissa les yeux en la fixant avec nostalgie.

Émue par ce regard, elle s'empressa d'ajouter : « La seule raison que je puisse trouver, c'est une raison pour ne *pas* t'épouser. Je n'arrive pas encore à me sentir suffisamment démariée.

— Suffisamment dé-mariée ? J'avais pourtant l'impression que Nick faisait de son mieux pour que justement tu te sentes...

— Oui. Mais même lorsqu'il aura... j'ai parfois le sentiment que cela ne changera rien. »

Il la scrutait d'un air hésitant. Jamais elle n'avait vu un regard aussi grave dans son visage insouciant.

« Ma chère, c'est à peu près ce que je ressens pour toi », conclut-il en tournant les talons.

Ce soir-là, après avoir couché les enfants, Susy veilla longtemps dans le salon morose. Elle ne pensait pas à Strefford mais à Nick. Il devait venir à Paris – peut-être y était-il déjà. L'idée qu'il se trouvait peut-être déjà au même endroit qu'elle, sans qu'elle en sût rien, lui était si étrange et si douloureuse qu'elle sentit s'insurger sa jeunesse, sa vigueur, son amour de la joie. Pourquoi s'imposer plus longtemps ces souffrances insupportables, pitoyables, lamentables ? Si seulement elle avait pu le voir, l'entendre, fût-ce pour l'entendre prononcer à nouveau des mots aussi cruels et humiliants que ceux qu'il lui avait jetés en cette atroce journée de Venise... tout plutôt que le néant où il l'avait plongée en l'excluant de sa vie de manière absolue et définitive ! Oui, il s'était montré cruel, d'une cruauté inimaginable : il avait été dur, arrogant et injuste ; peut-être de façon délibérée, parce qu'il désirait déjà reprendre sa liberté. Mais elle était prête à affronter cette éventualité, prête à s'humilier plus encore qu'il ne l'avait humiliée – prête à faire n'importe quoi, rien que pour le revoir encore une fois.

Elle prit sa tête lourde entre ses mains et réfléchit. Faire n'importe quoi ? Mais que pouvait-elle faire ? Il ne fallait ni le blesser, ni entraver sa liberté, ni trahir l'esprit de leur pacte : sur ce point, elle était plus déterminée que jamais. Elle avait conclu un marché et elle s'y tiendrait, non pas pour des raisons théoriques mais simplement parce que c'était sa façon à elle de l'aimer. Très bien – mais le revoir... une fois, rien qu'une fois !

La réflexion de Strefford sur Nelson Vanderlyn et sa femme lui revint brusquement en mémoire : « Pourquoi deux personnes qui viennent de se rendre le meilleur service du monde se conduiraient-elles comme des ennemis jurés jusqu'à la fin de leurs jours ? » Si, en lui rendant sa liberté, elle lui avait vraiment rendu service, peut-être avait-il cessé de la haïr, peut-être ne refuserait-il plus de la voir... De toute façon, pourquoi ne pas lui écrire dans cet esprit, en toute camaraderie, et lui proposer une rencontre, histoire de « tout régler » ? L'apparence commerciale du mot « régler » (ah, comme elle le détestait !) devrait suffire à lui prouver qu'elle ne visait aucunement à empiéter sur sa liberté. D'ailleurs, il était trop moderne, trop libre d'esprit, trop affranchi de ce que Strefford appelait les faux-semblants, pour ne pas comprendre et accepter pareille proposition. Peut-être Strefford avait-il raison après tout ? Ce n'était pas rien, d'avoir dégagé les relations humaines de cette gangue d'hypocrisie, même si tant de choses délicieuses semblaient avoir été mystérieusement arrachées au passage...

Elle grimpa dans sa chambre, griffonna quelques mots et se hâta sous la pluie obscure jusqu'au coin de la rue pour glisser sa lettre dans la boîte. Au retour, elle eut l'étrange impression que la rue déserte ne l'était pas tout à fait – comme si Nick avait déjà été là, quelque part, tout près, dans la nuit, brûlant de la suivre jusqu'à l'entrée, de pénétrer dans la maison, de l'escorter dans sa chambre, comme jadis. Bizarre, à quel point le fait de lui avoir écrit ces quelques mots avait suffi à le rapprocher !

Dans la chambre, Geordie dormait profondément dans son petit lit. Elle souffla la chandelle et se dévêtit sans bruit, craignant de l'éveiller.

Le lendemain, Nick Lansing reçut la lettre de Susy, transmise à son hôtel par le bureau de son avocat.

Il la lut et la relut attentivement, à deux ou trois reprises, pesant et soupesant chacune de ses formules circonspectes. Elle proposait une rencontre afin de « tout régler ». Régler quoi ? Quelle raison avait-il d'accéder à une telle demande ? Quelle motivation secrète fallait-il y discerner ? Quelle horreur ! Chaque fois qu'il pensait à Susy, ces temps-ci, il se retrouvait sur ses gardes, soupçonnait des motifs cachés, craignait une médiocre et tortueuse manœuvre. Qu'essayait-elle d'obtenir, cette fois ? La question était posée.

Quelques heures plus tôt, rien qu'à la voir, il avait fondu et maudit la cruauté et l'injustice dont il avait fait preuve, se reprochant d'avoir commis tous les péchés d'orgueil possibles et imaginables envers lui comme envers elle. Mais l'apparition de Strefford, si visiblement attendu, bienvenu, à cette heure tardive, avait fait refluer cette vague de tendresse.

Après tout, qu'y avait-il là de tellement surprenant ? Rien n'avait changé dans leurs situations respectives. Il avait quitté son épouse de propos délibéré, et pour des raisons sur lesquelles aucun événement nouveau ne l'incitait à revenir. Tout indiquait qu'elle avait approuvé sa décision et en avait profité, à juste titre d'ailleurs, pour s'assurer un fort bel avenir.

Y avait-il là matière à pleurnicher ? Pourquoi deux personnes qui se flattaient de regarder les choses en face, d'en tirer froidement le meilleur parti sans vaines récriminations, y trouveraient-elles l'occasion de battre leur coulpe ? Il avait eu raison de penser que leur mariage relevait de la folie. Les charmes de Susy l'avaient emporté sur son jugement. Et puis, ils avaient eu leur année... leur folle année... enfin, presque, à deux ou trois mois près. Mais son instinct initial ne l'avait pas trompé et l'heure était venue pour l'un comme pour l'autre de la payer, cette folie. Les Parques oublient rarement les marchés qu'on conclut avec elles et n'hésitent jamais à exiger les intérêts cumulés. Alors, pourquoi, l'heure venue, ne pas régler crânement la facture et ne garder de l'aventure que le souvenir de ce qu'elle avait eu d'inestimable ?

Il expédia un pneumatique à destination de Mrs Nicholas Lansing, annonçant sa visite à seize heures. « Cela devrait nous laisser le temps, songea-t-il sèchement, de "tout régler", comme elle dit, sans empiéter sur les visites vespérales de Strefford. »

IV

Le message de son mari était bref :

Aujourd'hui, seize heures. N. L.

Toute la journée, elle en rumina les termes dans les affres de l'attente, essayant d'y lire du regret, des émotions, des souvenirs, un quelconque écho du tumulte qui agitait son cœur. Elle avait signé *Susy*, lui *N. L.* Cela semblait creuser un abîme entre eux. Après tout, elle était libre et pas lui. Peut-être qu'au regard de la situation où il s'était mis, elle n'avait fait qu'accroître la distance qui les séparait en suggérant cette rencontre insolite.

Elle alla s'asseoir dans le petit salon. La pendulette en bronze égrenait les minutes. Elle ne regarderait pas par la fenêtre : guetter son arrivée risquait de porter malheur. Il lui semblait qu'un millier d'esprits invisibles et de démons cachés pressaient autour d'elle les cohortes du bien et du mal, épiant les fluctuations de sa pensée, comptant les battements de son cœur, prêts à bondir sur le moindre symptôme d'assurance excessive pour le tourner prestement en dérision. Elle rêvait d'un autel où déposer des offrandes propitiatoires ! Mais quel sacrifice plus doux aurait-elle pu y laisser que ses palpitations secrètes et ses larmes refoulées ?

La sonnette retentit et elle sauta sur ses pieds comme sous l'effet d'un ressort. Dans le miroir, entre les jonchées d'herbes sèches, son visage lui sembla long, exsangue, presque décharné.

Ah, s'il la trouvait trop changée... ! Si seulement elle avait eu le temps de courir à l'étage pour se mettre une touche de rouge...

La porte s'ouvrit et se referma. Il était là.

Il dit : « Tu souhaitais me voir... »

Elle répondit : « Oui », et eut le sentiment que son cœur avait cessé de battre.

Elle ne parvint pas tout de suite à déterminer quelle mystérieuse transformation l'avait affecté, ni pourquoi, le regardant, elle avait l'impression de voir un étranger. Puis elle se rendit compte qu'il lui avait parlé du ton qu'il prenait d'habitude pour s'adresser à d'autres et elle comprit avec un frisson maladif qu'il la rangeait désormais parmi « les autres ».

Il y eut un silence de mort. Puis elle bredouilla, sans trop savoir ce qu'elle disait : « Nick... Prends un siège ? »

Il répondit : « Merci », mais il semblait l'avoir si peu entendue qu'il resta immobile, laissant la moitié de la pièce vide entre eux, et elle se sentit lentement submerger par la conscience que sa venue était stérile et sans espoir. Un mur de granit semblait s'être dressé entre eux, qui la dissimulait à ses yeux, comme si, avec ce regard lointain qu'elle ne lui connaissait pas, il fixait l'autre côté du mur plutôt qu'elle. Une idée lui vint brusquement : « Sa souffrance surpasse la mienne parce qu'il a pitié de moi et qu'il a peur de m'annoncer son prochain mariage. »

Blessée dans son orgueil, elle releva la tête pour croiser son regard en souriant.

« Tu ne crois pas, dit-elle, qu'il est plus raisonnable – tout a tellement changé dans nos vies – de nous rencontrer ainsi en amis ? Je tenais à te dire qu'il est parfaitement inutile d'éprouver... d'éprouver le moindre regret en ce qui me concerne. »

Une intense rougeur monta au front de Nick. « Oh, je sais... J'en suis convaincu », répliqua-t-il vivement avant d'ajouter sur un ton faussement enjoué : « Mais c'est gentil de le préciser.

— Il n'y a pas de raison, n'est-ce pas, poursuivit-elle, pour que ce genre de rencontre nous embarrasse ou nous fasse souffrir l'un ou l'autre, puisque nous avons tous les deux trouvé... »

Elle s'interrompit et lui tendit la main. « On m'a appris, pour toi et Coral... » conclut-elle.

Il effleura sa main de ses doigts glacés et la laissa retomber. « Merci, répéta-t-il pour la troisième fois.

— Tu ne veux pas t'asseoir ? »

Il s'assit.

« Tu ne crois pas, enchaîna-t-elle, que cette nouvelle manière de... de se voir en amis... et de discuter hors de toute rancune... est, somme toute, plus agréable, plus raisonnable, non ? »

Il sourit. « C'est terriblement gentil de ta part... de le prendre comme cela.

— Oh, mais je suis sincère ! » Elle s'arrêta brusquement et se demanda ce qu'elle se proposait de dire ensuite et pourquoi elle avait si brusquement perdu le fil de son discours.

Elle l'entendit toussoter et s'éclaircir la gorge. « Permets-moi de te dire dans ce cas, commença-t-il, que je me réjouis... que je suis vraiment très content que ton propre avenir s'arrange de manière aussi satisfaisante. »

Elle releva les yeux sur un visage impassible et muré.

« Oui : cela... cela te facilite énormément les choses, n'est-ce pas ?

— À toi aussi, j'espère. » Il marqua un temps avant de reprendre : « Je tiens aussi à te dire que je comprends parfaitement...

— Oh, l'interrompit-elle, moi aussi ; ton point de vue, je veux dire. »

Nouveau silence.

« Nick, pourquoi ne pourrions-nous pas être amis – de vrais amis ? Ce serait plus facile, non ? finit-elle par lancer, les lèvres tremblantes.

— Plus facile ?

— Eh bien, pour discuter de la situation... des dispositions. Il y a des arrangements à faire, je suppose ?

— Je suppose. » Il hésita. « Je fais ce qu'on me dit... je me contente de suivre les instructions. L'affaire n'a pas l'air très compliquée. Je fais le nécessaire. »

Elle rougit légèrement et retint son souffle. « Les mesures nécessaires : lesquelles ? Les avocats parlent une langue si déroutante... Je n'ai toujours pas compris... comment ça marche.

— Ma partie, tu veux dire ? Oh, c'est très simple. » Après une pause, il ajouta d'un ton laborieusement décontracté : « Je descends à Fontainebleau demain. »

Elle le dévisagea sans comprendre. « À Fontainebleau ? », dit-elle avec une expression de désarroi qui arracha à Nick son premier vrai sourire. « Oui, j'ai choisi Fontainebleau, je ne sais pas trop pourquoi... sinon que nous n'y sommes jamais allés ensemble. »

À ces mots, elle comprit brusquement et son front s'empourpra. Instinctivement, elle se leva, le cœur au bord des lèvres. « Mais c'est grotesque ! C'est absolument répugnant ! »

Il haussa légèrement les épaules. « Ce n'est pas moi qui fais les lois...

— Mais n'est-il pas stupide et dégradant que de telles choses soient nécessaires, lorsque deux personnes tiennent à se séparer ? » Elle s'interrompit à nouveau, réduite au silence par l'écho de ce fatidique « tiennent à se séparer ».

Il parut préférer ne pas s'étendre sur la nature des contraintes légales en question.

« Tu ne m'as toujours pas dit, risqua-t-il, par quel miracle tu vis dans cette maison.

— Ici, avec les petits Fulmer ? » Elle se ressaisit et tenta de s'aligner sur sa jovialité. « Oh, je leur sers de gouvernante pour quelques semaines, pendant le séjour de Nat et Grace en Sicile, voilà tout. » Elle ne dit pas : « Parce que j'ai rompu avec Strefford. » En un sens, préserver le secret de sa précaire indépendance mettait un peu de baume sur son orgueil blessé.

Il ne dissimula pas sa surprise. « Toute seule avec cette bonne ahurie ? Mais combien sont-ils ? Cinq ? Grand Dieu ! » Son regard vide s'égara sur la pendulette avant de revenir sur le visage de Susy.

« J'aurais cru qu'une telle quantité d'enfants te taperait sur les nerfs.

— Oh, non, pas ceux-là. Ils sont tellement gentils avec moi.

— Bon. Enfin, je suppose que ce n'est pas pour très longtemps. »

Ses yeux reprirent leur course à travers la pièce que son regard distrait semblait réduire à ses mornes éléments constitutifs, puis il ajouta, tentant visiblement de faire la conversation : « Je me suis laissé dire que ça ne collait pas très fort entre les Fulmer depuis son succès. On chuchote même qu'il se dispose à épouser Violet Melrose. »

Le rouge monta au visage de Susy. « Quoi ? Jamais ! Bien sûr que non ! Et même, il voyage avec Grace en ce moment.

— Ah, je l'ignorais. Les gens racontent tant de choses... » Il était visiblement gêné par un thème qu'il regrettait d'avoir abordé.

« Les rumeurs ont parfois du vrai, mais Grace n'en a cure. Elle dit qu'elle et Nat sont inséparables. Ils ne peuvent pas s'en empêcher, pense-t-elle, après tout ce qu'ils ont traversé ensemble.

— Chère vieille Grace ! »

Il s'était levé. Cette fois, elle ne fit aucun effort pour le retenir. Il semblait avoir recouvré son aplomb et elle éprouva une douleur voisine de l'humiliation, qu'il eût parlé avec tant de légèreté de son expédition du lendemain à Fontainebleau... C'est ainsi, se dit-elle, les hommes *sont* différents. Elle se souvint que ce n'était pas la première fois que Nick lui inspirait cette réflexion.

Elle brûlait de lui crier : « Mais attends... attends ! Tout compte fait, je ne vais pas épouser Strefford ! » – mais il risquait d'y lire un appel à une compassion, voire à une indulgence, dont elle ne voulait certainement pas. Jamais elle ne pourrait oublier qu'il l'avait abandonnée parce qu'il jugeait intolérable qu'elle « se débrouille » – et pour rien au monde, elle n'aurait accepté de le laisser croire que leur rencontre se situait dans ce genre de perspective.

« S'il est incapable de voir combien je suis différente, en dépit des apparences... et que je n'ai jamais été ce qu'il a dit que j'étais ce jour-là – si, pendant tous ces mois, cela ne lui est pas venu, à quoi bon essayer de le lui montrer maintenant », pensa-t-elle rêveusement. Puis ses pensées se précipitèrent : « Peut-être souffre-t-il, lui aussi – je crois qu'il souffre – en tout cas, il souffre pour moi, sinon pour lui. Mais s'il s'est engagé auprès de Coral, que peut-il faire ? Et que penserait-il de moi, si je l'incitais à manquer à sa parole ? »

Elle l'avait en face d'elle... l'homme qui « irait à Fontainebleau demain », qui appelait cela « faire le nécessaire », qui était capable de sourire en prononçant cette phrase d'un air enjoué ! Un monde semblait déjà les séparer : comme si leur rupture faisait déjà intégralement partie de leur lointain passé. Les mots, les cris, les arguments qui agitaient bruyamment leurs lourdes ailes dans sa poitrine atterrirent en silence. Une seule pensée demeura : « Combien de temps va-t-il encore rester planté là ? »

On aurait pu croire qu'il avait lu la question sur son visage, car, s'arrachant à sa profonde contemplation des rideaux, il lança : « C'est tout ?

— C'est tout ? !

— Je veux dire : tu parlais de choses à régler »

Elle rougit au souvenir du prétexte qu'elle avait invoqué pour le faire venir.

« Oh ! bredouilla-t-elle, je n'étais pas au courant... Je croyais qu'il pouvait y avoir... Mais j'imagine que nos avocats... »

Elle remarqua le soulagement qui se dessinait sur son visage crispé. « Exactement. J'ai toujours été d'avis qu'il vaut mieux s'en remettre à eux. Je t'assure... – un sourire contraint lui étira brièvement les lèvres –... je ne ferai rien qui serait de nature à entraver un arrangement rapide. »

Immobile, elle sentit la pétrification la gagner. Il semblait déjà très loin, à la manière d'une silhouette qui se perd au fond d'une vaste perspective.

« Au revoir, donc », l'entendit-elle prononcer à l'autre bout de ce lointain espace.

« Euh, au revoir », balbutia-t-elle, comme si le mot avait été introuvable, comme si elle avait été soulagée qu'il le lui eût suggéré.

Il s'arrêta encore sur le seuil, tourna la tête pour la regarder et reprit. « J'ai... », commença-t-il. Puis il répéta : « Au revoir ! » comme pour s'assurer qu'il n'avait pas oublié de prononcer la formule. Et la porte se referma sur lui.

C'était fini. Elle avait eu sa dernière chance et elle l'avait ratée. Maintenant, en toute hypothèse, la seule chose pour laquelle elle avait vécu et qu'elle avait tant espéré revivre ne prendrait jamais corps. Il était revenu et elle l'avait laissé partir...

Comment était-ce possible ? Serait-elle jamais en mesure de se l'expliquer ? Comment se faisait-il qu'elle, si fertile en stratégies, si versée dans l'art d'être femme, se fût retrouvée sans défense et sans voix devant lui, comme une collégienne privée de paroles par son premier élan amoureux ? S'il était reparti, parti pour ne jamais revenir, c'était sa faute à elle, à personne d'autre qu'elle. Qu'avait-elle fait pour l'émouvoir, pour le retenir, pour lui faire battre le cœur et lui tourner la tête, comme lui battait le cœur, comme lui tournait la tête ? Elle était consternée par la mollesse qui l'avait murée dans le silence...

Soudain, portant les mains jusqu'à son front brûlant, elle s'écria : « Mais c'est l'amour ! Oui, ce ne peut être que cela ! »

Sans doute l'avait-elle aimé auparavant, car quel autre nom donner à l'impulsion qui l'avait menée à lui, lui avait enseigné à surmonter les scrupules qui le paralysaient et à l'entraîner dans le tourbillon de leur folle aventure ? Eh bien, si cette impulsion relevait de l'amour, ce qu'elle éprouvait maintenant revêtait une ampleur et une profondeur tellement plus démesurées que l'autre sentiment semblait se réduire à la simple entente de deux sangs emportés par la même danse...

Non ! Le véritable amour, le grand amour, celui que chantent les poètes, celui dont les heureux bénéficiaires vivent et meurent dans les tortures, cet amour-là avait son langage éminent et la maîtrise absolue des moyens auxquels il avait recours. Les arts mineurs de la coquetterie n'en étaient pas plus éloignés que les timidités des pucelles. Le grand amour rayonnait de sagesse, de force et de puissance, à l'instar du génie, à l'instar de toutes les formes dominantes de l'énergie humaine. Il se connaissait bien. Il savait parfaitement ce qu'il voulait. Et il savait comment réaliser ses objectifs.

Ce n'était donc pas le grand amour... Non, rien qu'un amour à hauteur d'homme, l'amour sans gloire ni prestige de monsieur et madame Tout-le-monde. Et il lui était advenu avec tant de fraîcheur, sous des dehors tellement irrésistibles, avec un visage si grave et tant de trouble au bout des doigts qu'elle en avait été pétrifiée ; à peine avait-elle croisé son regard qu'elle s'était sentie toute petite entre ses bras, reconnaissant qu'elle avait pris pour de l'amour la simple jouissance des vertes saveurs du printemps.

« Mais comment l'aurais-je su ? Et voilà qu'il est trop tard ! » gémit-elle.

V

Les hôtes du pavillon de Passy se rattachaient forcément à la catégorie des lève-tôt. Pourtant, lorsque Susy sauta du lit le lendemain matin, personne n'avait encore bougé et il s'en fallait de près d'une heure que le réveil de la bonne ne se décidât à sonner.

Susy se pencha un moment par la fenêtre de sa chambre obscure pour humer la nuit noire. Une bruine glaciale lui inonda le visage. Elle se retira en frissonnant. Puis elle alluma une bougie en prenant soin, comme d'habitude, de préserver de son éclat la silhouette de l'enfant endormi. Enfin, elle enfila sa robe de chambre et ouvrit la porte. Sur le seuil, elle s'arrêta pour consulter sa montre. Cinq heures et demie ! Seulement ! Elle eut quelques scrupules à interrompre le sommeil de Junie, mais de tels sentiments n'étaient qu'une plume dans la balance de ses desseins. La pauvre Junie rattraperait son retard de sommeil ce dimanche, voilà tout.

Susy se faufila dans le couloir, ouvrit une porte et éclaira le visage de la fillette.

« Junie ! Junie chérie, il faut que tu te réveilles ! »

Junie reposait dans l'abandon de son sommeil juvénile. En entendant son nom, elle se redressa promptement, à la manière de celles qui portent depuis longtemps le fardeau d'une maisonnée.

« Lequel est-ce ? demanda-t-elle, un pied hors du lit.

— Oh, ma petite Junie, non... les enfants n'ont rien... ni personne d'autre », balbutia Susy, agenouillée près du lit.

À la lueur de la bougie, elle vit le front soucieux de Junie se teinter de reproche.

« Mais alors pourquoi, Susy ? Je rêvais que nous nous promenions tous ensemble à Rome dans une immense automobile avec papa et maman !

— Je suis navrée, mon trésor. Quel joli rêve ! Je suis une brute de l'avoir interrompu. »

Elle sentit s'éveiller l'attention de la petite fille. « Si rien ne cloche, alors, pourquoi pleures-tu ? C'est toi qui ne vas pas ? Que s'est-il passé ?

— Moi, je pleure ? » Susy se redressa pour s'asseoir sur la courtepointe. « Oui, c'est moi. Et il fallait que je te réveille.

— Oh, Susy chérie, qu'y a-t-il ? » En un éclair, les bras de Junie furent autour d'elle et Susy les pressa de ses doigts brûlants.

« Junie, écoute ! Je dois partir immédiatement – Il faut que je vous quitte toute la journée. Il se peut que je ne revienne pas avant tard ce soir, tard dans la nuit, je ne sais pas quand. J'ai promis à ta mère de ne jamais vous laisser, mais il faut que je le fasse – il le faut. »

Junie fixa ses yeux vifs sur les traits bouleversés de sa grande amie. « Que tu es bête, je ne vais pas te cafter, ma vieille », dit-elle simplement.

Susy la pressa contre son sein. « Junie, Junie, quel ange tu fais ! Mais tu m'as mal comprise. Bien sûr que tu peux le dire – il faut que tu le dise. Je l'écrirai moi-même à ta mère. Ce qui m'inquiète, c'est d'être obligée de partir – de partir loin de Paris – toute la journée, avec Geordie qui tousse toujours un peu et personne sauf cette bécasse d'Angèle pour rester avec lui pendant votre absence – et personne pour t'emmener, toi et les autres, à l'école. Mais Junie, Junie, il faut vraiment que je le fasse ! », acheva-t-elle avec un sanglot en serrant l'enfant encore plus fort.

Junie Fulmer, avec l'étrange maturité qui lui permettait de

percevoir la situation, apparemment toutes les situations que le destin pouvait l'appeler à affronter, resta un moment sans bouger dans les bras de Susy. Puis, d'une torsion habile, elle libéra ses poignets et, s'adossant aux oreillers, dit judicieusement : « Tu n'arriveras jamais à élever ta famille à toi, si tu prends tellement à cœur le sort des enfants des autres. »

Franchissant le mur de son esprit bouleversé, la remarque arracha un rire à Susy. « Oh, ma famille à moi... Je ne mérite pas d'en avoir une, vu la manière dont je me comporte avec *vous* ! »

Junie la fixait attentivement. « Ma chérie, un changement d'air te fera le plus grand bien : tu en as vraiment besoin », déclara-t-elle.

Susy se leva, mi-sourire, mi-soupir. « Je n'en suis pas du tout persuadée ! Mais il faut que je le fasse, de toute manière. Reste que je suis vraiment inquiète – d'autant que je ne peux même pas te dire où me joindre ! »

Junie semblait toujours inspecter la situation.

« Tu ne peux même pas me dire où tu vas ? s'aventura-t-elle à demander, comme si elle craignait que la question fût indiscrète.

— Eh bien, non, je ne crois pas, pas avant mon retour. D'ailleurs, même si je le pouvais, cela ne servirait à rien, parce que je ne pourrais pas te donner mon adresse là-bas. Je ne la connais pas encore.

— Mais quelle importance, puisque tu reviens ce soir ?

— Bien sûr que je reviens ! Comment peux-tu imaginer que je pourrais envisager de vous laisser seuls plus d'une journée ?

— Oh, cela ne me ferait pas peur – enfin, pas trop, avec le tisonnier et le pistolet à eau de Nat », corrigea Junie, toujours aussi sensée.

Susy l'étreignit avec véhémence avant d'aborder des sujets d'ordre pratique. Elle expliqua que l'idéal, pour elle, serait d'attraper le train qui partait de la gare de Lyon à huit heures et demie et qu'il n'y avait pas un moment à perdre car elle devait habiller et faire déjeuner les gamins et rédiger des instructions détaillées pour Junie et Angèle, avant de courir prendre le métro.

Pendant qu'elle donnait son bain à Geordie et s'habillait en hâte, elle ne put s'empêcher de s'étonner de l'extrême sollicitude qu'elle éprouvait envers ses protégés. Elle se rappela avec un pincement de cœur toutes les fois où elle avait déserté Clarissa Vanderlyn des journées entières, voire deux ou trois jours d'affilée – pauvre petite Clarissa qu'elle savait si dénuée de protection, si exposée aux influences néfastes. Mais en ce temps-là, ses propres soifs l'avaient trop absorbée pour qu'elle eût de l'enfant une conscience plus qu'intermittente. Maintenant, au contraire, ni le plus accablant des chagrins ni le plus prenant des bonheurs ne pourraient l'isoler à nouveau du reste des humains.

Et puis, ces enfants étaient tellement différents ! La charmante Clarissa était déjà la victime prédestinée de son milieu : la même barrière d'incompréhension qui séparait Susy de Mrs Vanderlyn la séparait de son âme en bourgeon. Elle ne pouvait enseigner à sa gouvernante que la vilenie de ses appétits mesquins, alors que la compagnie tapageuse des petits Fulmer lui avait été une école de sagesse et d'abnégation.

Elle brossait les cheveux satinés de Geordie et lui essuyait son nez enchifrené, lorsque le sentiment de tout ce qu'elle lui devait la frappa de manière si évidente qu'elle s'interrompit pour l'embrasser.

« J'aurai une histoire fantastique à te raconter en rentrant ce soir, si tu me promets d'être sage toute la journée », marchanda-t-elle. Et Geordie, toujours retors, négocia en retour : « Avant de promettre, j'aimerais savoir quelle histoire. »

L'ordre finit par régner sur le pavillon. La minutie des consignes laissées par Susy avait ébloui Junie autant qu'elle avait ahuri Angèle. Susy, couverte d'une gabardine et solidement chaussée, descendit les marches du perron et s'arrêta pour saluer de la main la pyramide des têtes qui, à la fenêtre de l'étage, tendaient déjà leur nostalgie vers elle.

Il faisait à peine jour et la pluie n'avait pas cessé lorsqu'elle s'engagea dans l'allée toujours aussi lugubre, toujours aussi déserte. Au coin de la rue, elle aperçut un taxi en maraude. Des bagages étaient encore empilés à côté du chauffeur. S'agissait-il d'un voyageur matinal qui, parvenu à destination, libérerait la voiture à temps pour qu'elle y prît place, lui évitant ainsi de marcher jusqu'au métro où elle aurait voyagé debout, accrochée à la courroie, car c'était l'heure des classes laborieuses ? Elle fila jusqu'au véhicule qui, surmontant son hésitation, se dirigeait déjà vers elle. Perplexe, elle s'arrêta pour voir où il déposerait son client. Sur quoi, le taxi s'arrêta lui aussi et son chargement se déposa lui-même aux pieds de Susy. C'était Nicholas Lansing.

Ils restèrent sous la pluie à se dévisager jusqu'au moment où Nick lança : « Où vas-tu ? Je suis venu te chercher.

— Me chercher ? Me chercher ! », répéta-t-elle. Elle venait de remarquer à côté du chauffeur la vieille valise d'où son mari l'avait obligée à extraire les cigares de Strefford avant leur départ de Côme, et tous les événements qui s'étaient déroulés depuis lors semblèrent se dissoudre dans l'angoisse et l'exaltation de cet impérieux souvenir.

« Te chercher, oui, bien entendu. » Il prononça ces paroles péremptoires presque à la manière d'un ordre. « Où allais-tu ? », répéta-t-il.

Sans répondre, elle se tourna vers le pavillon. Il lui emboîta le pas. Le taxi et les bagages fermaient la procession.

« Que fais-tu dehors par un temps pareil sans parapluie ? reprit-il du même ton autoritaire en l'attirant sous son propre parapluie.

— Oh, celui de Junie est en lambeaux et il fallait bien que je lui laisse le mien, puisque je partais pour toute la journée. » Elle prononça ces mots comme en transe.

« Toute la journée ? À cette heure-là ? Où ça ? »

Ils étaient parvenus devant la porte d'entrée. Elle fouilla machinalement dans son sac pour y chercher sa clé, entrer et gagner le salon, qui n'avait pas été rangé depuis la veille. Les manuels des enfants s'étalaient sur la table et sur le divan.

L'âtre vide n'abritait que des cendres grises. Elle se tourna vers Nick dans la lueur blême du petit matin.

« J'allais te voir, bredouilla-t-elle. J'avais l'intention de te suivre jusqu'à Fontainebleau, si nécessaire, pour te dire... pour t'empêcher de... »

Il répéta, du même ton agressif : « Me dire quoi ? M'empêcher de quoi ?

— Te dire qu'il doit y avoir un autre moyen... un moyen décent... de nous séparer... sans cette horreur... toi, partir avec une femme !... »

Il la dévisagea, puis éclata de rire. Le sang afflua au visage de Susy. Elle avait perçu dans ce rire une intonation familière, qui la blessait. Qu'est-ce qui le prenait de rire comme autrefois, à un moment pareil ?

« Je suis désolé, mais il n'y a pas d'autre moyen, j'en ai peur. Pas d'autre, sauf un », rectifia-t-il.

Elle leva vivement la tête. « À savoir ?

— Que tu sois la femme en question... Chérie... » Il avait renoncé à son sourire narquois et s'était rapproché pour lui prendre les mains. « ... Chérie, ne vois-tu pas que nous avons tous deux éprouvé la même chose à la même heure ? Tu y as réfléchi toute la nuit, n'est-ce pas ? Moi aussi. Chaque fois que la pendule sonnait les heures, je me disais : « Elle l'entend aussi. » Je me suis levé avant l'aube et j'ai bouclé mes valises – parce que je ne veux plus jamais remettre les pieds dans cet horrible hôtel où j'ai vécu l'enfer ces trois derniers jours. Et je me suis juré de partir avec une femme par le premier train que j'arriverais à prendre – et c'est ce que je vais faire, ma chère. »

Elle se tenait comme paralysée devant lui. Oui, paralysée : c'était bien le pire ! Le choc était trop violent et elle parvenait à peine à saisir le sens de ses paroles. En revanche, elle ne put s'empêcher de noter que le gland du rideau avait sauté une fois de plus (ah, ces enfants !) et elle se demanda vaguement si les bagages de Nick ne risquaient rien dans le taxi. On entend de telles histoires...

La voix de Nick finit par l'atteindre. « ... Écoute ! implorait-il. Tu vois bien que ce n'est pas possible. Nous sommes mariés – le reste... Oh, je sais, je me suis comporté comme une brute, le plus arrogant des ânes ! Mais tu ne pourrais pas souhaiter à cet âne une pire raclée que celle que je lui ai flanquée ! Enfin, ce n'est pas le problème. Le problème, c'est que nous sommes mariés... Mariés... Cela ne signifie-t-il pas quelque chose pour toi, quelque chose... d'inexorable ? Pour moi, si. Je ne l'aurais jamais imaginé – pas de cette manière. Mais tout ce que je peux dire, c'est qu'à mon avis, les gens qui ne l'éprouvent pas ne sont pas vraiment mariés – et ils feraient mieux, infiniment mieux de se séparer. Quant à nous... »

À travers ses larmes, elle hoqueta : « C'est ce que j'ai ressenti... c'est ce que j'ai dit à Streff... »

Il se précipita pour l'enrober dans ses bras. « Mon amour ! Mon amour ! Tu le lui as dit ?

— Oui, haleta-t-elle. C'est pour cela que je vis ici. » Elle marqua une pause. « Et toi, tu l'as dit à Coral ? »

Elle sentit son étreinte se relâcher. Il s'écarta légèrement, sans cesser de la tenir dans ses bras, mais tête baissée.

« Non... Je... ne l'ai pas fait.

— Oh, Nick ! Mais alors... ? »

Il resserra son étreinte, avec, semblait-il, une pointe de rancune. « Bon – et alors ? Que veux-tu dire ? Quelle différence cela peut-il faire ?

— Mais si tu lui as promis de l'épouser... » (Elle avait beau essayer, sa voix restait pleine de carillons argentés.)

« L'épouser ? L'épouser ! répéta-t-il. Mais comment le pourrais-je ? D'ailleurs, quel sens cela a-t-il, le mariage ? S'il a un sens, c'est... toi ! Et je ne peux tout de même pas inviter Coral Hicks à se mettre en ménage avec moi, hein ? »

Entre les larmes et le rire, elle se blottit contre sa poitrine tandis qu'il lui caressait les cheveux.

Après un moment de silence partagé, il reprit : « C'est toi qui l'as dit hier, tu sais. »

Elle revint titubante des prairies ensoleillées. « Hier ?

— Oui : que Grace Fulmer disait qu'on ne peut pas séparer deux personnes qui ont traversé tant de choses... »

— Ah, "qui ont traversé beaucoup de choses ensemble..." Ce ne sont pas les épreuves qui comptent, vois-tu, c'est le simple fait d'être ensemble, coupa-t-elle.

— Le fait d'être ensemble – voilà ! » Il s'était emparé du mot comme si on venait de l'inventer pour décrire leur cas et que son esprit avait enfin une chance d'y trouver le repos.

Ils sursautèrent en entendant la sonnerie de la porte d'entrée. Par la fenêtre, ils virent le chauffeur de taxi qui demandait à grand renfort de gestes que faire des bagages.

« Il veut savoir s'il doit les laisser ici, dit Susy en riant.

— Non, non ! Tu dois venir avec moi, affirma l'époux.

— Venir avec toi ? » Elle s'esclaffa devant l'absurdité de la proposition.

« Bien sûr, et pas plus tard que tout de suite. Que croyais-tu ? Que j'allais partir sans toi ? Monte boucler tes valises, ordonna-t-il.

— Mes valises ? Mes valises ! Mais je ne peux pas abandonner les enfants ! »

Il la dévisagea, partagé entre l'indignation et l'amusement. « Pas abandonner les enfants ! Mais c'est grotesque ! Enfin, c'est toi-même qui as dit que tu te disposais à me suivre à Fontainebleau ! »

Elle rougit, un peu douloureusement cette fois. « J'avais perdu la tête... Il fallait absolument que je te retrouve... Mais je serais revenue ce soir, à tout prix.

— À tout prix ? »

Elle hocha la tête, et affronta son regard sans flancher.

« Très bien. Mais alors ?

— Alors, je ne peux pas laisser les enfants avant le retour de Nat et de Grace. Je l'ai promis.

— Certes, mais tu ignorais à ce moment-là... Enfin, leur nurse peut bien s'occuper d'eux, non ?

— Il n'y a pas d'autre nurse que moi.

— Ciel !

— Mais il ne reste plus que deux semaines, plaida-t-elle.

— Deux semaines ! Sais-tu combien de temps j'ai dû vivre sans toi ? » Il lui saisit les poignets et les serra contre sa poitrine. « Viens avec moi, au moins deux jours... *Susy !* supplia-t-il.

— Oh ! s'écria-t-elle, c'est la toute première fois que tu m'appelles par mon prénom !

— Eh bien, Susy, Susy, ma Susy... Susy ! Et toi, tu n'as prononcé le mien qu'une fois, tu sais.

— Nick ! » soupira-t-elle, sereine, comme si cette seule syllabe avait enveloppé quelque graine magique dont les vastes branchages étaient destinés à les abriter.

« Allons, Susy, sois raisonnable. On y va !

— Raisonnable – ah, là, là, raisonnable ! sanglota-t-elle de rire.

— Déraisonnable, alors ! C'est encore mieux ! »

Elle se dégagea et recula doucement. « Nick, j'ai juré de ne pas les abandonner et je ne peux pas les abandonner. Parce que j'ai promis à leur mère – mais aussi à cause de ce qu'ils ont été pour moi. Tu ne sais pas... tu ne peux pas imaginer tout ce qu'ils m'ont appris. Il y a des moments où ils sont insupportables tellement ils sont intelligents ; mais quand ils sont tranquilles, ce sont les personnes les plus sages que je connaisse. » Elle marqua un temps et une soudaine inspiration illumina son visage. « Mais pourquoi ne pas les emmener avec nous ? » lança-t-elle.

Son mari lui lâcha les poignets. Abasourdi, il s'écria :

« *Les emmener avec nous !*

— Pourquoi pas ?

— Tous les cinq ?

— Évidemment – comment veux-tu que je les sépare. Et puis Junie et Nat nous aideront à surveiller les petits. »

— *Nous aideront !* gémit-il.

— Oh, tu verras, ils ne te t'ennuieront pas. Fais-moi confiance, je me débrouillerai... » Le mot l'arrêta net et le pourpre de l'angoisse la gagna du front jusqu'au cou. Leurs yeux se rencontrèrent et, sans un mot, il se pencha pour déposer un baiser délicat sur la tache rouge de sa gorge.

« Nick, murmura-t-elle, plaçant ses mains entre les siennes.

— Mais ces enfants... »

Au lieu de répondre, elle enchaîna : « Où va-t-on ? »

Son visage s'éclaira.

« Mais n'importe où, ma chérie, où tu voudras.

— Bien, j'opte pour Fontainebleau ! lança-t-elle, exultante.

— Je vote pour ! Mais nous ne pouvons pas emmener tous ces gosses à l'hôtel à Fontainebleau, si ? objecta-t-il timidement. Tu comprends, chérie, les frais.. »

Les yeux de Susy l'avaient déjà devancé. « La dépense ne sera pas astronomique. Je viens de me rappeler qu'Angèle, notre bonne, a une sœur qui y travaille comme cuisinière, dans une jolie petite pension à l'ancienne qui doit être à peu près vide à cette époque de l'année. Je suis sûre que je peux me débr... organiser cela facilement », s'empressa-t-elle de corriger après avoir failli buter une fois de plus sur le vocable fatal. « Et pense à la fête que ce sera pour eux ! On est vendredi, je peux leur faire manquer la classe cet après-midi et les garder à la campagne jusqu'à lundi. Les pauvres chéris, ils ne sont pas sortis de Paris depuis des mois ! Je suis même convaincue que le changement d'air guérira la toux de Geordie – Geordie, c'est le plus jeune », expliqua-t-elle, surprise de se sentir si concernée par le bien-être des petits Fulmer, même au cœur de ces exaltantes retrouvailles.

Elle vit bien que son mari s'en étonnait aussi, mais, au lieu de prolonger la discussion, il se contenta de demander : « Geordie est le gamin que tu portais dans les bras quand tu as ouvert avant-hier soir ? »

Elle répéta : « Moi, j'ai ouvert avant-hier soir ?

— À un garçon qui apportait un paquet.

— Ah ! balbutia-t-elle. Tu étais là ? Tu me surveillais ? »

Il la prit dans ses bras et un champ de vibrations amples et chaleureuses s'instaura entre leurs deux corps comme pendant la nuit de leur lune de miel à Côme.

En un clin d'œil, elle prit les choses en main et rassembla ses forces. Payer le taxi, déposer les bagages de Nick dans le vestibule, réunir les enfants, qui venaient de débouler pour le petit déjeuner, et leur apprendre la nouvelle.

Pour accoutumés qu'ils fussent aux surprises, ils sursautèrent en apercevant Nick. Mais les rires et les embrassades aidant, son identité et ses titres à être là finirent par leur apparaître clairement. Junie, toujours pragmatique, demanda aussitôt : « Alors, je suppose que maintenant on peut parler de toi avec Susy ? » – sur quoi la petite bande se concentra sur l'horizon de leurs vacances imminentes.

La petite maison fut emportée par une sorte de tornade. Des festivités aussi imprévues et d'une telle ampleur étaient rares dans l'expérience des jeunes Fulmer, et sans l'influence stabilisante de Junie, rien n'aurait pu contenir leur enthousiasme. Le jeune Nat, auprès de qui Nick invoqua leur virilité commune, fut tout de même invité à s'abstenir de célébrer l'événement à coups de trompe d'auto (celle-là même dont les échos avaient été un véritable supplice dans le New Hampshire), et à affermir son autorité sur ses cadets. Un plan finit par émerger du chaos et les enfants s'y insérèrent comme autant de pièces de puzzle.

Susy survolait la tornade avec sa constance habituelle. Mais une houle d'anxiété grondait sous cet affairement. Nick et elle n'avaient pas eu le temps de revenir aux questions matérielles. Vu l'état de leurs finances, le problème était évidemment secondaire. Mais elle y voyait une raison supplémentaire pour être secrètement terrorisée par sa résolution intrépide de ne pas se séparer des enfants. Trois jours de lune de miel avec un lot de cinq enfants – dotés de l'appétit des Fulmer ! – cela allait coûter une fortune ; et tout le temps qu'elle passa à régler les détails, à les expédier à l'école et à débusquer des entrailles du pavillon les incroyables réceptacles qui feraient office de bagages, ses pensées restèrent fixées sur le démon familier des soucis financiers.

Oui, il était cruel de le voir redresser sa crête infâme au milieu des bourgeons de son printemps retrouvé, mais il était bien là, le serpent perpétuel de son Éden, à attendre qu'elle vienne le corrompre, le gaver, l'endormir avec toutes les miettes qu'elle réussirait à quémander, à emprunter ou à dérober en sa faveur. Sans doute était-ce le prix fixé par le destin pour sa béatitude, et elle était plus certaine que jamais que pareille félicité en valait largement la peine. Mais comment arranger la coexistence des nécessités matérielles et de ses nouveaux principes ?

Avec les affaires des enfants à emballer, le petit déjeuner à préparer, la pension à prévenir par téléphone, l'heure n'était pas à la casuistique et elle se demanda, non sans ironie, si ce n'était pas le manque chronique du temps nécessaire au règlement de ses problèmes de trésorerie qui avait si souvent précipité sa chute. Mais ce problème-là allait lui aussi devoir attendre. Il fallait d'abord se ruer dans la bourrasque des préparatifs indispensables et envoyer Nick acheter un peu de charcuterie pour le déjeuner et téléphoner à Fontainebleau.

Sitôt qu'il fût parti – elle prit soin de le regarder tourner le coin de la rue –, elle enfila son manteau, préleva un petit paquet dans sa trousse de voyage, le fourra dans sa poche et prit la direction opposée.

VI

Il fallut deux taxis pleins à ras bord pour conduire la famille Lansing à la gare en prévision de leur seconde lune de miel. Le premier abritait Nick, Susy et les bagages de tout le groupe (y compris la trompe du jeune Nat – une concession de dernière minute, justifiée par le fait qu'il s'était abstenu d'en jouer jusque-là). Dans le second s'entassaient les cinq Fulmer, la bonne, qui, à la dernière seconde, avait refusé de rester seule, une pleine cagée de canaris et un chaton trouvé qui nourrissait maints projets meurtriers à l'égard de ces derniers. Il avait fallu tout emmener : la bonne étant de la partie, qui s'en serait occupé ?

Au coin de la rue, Susy s'arracha aux bras de Nick et enraya la procession le temps de courir jusqu'au taxi n° 2 pour vérifier que la bonne n'avait pas oublié les clés de la maison. Bien entendu, elle ne les avait pas, mais Junie y avait pensé. La caravane s'ébranla de nouveau et atteignit la gare au moment où le train démarrait. Un miracle de générosité de la part du chef de train leur permit de s'entasser dans un compartiment vide – sans aucun doute, comme le fit remarquer Susy, parce que les contrôleurs repèrent toujours les jeunes mariés et leur réservent systématiquement le meilleur accueil.

Les enfants, placés sous la haute surveillance de Junie, avaient commencé par manifester tous les signes prometteurs d'une surhumaine sagesse. Mais leurs émotions ne tardèrent pas à prendre un tour débordant, et ils ne se calmèrent qu'après avoir obtenu que Nat sonnât la trompe à chaque arrêt, pendant que les jumeaux claironneraient le nom des gares et que Geordie jouerait à changer de train avec les canaris et le chaton.

Heureusement, les arrêts furent rares. L'excitation du voyage, s'ajoutant à l'abus de chocolats imprudemment fournis par Nick, plongèrent cependant Geordie dans un accès de mélancolie que seules purent apaiser les histoires racontées par Susy jusqu'à l'arrivée à Fontainebleau.

La journée était douce. De tendres rayons de lumière caressaient les feuilles pourrissantes. Une fois les bagages et le cheptel déposés à la pension, Susy avoua qu'elle s'était engagée à laisser les enfants galoper librement dans la forêt avant un festin de petits pains dans un salon de thé. Nick fit excellente figure, et la nuit était tombée depuis longtemps lorsque – après avoir enfourné une multitude de brioches –, la procession déboucha en vue de la pension, sous la houlette de Nick, Geordie endormi sur ses épaules, pendant que les autres, muets d'épuisement, abrutis de mangeaille, s'accrochaient pesamment à Susy.

La bonne faisant partie de l'expédition, il avait été décidé que les enfants lui seraient confiés pour la nuit, ce qui permettrait à Nick et Susy de jouir de l'hospitalité d'un hôtel voisin. Nick s'était flatté de pouvoir y transporter leurs affaires dès leur retour du salon de thé. Susy, manifestement surprise de cette initiative, lui rappela qu'il fallait d'abord nourrir ses protégés et les mettre au lit. Il pourrait en profiter pour transporter leurs bagages à l'hôtel. Elle promit de le rejoindre dès que Geordie aurait cédé au sommeil.

Elle tarda, mais l'attendre n'était pas sans charmes, même dans le salon de cet hôtel désert et insuffisamment chauffé par un poêle acariâtre. Après avoir parcouru le courrier qu'il avait hâtivement glissé dans sa poche au départ de Paris, Nick sombra dans l'euphorie. Cette équipée délirante ne lui donnait pas ce sentiment d'irréalité qui avait réduit leur escapade initiale aux dimensions d'un rêve doré. Casé dans son fauteuil, il attendait avec le sentiment de sécurité de l'homme dont les chères habitudes ont déjà développé de profondes racines. Dans ce climat d'adhésion au système du monde, même la présence des gamins lui semblait découler logiquement du reste. Lorsque Susy finit par apparaître, un peu pâle, un peu fatiguée, avec le regard immensément pensif qu'ont les mères submergées en sortant de la chambre des enfants, cela aussi lui parut aussi naturel que nécessaire, puisque tel était le nouvel ordre des choses.

Une brève promenade leur avait permis de dénicher une abordable gargote. Ils rentrèrent à l'hôtel, dans la nuit humide de décembre, sous un ciel encore lourd de nuages de pluie. Ils avaient l'impression de s'être tout dit, et pourtant d'avoir à peine commencé à dire l'essentiel, et chacune de leurs lourdes enjambées traînait son poids de bonheur.

Dans l'hôtel ne brillaient plus que des veilleuses. Ils gagnèrent à tâtons la chambre du troisième étage, la seule que Susy eût trouvée abordable. La fenêtre sans volets laissait filtrer la lumière du lampadaire public. Après que Nick eut ravivé le feu, ils tirèrent leurs fauteuils près de la cheminée et restèrent quelque temps silencieux dans la pénombre.

Une telle douceur imprégnait leur silence que Nick ne put se résoudre à le briser. S'en abstenir donnait à son esprit agité un sentiment de permanence infini, comme s'il avait enfin disposé d'un temps sans limite pour apprécier sa joie et se laisser traverser par son ruissellement suave. Il finit pourtant par se décider à dire : « Étrange, les coïncidences ! Il y avait une nouvelle plutôt bonne dans une des lettres de ce matin. »

Susy prit cette annonce avec sérénité. « Eh, bien, c'est *normal*, vois-tu », commenta-t-elle, comme si la journée avait été trop évidemment conçue en prévision du bonheur pour échapper à l'attention de ceux qui le dispensent.

« Oui, poursuivit-il, avec un frisson d'orgueil pardonnable. J'ai mis à profit ma croisière pour rédiger une poignée d'articles sur la Crète – de simples impressions de voyage, bien sûr, je ne pouvais espérer plus. Mais le rédacteur en chef de la *New Review* les accepte et en redemande. Et voici son chèque, ne vous déplaise ! Alors tu vois, tu aurais pu me laisser prendre la jolie chambre du rez-de-chaussée avec les rideaux roses. Et du coup je me remets à espérer pour mon livre. »

Il s'était attendu à des ovations enthousiastes, voire à une réaffirmation de foi conjugale dans le glorieux avenir de la *Marche d'Alexandre*. Tout au fond, sous le bien-être de l'amant, l'auteur éprouva un léger crissement de vanité blessée lorsque Susy, bondissant, s'écria tout de go, d'un air presque glouton : « Nick, Nick ! Fais voir combien ils t'ont donné ! »

D'un geste avantageux, il brandit le chèque à la lumière du feu. « Deux cents, infâme mercenaire !

— Ah ! », gémit-elle, comme si la nouvelle avait été trop forte pour ses nerfs trop tendus. Et il eut la surprise de la voir glisser au sol et enfouir son visage sur ses genoux.

« Susy, ma Susy ! murmura-t-il, posant la main sur son épaule tremblante. Enfin, chérie, qu'y a-t-il ? Tu pleures ?

— Nick, Nick ! Deux cents ! Deux cents dollars ? Alors, j'ai un aveu à te faire – oui, maintenant, tout de suite ! »

Un frisson le parcourut et sa main se retira instinctivement de son corps prostré.

« Tout de suite ? Pourquoi tout de suite ? protesta-t-il. Quelle importance cela peut-il avoir maintenant, quel que soit cet aveu ?

— Si, c'est important – plus que ne tu peux le penser ! »

Elle redressa le buste et, toujours agenouillée devant lui, leva la tête, si bien que les flammes derrière elle transformèrent sa chevelure en nimbe rougeoyant.

« Nick, le bracelet... le bracelet d'Ellie... Je ne le lui ai jamais renvoyé », balbutia-t-elle.

Il sentit qu'il se dérobait aux mains de Susy qui lui enserraient les genoux. Il mit un moment à comprendre à quoi elle faisait allusion. La simple mention du nom d'Ellie Vanderlyn était tombée entre eux comme une ombre glacée. Quel incorrigible idiot il avait été de croire qu'ils arriveraient un jour à se débarrasser de tels souvenirs et à briser le joug de leur misérable passé !

« Le bracelet ?... Ah, oui », dit-il en comprenant soudain. Et il sentit le même frisson glacial lui monter lentement jusqu'aux lèvres.

« C'est cela, le bracelet... Nick, j'avais l'intention de le rendre sur-le-champ, ma parole, je te *jure*, mais le jour où tu es parti j'ai oublié tout le reste. Et lorsque je l'ai retrouvé, tout au fond de mon sac, des semaines plus tard, j'étais sûre que tout était fini entre nous, et j'avais recommencé à fréquenter Ellie, et elle était si gentille avec moi – alors comment aurais-je pu ? » Même pour sauver sa vie, il n'aurait su que répondre. Elle poursuivit : « Alors, ce matin, quand j'ai vu que tu avais peur que cela coûte trop cher d'emmener tous les enfants avec nous, j'ai eu la certitude que je ne pouvais pas les laisser, mais que je ne pouvais pas te laisser non plus, alors je me suis souvenue du bracelet et je t'ai envoyé téléphoner pendant que je courais au coin de la rue chez un petit bijoutier où j'étais déjà allée, et je l'ai laissé en gage pour que tu n'aies pas à payer pour les enfants... Mais maintenant, vois-tu, chéri, avec tout cet argent, je vais pouvoir le dégager tout de suite, n'est-ce pas, et le lui renvoyer ? »

Elle l'enlaça et il la serra très fort, en se demandant si les larmes qu'il sentait couler venaient d'elle ou de lui. Il persista dans son silence, mais tandis qu'il la serrait contre lui, elle ajouta, avec un irrépressible retour de son ironie d'antan : « Remarque, Ellie ne comprendra jamais pourquoi. Elle n'a toujours pas compris pourquoi tu lui avais rendu son épingle de cravate. »

Elle demeura longtemps blottie contre lui, la tête sur ses genoux, comme jadis sur la terrasse de Côme, durant la dernière nuit de leur lune de miel. Glissant dans son silence, elle sentit qu'il lui passait lentement la main dans les cheveux. Le ravissement d'antan avait cédé le pas à des émotions plus sobres. La confession de Susy avait brisé la croûte d'orgueil gelé qui enserrait le cœur de son époux, et l'avait plongé dans une douce humilité ; mais elle avait également réveillé des douleurs oubliées, ébranlé la masse des souvenirs et des scrupules balayés par la précipitation initiale de leurs retrouvailles. Ils s'appartenaient l'un à l'autre, pour l'éternité : il le comprenait maintenant. L'impulsion qui, au départ, les avait réunis, contre toute raison, presque en dépit d'eux-mêmes, – ce besoin instinctif qu'ils avaient l'un de l'autre – ne les lâcherait jamais plus. Pourtant, assis à caresser ses cheveux, il pensa à Strefford, puis à Coral Hicks. Il s'était montré lâche envers Coral, alors que Susy avait fait preuve de courage et de sincérité à l'égard de Strefford. Ce n'était pas sans tendresse ni remords qu'il songeait à Coral, alors qu'il avait la quasi-certitude que Susy avait déjà totalement évacué Strefford de son esprit.

C'était l'éternel contraste entre les deux manières d'aimer, celle de l'homme et celle de la femme. Il lui fallut peu de temps pour trouver relativement naturel que Susy, l'ayant retrouvé, ne ressentît ni pitié ni regrets et que Strefford fût déjà pour elle de ceux qui n'ont jamais existé. Après tout, il y avait quelque chose de providentiel dans ces sortes d'agencements.

Il s'inclina un peu plus et, empoignant sa tête rêveuse, murmura : « Réveille-toi. C'est l'heure d'aller au lit. »

Elle se leva, mais au moment où elle s'éloignait pour allumer, il la prit par la main et l'attira vers la fenêtre. Dans l'obscurité, ils se penchèrent sur le garde-corps ; à travers les nuages d'où quelques gouttes avaient commencé de tomber, la lune, poursuivant son ascension laborieuse, se glissa dans un des espaces libres du ciel et, avant de regagner sa cachette, projeta sa gloire troublée sur les amants réunis.

LITTÉRATURE ÉTRANGÈRE
CHEZ FLAMMARION

Déjà parus :
Walter Abish, *Les esprits se rencontrent*
Walter Abish, *Eclipse Fever*
Miroslav Acímovíc, *La porte secrète*
Bai Xianyong, *Garçons de cristal*
Bai Xianyong, *Gens de Taïpei*
John Banville, *Kepler*
John Banville, *Le livre des aveux*
John Banville, *Le monde d'or*
John Banville, *La lettre de Newton*
John Banville, *L'Intouchable*
William Bayer, *Mort d'un magicien*
Jochen Beyse, *Ultraviolet*
Maxim Biller, *Ah ! Si j'étais riche et mort*
Maxim Biller, *Au pays des pères et des traîtres*
Raul Brandão, *Humus*
Nicolae Breban, *Don Juan*
Philip Brebner, *Les mille et une douleurs*
A. S. Byatt, *Possession*
A. S. Byatt, *Des anges et des insectes*
A. S. Byatt, *Histoires pour Matisse*
A. S. Byatt, *La vierge dans le jardin*
A. S. Byatt, *Nature morte*
Maria Cano Caunedo, *Le miroir aux Amériques*
Gianni Celati, *Narrateurs des plaines*
Gianni Celati, *Quatre nouvelles sur les apparences*
Gianni Celati, *L'almanach du paradis*
Evan, S. Connell, *Mr. & Mrs. Bridge*
Avigdor Dagan, *Les bouffons du roi*
Giovanni D'Alessandro, *Si Dieu a pitié*
Paloma Díaz-Mas, *Le songe de Venise*
James Dickey, *Là-bas au nord*
E. L. Doctorow, *La machine d'eau de Manhattan*
Bruce Duffy, *Le monde tel que je l'ai trouvé*
Olav Duun, *La réputation*
Alison Findlay-Johnson, *Les enfants de la désobéissance*
Richard Flanagan, *À contre-courant*
Susana Fortes, *Des tendres et des traîtres*
Connie May Fowler, *La cage en sucre*
Teolinda Gersão, *Le cheval de soleil*
Kaye Gibbons, *Histoires de faire de beaux rêves*
Kaye Gibbons, *Une sage femme*
Kaye Gibbons, *Signes extérieurs de gaieté*
William Gibson, *Idoru*
G.-A. Goldschmidt, *La ligne de fuite*

Manuela Gretkowska, *Le tarot de Paris*
Sahar Khalifa, *L'impasse de Bab Essaha*
Joanne Harris, *Dors, petite sœur*
Jessica Hagedorn, *Les mangeurs de chien*
Lennart Hagerfors, *L'homme du Sarek*
Lennart Hagerfors, *Les baleines du lac Tanganyika*
Lennart Hagerfors, *Le triomphe*
Werner Heiduczek, *Départs imprévus*
Alice Hoffman, *La lune tortue*
Alice Hoffman, *Drôles de meurtres en famille*
Michael Holroyd, *Carrington*
Keri Hulme, *The Bone People*
Huang Fan, *Le goût amer de la charité*
José Jiménez Lozano, *Les sandales d'argent*
José Jiménez Lozano, *Le grain de maïs rouge*
José Jiménez Lozano, *Le monde est une fable*
Anatole Kourtchatkine, *Moscou aller-retour*
Léonide Latynine, *Celui qui dort pendant la moisson*
David Leavitt, *À vos risques et périls*
David Leavitt, *Tendresses partagées*
David Leavitt, *L'art de la dissertation*
Lilian Lee, *Adieu ma concubine*
Lilian Lee, *La dernière princesse de Mandchourie*
Doris Lessing, *Le monde de Ben*
Li Ang, *La femme du boucher*
Li Xiao, *Shanghai Triad*
Ann-Marie MacDonald, *Un parfum de cèdre*
Vladimir Makanine, *Le citoyen en fuite*
Carmen Martín Gaite, *La chambre du fond*
Carmen Martín Gaite, *Passages nuageux*
Carmen Martín Gaite, *La reine des neiges*
Carmen Martín Gaite, *Drôle de vie la vie*
Carmen Martín Gaite, *Claquer la porte*
Luis Mateo Díez, *Les petites heures*
Luis Mateo Díez, *Le naufragé des Archives*
Anne Michaels, *La mémoire en fuite*
Alberto Moravia, *La femme-léopard*
Alberto Moravia, *Promenades africaines*
Alberto Moravia, *La polémique des poulpes*
Alberto Moravia, *Histoires d'amour*
Marcel Möring, *Le grand désir*
Jeff Noon, *Vurt*
Nico Orengo, *On a volé le Saint-Esprit*
Andrew O'Hagan, *Le crépuscule des pères*
Sandra Petrignani, *Trois fois rien*
Sandra Petrignani, *Navigation de Circé*
Agneta Pleijel, *Les guetteurs de vent*
Agneta Pleijel, *Fungi*
Fabrizia Ramondino, *Althénopis*

Fabrizia Ramondino, *Un jour et demi*
Patrick Roth, *Johnny Shines ou la résurrection des morts*
Patrick Roth, *Corpus Christi*
Juan José Saer, *Les grands paradis*
Juan José Saer, *Nadie, Nada, Nunca*
Juan José Saer, *Unité de lieu*
Juan José Saer, *L'ancêtre*
Juan José Saer, *L'anniversaire*
Juan José Saer, *L'occasion*
Juan José Saer, *L'ineffaçable*
Juan José Saer, *Quelque chose approche*
Adolf Schröder, *Le garçon*
Steinunn Sigurdardóttir, *Le voleur de vie*
Elizabeth Smart, *J'ai vu Lexington Avenue se dissoudre dans mes larmes*
Lytton Stratchey, *Ermynstrude et Esmeralda*
Amy Tan, *Le club de la chance*
Adam Thorpe, *Ulverton*
Adam Thorpe, *Mauvais plan*
Colm Tóibín, *Désormais notre exil*
Colm Tóibín, *La bruyère incendiée*
Colm Tóibín, *Bad Blood*
Colm Tóibín, *Histoire de la nuit*
Victoria Tokareva, *Le chat sur la route*
Victoria Tokareva, *Première tentative*
Victoria Tokareva, *Happy End*
Su Tong, *Épouses et concubines*
Su Tong, *Riz*
Tarjei Vesaas, *Le germe*
Tarjei Vesaas, *La maison dans les ténèbres*
Tran Vu, *Sous une pluie d'épines*
Paolo Volponi, *La planète irritable*
Paolo Volponi, *Le lanceur de javelot*
Adolf Schröder, *Le garçon*
Wang Shuo, *Je suis ton papa*
Aqlan Wall, *Loué soit le voleur*
Eudora Welty, *Le brigand bien-aimé*
Eudora Welty, *Les débuts d'un écrivain*
Eudora Welty, *La mariée de l'Innisfallen*
Eudora Welty, *Les pommes d'or*
Eudora Welty, *Oncle Daniel le Généreux*
Mary Wesley, *La pelouse de camomille*
Mary Wesley, *Rose, sainte nitouche*
Mary Wesley, *Les raisons du cœur*
Mary Wesley, *Sucré, salé, poivré*
Mary Wesley, *Souffler n'est pas jouer*
Mary Wesley, *Une expérience enrichissante*
Mary Wesley, *Un héritage encombrant*
Mary Wesley, *Une fille formidable*
Edith Wharton, *Le fruit de l'arbre*

Edith Wharton, *Le temps de l'innocence*
Edith Wharton, *Les chemins parcourus*
Edith Wharton, *Sur les rives de l'Hudson*
Edith Wharton, *Les dieux arrivent*
Edith Wharton, *Les New-Yorkaises*
Jan Wiese, *Elle qui s'est mise nue devant son aimé*
Niall Williams, *Quatre lettres d'amour*
Mako Yoshikawa, *Vos désirs sont désordres*
Laura Zigman, *Vacheries*
Laura Zigman, *Neuf mois de réflexion*

Impression réalisée sur CAMERON par

BUSSIÈRE CAMEDAN IMPRIMERIES

GROUPE CPI

à Saint-Amand-Montrond (Cher)
en janvier 2001

5 x

17

24

27

(06.75.05.49.18

oripeau

chinchilla.

N° d'édition : FF706902. — N° d'impression : 010367/1.
Dépôt légal : janvier 2001.

Imprimé en France